Verlangen des Gefährten

Die Bären des Blue Moon Saloons

Anna Lowe

Inhaltsverzeichnis

Prolog

Wolken zogen lautlos über den Mitternachtshimmel und verdeckten den Vollmond. Die Nadelbäume standen reglos, als der Bär unter ihnen hindurchtrottete. Er bevorzugte sein rechtes Bein und hielt inne, um in der Luft zu schnuppern. Sie war trocken – quälend trocken – und brachte tausend ungewohnte Gerüche mit sich. Der Geruch von winterharten Wildblumen tanzte in der Luft der hoch gelegenen Wüste. Der frische Duft von Ponderosa-Kiefern und Bergahorn lag wie ein Teppich darunter. Und unter alledem gab es den Hauch eines ausgebrannten Buschfeuers, der ihm die Nackenhaare zu Berge stehen ließ.

Es war eine warme Nacht – warm, still und irgendwie unheilvoll, so wie die Schatten jede seiner Bewegungen nachahmten.

Wo willst du hin? schienen sie ihn zu verhöhnen. *Warum?*

Verdammt, wenn er das wüsste. Er war viele hungrige Monate und Hunderte von Kilometern von der Asche seiner Heimat entfernt. Und so müde. Bis auf die Knochen müde. Doch die Sterne trieben ihn immer weiter und flüsterten ihm ins Ohr.

Du bist fast am Ziel.

Fast wo?

Am Anfang seines langen Marsches nach Süden hatte er diese Frage in die Nacht gebrüllt. Jetzt trottete er einfach schnaubend weiter und fragte sich, wie viel von seinem Verstand er bereits verloren hatte, weil er zu lange in Bärengestalt geblieben war. Natürlich war es genauso gefährlich, zu lange Mensch zu bleiben. Jeder Gestaltwandler musste beide Seiten seiner Seele befriedigen. Aber Todd war sich nicht sicher, was von seiner Seele noch übrig war. Er hatte sich nie leerer oder einsamer gefühlt.

Fast am Ziel, versprachen die Sterne.

Spielten die Sterne mit ihm oder führten sie ihn zur Erlösung? Die Geister seiner Vorfahren versammelten sich um Ursa Major, dem großen Bären, und funkelten ihm zwischen den ineinandergreifenden Kiefernzweigen zu. Sie würden doch nicht lügen, oder?

Er war mehr Nächte lang umhergewandert, als er zählen konnte, und hatte dabei den Kopf nach links und rechts geschwenkt, um seine Umgebung stetig zu prüfen. Dies war eine neue Angewohnheit, die er entwickelt hatte, seit ihm bei einem Angriff, der ihn fast das Leben gekostet hatte, das Gehör geraubt worden war. Manchmal riss er den Kopf herum und stellte sich das Knacken eines Zweiges oder den Ruf einer Eule vor. Aber die meiste Zeit registrierten seine Ohren nur ein leises Summen.

Er schlug sich mit einer wütenden Pfote über sein linkes Ohr. Wenn er das Geräusch doch nur verjagen könnte, so wie man eine Biene verscheuchte. Es wurde immer schlimmer – ein klingelndes Geräusch, das nicht aufhören wollte, als hätte er zu lange und zu nahe am mittäglichen Ruf der Kirchenglocken verweilt und wäre davon taub geworden, anstatt von den Schlägen der Schlagstöcke und Ziegelsteine.

Er biss die Zähne zusammen und kämpfte gegen die Erinnerungen an. Es wäre besser für ihn gewesen, einfach zu sterben, so wie es vorherbestimmt gewesen war. Der Tod wäre willkommen gewesen, denn er hatte für eine würdige Sache gekämpft. Für die Pflicht, für die Ehre, für die Liebe. Was konnte sich ein Bär mehr wünschen?

Aber anstatt dem Leben zu entschwinden und nach dem Licht zu greifen, das ihn vom Himmel aus zu sich gerufen hatte, war er so dumm gewesen, auf eine Stimme zu hören, die ihn zurück auf die andere Seite zog.

Bleib bei mir. Stirb nicht. Nicht jetzt. Nicht auf diese Weise.

Und wäre es nicht die lieblichste, schönste Stimme gewesen, die er jemals gehört hatte, hätte er sie vielleicht ignoriert und sich zu seinen Vorfahren zwischen den Sternen gesellt.

Denke an Bergwiesen im Frühling, hatte die freundliche, weibliche Stimme gefleht. *Denke an einen klaren, kühlen Sommerbach. Denke an die zahlreichen Beeren im Herbst.*

Und verdammt, er hatte sich eine schöne Jahreszeit nach der anderen ausgemalt und war wieder so gierig auf das Leben geworden.

Denke nur an all die Dinge im Leben, die du wieder genießen wirst. Bleib bei mir...

Die Sprecherin hatte ihn ausgetrickst, denn sie hatte ein paar wichtige Dinge weggelassen. Wie die erdrückende Schuld, eine Nacht überlebt zu haben, der die meisten seiner Familie zum Opfer gefallen waren. Die schwere Stille in seinen Ohren, der nagende Schmerz in seinem Bein. Das Gefühl, allein zu sein. Warum ein Leben als Wrack eines Bären oder als Wrack eines Mannes führen?

Er blieb stehen und schüttelte sein Fell so heftig, dass seine Zähne klapperten. Dann trottete er langsam weiter. Wenn er das fand, was ihn wie ein Magnet anzog, konnte er vielleicht wieder Frieden finden.

Das Summen in seinen Ohren hob und senkte sich. Es schwankte und variierte in der Tonhöhe wie... wie klangvolles Wolfsgeheul. So viel konnte er sagen – eher durch die winzigen Bewegungen in der Luft als durch den tatsächlichen Klang. Das Fell auf seiner Rückenmitte richtete sich auf, als er abrupt zum Stehen kam und auf einen Bergrücken im Norden starrte. Wölfe?

Es gab gute und böse Wölfe und nicht einmal ein großer, starker Grizzly war vor einem Rudel der letzteren Sorte sicher. Das hatte er in jener schicksalhaften Nacht auf die harte Tour gelernt. Eine Nacht, in der er alles aufs Spiel gesetzt hatte, um die Gefährtin seines Cousins zu beschützen. So wie er es versprochen hatte. Er würde es wieder tun, denn Bären wussten alles über Pflicht, Ehre und dem Respekt vor der Macht der Liebe. Selbst wenn er vorher gewusst hätte, dass er in mehr als einer Hinsicht geschädigt aus der Sache herauskommen würde, würde er es immer wieder tun. Er spürte keine Reue.

Mit einer Ausnahme. Ein schreckliches Bedauern aus der Zeit vor dem Angriff. Etwas, das seine Ehre beschmutzte und seine Seele heimsuchte.

Er schnüffelte, bis er die heulenden Wölfe auf dem Bergrücken entdeckte. Zwei von ihnen, die Seite an Seite saßen und die Nasen zum Mond gehoben hatten.

Warum Wölfe heulten, wusste er nicht. Aber er war noch nie selbst so versucht gewesen, es zu probieren wie in der Trostlosigkeit der letzten Monate.

Dann verstummten sie – er bemerkte es daran, dass das Klingeln in seinen Ohren wieder monoton wurde. Sie rissen ihre Schnauzen in seine Richtung herum. Einen Moment später pirschten sie sich den Hang hinunter und kamen direkt auf ihn zu.

Er beobachtete und wartete, schnupperte in der Luft, als sie an ihm vorbeizogen und ihn umkreisten. Sie hielten die Nasen hoch und die Schultern gesenkt, bereit zu fliehen. Die dunkelhaarige Wölfin umkreiste ihn im Uhrzeigersinn, während der goldgelbe Wolfsrüde in die andere Richtung lief und dabei die ganze Zeit leise knurrte. Er konnte es am Winkel der Kiefer der Wölfe und am Kribbeln in seinen Ohren erkennen. Als Antwort darauf ließ er ein warnendes Knurren aus seiner eigenen Kehle aufsteigen.

Gestaltwandler. Jeder Nerv in seinem Körper war in höchster Alarmbereitschaft.

Jedes Mal, wenn sich die Wege der Wölfe kreuzten, rieben sie sich in langen beabsichtigten Zügen aneinander, die zeigten, dass sie Gefährten waren.

Todd knurrte zur Warnung lang und tief. Er hatte nicht die Absicht, einem Paar Schicksalsgefährten Ärger zu machen. Sollten sie doch leben, sich lieben und glücklich sein. Er, er war nur auf der Durchreise.

Die Wölfin blieb plötzlich stehen, neigte den Kopf und starrte ihm erschrocken in die Augen. Ihr Kiefer klappte auf und ein Flüstern kitzelte den Rand seiner Gedanken.

Todd?

Er wich einen Schritt zurück. Woher kannte sie seinen Namen? Wer war sie? Wie konnten ihre Gedanken seinen Geist erreichen? Nur eng verwandte Gestaltwandler oder Mitglieder eines Rudels konnten dies tun, und sie war eine Fremde.

Oder nicht?

Der Blick der Wölfin wandelte sich innerhalb eines Wimpernschlags von fragend zu freudig zu traurig. Als kannte sie ein schreckliches Geheimnis, dass er auf die harte Tour herausfinden sollte.

Todd, bist du das wirklich?

Wie sollte er das beantworten? Er war nicht mehr derselbe Mann – oder Bär – der er früher einmal gewesen war.

Ich bin es, sagte sie. *Janna.*

Bevor er jedoch versuchen konnte, zu antworten, blickten die Wölfe nach links, gerade als ein neuer Geruch in seine Nase stieg. Er wirbelte herum.

Bär, verriet ihm der Moschusgeruch.

Großer Bär, sagte ein schwerer Schritt, der durch den Boden vibrierte.

Alphabär, verkündete die große, selbstbewusste Haltung des Tieres in der Sekunde, in der Todd es auf sich zukommen sah. Mit jedem Schritt, den der Grizzly tat, nahm er das Land, die Luft und den Berghang für sich in Besitz.

Das gehört alles mir, sagte die Miene des Alphabären. *Wie kannst du es wagen, mein Revier zu betreten?*

Die Wölfe stürmten auf den Grizzly zu, um ihn zu flankieren, wie ein paar Wachposten die Seiten ihres Königs. Todd stand still und hielt den Atem an. Warum kam ihm dieser Bär so bekannt vor? Warum tanzte sein Herz vor Erleichterung, anstatt sich auf einen Kampf vorzubereiten?

Der Alphabär machte zwei Schritte nach vorn und bäumte sich auf die Hinterbeine auf. Er warf einen Schatten über Todd. Er fletschte die Zähne, neigte den Kopf und schnaufte.

Todds Gedanken überschlugen sich. Er kannte diesen sandfarbenen Bären. Er kannte diese strahlend blauen Augen.

Die Luft um den Grizzly herum flimmerte, als das Tier zu einem Mann wurde – ein Mann, der sich nach seiner Verwandlung aufrichtete und ihm direkt in die Augen sah. Langsam ging der Mann in die Hocke. Seine Lippen bewegten sich, aber selbst wenn Todd ihn hätte hören können, hätte er die Worte nicht wahrgenommen. Sein Verstand war zu sehr damit beschäftigt, tausend unmögliche Gedanken zu verarbeiten.

Soren? Sein Cousin Soren?

Todd? Sorens Stimme dröhnte in seinem Kopf.

Es war das klarste und lauteste Geräusch, das er seit sehr langer Zeit gehört hatte, auch wenn es nicht zuerst an seine Ohren drang.

Soren? schnaufte er zurück.

Soren nickte misstrauisch. *Mein Gott, Mann. Bist du es wirklich?*

Todd nickte langsam und vorsichtig. Soren war sein bester Freund. Sein Cousin. Der Erbe der Alphaposition in ihrem Clan in der Heimat – einem Clan, der vor Monaten ausgelöscht worden war.

Er war es wirklich. Soren, dem Todd treu gedient hatte, bis auf einen bitteren Verrat, den er sich nie vergeben würde. Auch Soren würde ihm nie verzeihen, wenn er es herausfand.

Was ist mit Sarah? schaffte Todd zu brummen. Und verdammt – obwohl er es als Gedanken in den Kopf seines Cousins schoss, war seine Stimme dennoch zittrig.

Soren nickte langsam. *Sie ist hier. Sie hat überlebt, dank dir. Sie ist meine Gefährtin.*

Tausend Emotionen prasselten wie eine Salve von Pfeilen aus heiterem Himmel auf Todd ein. Erleichterung. Erstaunen. Das Glück für seinen Cousin. Aber all das wurde von der Scham überrollt – vom tiefsten durchdringendsten Pfeil von allen, der ihn mitten ins Herz traf.

Es kostete ihn alle Kraft, Soren weiter anzusehen, anstatt zu Boden zu sinken. Er musste ehrlich sein und zugeben, was vor einem Jahr zwischen ihm und Sarah geschehen war. Eine Nacht, in der er von einem verrückten Impuls überwältigt worden war und seinen Cousin betrogen hatte, indem er mit seiner Gefährtin schlief.

Soren holte genau im gleichen Moment tief Luft, als Todd es tat. Sie beide sandten einander genau im selben Augenblick denselben Gedanken.

Wir müssen reden, Mann. Wir müssen reden.

Todd starrte seinen Cousin an. Er wusste, welches Geheimnis *er* Soren erzählen musste. Aber was in aller Welt hatte Soren *ihm* zu sagen.

Kapitel 1

Sarah war nicht tot. Das durfte sie nicht sein.

Anna stand am Rande des Grundstücks ihrer Cousine und trat in die Asche, die den Boden schwärzte. Von dem Haus war nur eine verkohlte Ruine übrig geblieben, die teilweise eingestürzt war. Es gab keinen Hauch von Leben, kein Zeichen von Bewegung außer einem Streifen verblichenen Polizeiabsperrbandes, das im Wind flatterte.

Drei Wochen waren seit dem Brand vergangen und alle hatten Sarah aufgegeben. Aber nicht Anna.

Ihre Cousine war nicht tot. Sie wusste es und konnte es knochentief spüren.

Sie hatte es aufgegeben, es zu erklären. Sie wusste es einfach, obwohl ihr sonst niemand glaubte. Ein Gefühl tief in ihrer Seele war nicht gerade die Art von Beweisen, nach denen die örtliche Polizei suchte – wenn sie überhaupt nach Beweisen suchten. Sie hatten ihre Ermittlungen zu einer tödlichen Brandstiftungsserie im Eiltempo durchgeführt und waren mehr damit beschäftigt, die bizarren Ereignisse in der Vergangenheit zu begraben, als wirklich nach der Wahrheit zu suchen. Jedes Mal, wenn Anna vorgeschlagen hatte, dass sie einem Hinweis nachgehen sollten, hatten sie den Kopf geschüttelt.

Hören Sie, Schätzchen. Ihre Cousine war ein nettes Mädchen. Es ist eine schreckliche Tragödie. Aber Sie müssen die Wahrheit akzeptieren. Sie ist von uns gegangen. Und die anderen auch.

Anna trat gegen einen Ascheklumpen und schritt am Rand des Grundstücks auf und ab. Ihre Tante und ihr Onkel waren tot. Über diese furchtbare Tatsache hatte sie viele Tränen vergossen. Aber ihre Cousine war nicht gestorben.

Schätzchen, wir haben drei Leichen aus dem Haus gezogen. Drei.

Sie hatte versucht, zu erklären, dass es sich bei der dritten Person um Ginger handeln musste, eine Verwandte von der anderen Seite von Sarahs Familie, die zum Zeitpunkt des Brandes zu Besuch gewesen war. Aber die Behörden waren an nichts anderem interessiert als an einem schnellen Abschluss des Falles.

Die Menschen in Black River müssen heilen. Wir müssen es hinter uns lassen.

So viel hatte sie auch verstanden. Die Stadt war von den brutalen Übergriffen auf drei abgelegene Gehöfte in der Gegend tief erschüttert worden. Das Boone-Haus war bis auf die Grundmauern niedergebrannt, ebenso wie das Voss-Sägewerk, das sich weiter hinten am westlichen Ende der Stadt befand. Und auch eine weitere Ansammlung von Häusern am Waldrand im Süden, wo die Familie Macks seit Generationen gelebt hatte. Die Behörden waren sich immer noch nicht sicher, wie viele Menschen gestorben waren, und die Einwohner waren so verängstigt, dass sie das Thema nur im Flüsterton ansprachen.

Aber Anna wollte nicht flüstern. Sie wollte schreien. Sie war an dem Tag, als sie die Nachricht erfuhr, sofort aus Virginia hierhergekommen und hatte den Polizisten, der behauptete, ihre Cousine sei tot, praktisch angeschrien.

Sarah war nicht tot. Das durfte sie nicht sein.

Sarah und sie waren sich als Kinder so ähnlich wie Zwillinge gewesen, obwohl sie vom Aussehen her nur die grüne Farbe ihrer Augen gemeinsam hatten. Ihre Cousine war rothaarig, während ihr eigenes Haar rabenschwarz war. Aber trotzdem hatten sie gern so getan, als seien sie Zwillinge. Und selbst nachdem Anna in der dritten Klasse an die Ostküste gezogen war, standen sie sich immer noch nahe. Fast telepathisch nahe, denn sie rief Sarah immer genau dann an, wenn Sarah sie anrufen wollte. Und sie wusste bereits, ob ihre Stimmung gut oder schlecht war. Sie beendeten die Sätze der anderen und mochten die gleichen Dinge – wie Hunde, Pferde und Herbstblätter. Als Kind kam Anna jeden Sommer nach Montana und schlief im oberen Bett von Sarahs Etagenbett. Sie blieben stets die halbe

Nacht auf und plauderten. Über alles Mögliche, wie Hoffnungen, Träume und Tage in der Zukunft, die so strahlend und voller Möglichkeiten zu sein schienen. Sie hatten sich geschworen, gemeinsam die höchsten Gipfel zu erklimmen. Wildpferde zu zähmen. Eines Tages ein Rettungszentrum für wilde Tiere zu eröffnen.

Als Annas Eltern vor vielen Jahren verkündet hatten, dass sie aus Montana nach Virginia ziehen würden, war ihre Welt zusammengebrochen. Als ihr Vater kurze Zeit darauf an Krebs starb und ihre Mutter einen neuen Mann fand, war das genauso schlimm gewesen. Aber jetzt wusste sie wirklich, wie sich ein totaler Zusammenbruch anfühlte.

Es war dieses mulmige Gefühl, das sie jedes Mal überkam, wenn sie an den verkohlten Überresten anhielt, die einmal ihr zweites Zuhause gewesen waren. Sie hatte sich immer geschworen, irgendwann nach Montana zurückzukehren – aber, mein Gott, nicht so. Nicht auf diese Weise.

Schätzchen, Sie müssen es hinter sich lassen. Fahren Sie nach Hause nach Virginia.

Virginia war aber nicht ihr Zuhause. Ihr Zuhause war die verschlafene Stadt Black River in Montana. Und sie würde ganz sicher nicht gehen, bevor die Wahrheit ans Licht gekommen war. Sie hatte sich von ihrem Job an der Ostküste auf unbestimmte Zeit beurlauben lassen, um ihre Cousine zu finden. Irgendwie.

Es gab keine Überlebenden, Schätzchen. Es sei denn, sie zählen den Bären.

Bär? Welcher Bär? Sie hatte den Beamten fast an der Schulter gepackt und geschüttelt. Wollte er sich über sie lustig machen? Machte er einen schlechten Scherz?

Diesen Grizzly, den wir halb tot auf dem Rasen des Boone-Hauses gefunden haben. Die schrägste Sache.

Sie eilte sofort zum Wildtierrettungszentrum, als der Polizist dies erwähnte, auch wenn er nur hoffnungslos den Kopf schüttelte.

Dieser Grizzly ist wahrscheinlich schon tot. So schwere Wunden kann ein Tier nicht überleben.

Aber der Bär hatte sich ans Leben geklammert, wie sie feststellte, als sie im Rettungszentrum ankam. Sie kannte den Ort, da sie und Sarah dort jeden Sommer als Freiwillige gearbeitet hatten. Das war wahrscheinlich der einzige Grund, warum man sie hereinließ, als sie nach Feierabend auftauchte und nach dem Bären fragte.

„Das arme Ding", sagte Cynthia, die Leiterin des Rettungszentrums, zu ihr. „Er hat schwere Verbrennungen erlitten und wurde außerdem von Wölfen verletzt, die ihn in derselben Nacht angefallen haben."

Wölfe?

„So etwas habe ich noch nie gehört", sagte Cynthia. „Aber der alte Haggerty schwört, er habe ein Rudel Wölfe gesehen, die den Bären neben dem Feuer zerfleischt hätten. Als die Feuerwehrautos eintrafen, rannten sie weg."

„Darf ich ihn sehen?", fragte sie mit zittriger Stimme und konnte die Tränen kaum zurückhalten.

Die Tränen galten ihrer Cousine, ihrer Tante und ihrem Onkel, aber irgendwie wurde dieser Bär zu einem Ersatz für sie. Von einem Atemzug zum nächsten sprangen alle ihre verzweifelten Hoffnungen auf ihn über. Er musste überleben. Das musste er!

„Wir bezweifeln, dass er noch eine Nacht übersteht", sagte Cynthia, als sie Anna zu seinem Käfig führte.

Dies war ihre erste Nacht zurück in der Stadt gewesen und sie hatte sie neben dem Bären verbracht. Die Leute im Rettungszentrum hatten Mitleid mit ihr gehabt und ein paar Regeln ignoriert, damit sie bleiben konnte.

Sie hatte geweint, als sie ihn mit all dem Blut und den Verbrennungen sah. Jeder Atemzug des Bären war ein schmerzhaftes Keuchen. Jede winzige Bewegung wurde von einem kläglichen Stöhnen begleitet. Nur ein paar Stellen seines Fells waren unversehrt geblieben, aber diese waren glänzend und dick. Ein Grizzly in der Blüte seines Lebens. Was hatte er am Haus der Boones gemacht? Was hatte er mit dem Feuer zu tun?

Der Riese lag dicht an den Gitterstäben des Käfigs. Anna sackte neben ihm zusammen und lauschte seinem schwerfälligen Atem.

„Stirb nicht. Bitte stirb nicht", flüsterte sie und ließ ihren Tränen freien Lauf, als Cynthia sich für die Nacht verabschiedet hatte.

Natürlich sagte der Bär nichts, aber sie konnte sehen, wie seine Ohren zuckten.

„Bleib bei mir." Langsam streckte sie eine Hand durch die Gitterstäbe und streichelte sein Fell.

Es war rau und so dicht, dass sich ihre Finger darin verfingen. Ein heller sandfarbener Braunton – so hell, wie sie es noch nie an einem Grizzly gesehen hatte. Auf den Sommerwanderungen mit ihrer Cousine hatte sie einige in den Bergen gesehen, wenn auch aus großer Entfernung.

„Stirb nicht", drängte sie, als sein Atem stockte und schwächer wurde. „Nicht jetzt. Nicht auf diese Weise."

Tränen liefen ihr über das Gesicht, als sie sich ihre Verwandten vorstellte, die in dem brennenden Haus gefangen gewesen waren. Niemand hatte es verdient, so zu sterben. Weder ein Mensch noch ein Tier.

„Stirb nicht", flüsterte sie.

Mit den Fingern strich sie sanft über das einzige Stück Fell, das nicht mit Blut verschmiert oder von Verbrennungen verfilzt war. Ihre Stimme bebte. „Bitte."

Ihre Augen fielen zu und als sie sie wieder öffnete, erinnerte sie sich daran, dass es nur ein Bär war und nicht ihre Cousine in einem Krankenhausbett. Aber es war nicht nur ein Bär. Es war ein unschuldiges Leben. Er hatte es doch sicher auch verdient zu leben, nicht wahr?

Sie wollte unbedingt, dass er überlebte, aber Gott, was konnte sie tun, um dem Tier zu helfen, was der Tierarzt nicht schon versucht hatte? Das Schnattern eines Menschen half einem wilden Bären wahrscheinlich nicht viel, aber sie redete trotzdem weiter und stellte sich vor, was einem Bären gefallen könnte. Sie legte all diese Dinge in ihre Stimme. Es kam ihr ein wenig albern vor, aber sie musste *irgendetwas* tun.

Sie schloss die Augen und achtete darauf, dass sie die Worte nicht nur sagte, sondern sie auch dachte.

„Denke an Bergwiesen im Frühling", flüsterte sie und stellte sich hüfthohe Gräser vor, die sich im Wind wiegten. „Denke an einen klaren, kühlen Sommerbach."

Montana war voll davon. Sie und Sarah hatten in vielen gebadet, waren von einem Felsen zum anderen gesprungen und dann durch die tieferen Abschnitte geschwommen, um sich abzukühlen.

„Denke an die zahlreichen Beeren im Herbst."

Das war eines der Dinge, die sie am meisten vermisst hatte, nachdem sie nach Virginia gezogen war. Also war es ihr nicht schwer gefallen, das Gefühl heraufzubeschwören, das damit einherging. Dieses halb dringliche, halb schläfrige, sich dem Winter entgegenneigende Gefühl. Das süße Zerplatzen einer Beere nach der anderen in ihrem Mund, der klebrige Saft an ihren Händen. Der köstliche Duft, den die Brise mit sich brachte.

„Denke nur an all die Dinge im Leben, die du wieder genießen wirst", flehte sie. „Bleib bei mir."

Ein so wunderschönes Tier durfte – sollte – nicht in einem Käfig sterben. Es sollte leben. Gedeihen. Eine Gefährtin finden, sandfarbene Jungtiere zeugen und bis ins hohe Alter irgendwo weit draußen im tiefsten Dickicht des Waldes leben, wo ihn nie wieder jemand stören würde.

„Stirb nicht…"

Ihre Stimme wurde schläfrig. Irgendwann zog sie ihren Arm zurück, murmelte aber weiter, bis sie neben dem Bären eingeschlafen war. Das Knarren einer Tür ließ sie in den frühen Morgenstunden aufschrecken, als Cynthia und der Tierarzt ihre Runde drehten.

„Noch am Leben?", fragte Cynthia erstaunt.

Anna betrachtete den Bären genau, erschrocken darüber, wie reglos er geworden war. Doch dann weitete sich sein Brustkorb mit einem Atemzug, der etwas weniger rasselnd war als zuvor. Und die Hoffnung kehrte in ihre Seele zurück. Er war am Leben, Gott sei Dank. Aber wie lange noch?

Die Mitarbeiter des Wildtierzentrums erlaubten ihr weitere Besuche und sie verbrachte tagelang damit, abwechselnd an der Seite des Bären zu wachen und durch die Stadt zu ziehen, um zu versuchen, die Wahrheit über das Feuer herauszufinden.

„Meine Cousine hatte keine Feinde. Warum sollte jemand ihr Haus niederbrennen wollen?"

Die Polizisten schüttelten traurig den Kopf. „Es gibt eine Menge Verrückte da draußen. Man kann es nie wissen."

Es sah so aus, als würden sie es auch nie erfahren. Nicht bei dem Schneckentempo, mit dem die Ermittlungen durchgeführt wurden.

Anna verfolgte jede Spur, die sie finden konnte, aber keine führte zu konkreten Fakten. Sie hätte schon nach einer Woche den Kopf hängenlassen und an die Ostküste zurückkehren können, wären da nicht zwei Dinge gewesen. Erstens hatte eine Familie, die ein Ferienhaus am Stadtrand besaß, sie gebeten, darauf aufzupassen.

„Es ist immer besser, jemanden zu haben, der ein Auge auf das Haus behält, besonders nach all den Bränden", hatten sie gesagt.

Natürlich hatte das weder den Boones noch den Voss' oder der Familie Macks im Süden der Stadt geholfen, aber Anna hielt den Mund. Sie schätzte die Gelegenheit, zu bleiben und herauszufinden, was sie konnte. Außerdem konnte sie sich eine kleine Auszeit vom Immobiliengeschäft leisten, nachdem sie gerade zwei Häuser verkauft hatte.

Und zweitens gab es den Bären. Je länger sie blieb, desto mehr wünschte sie sich seine Genesung. Verzweifelt. Aus einer unsicheren Woche wurden zwei und gegen Mittag des zehnten Tages öffnete er seine Augen und schaute sie an. Ganz direkt.

Es war nur eine Sekunde, aber ihr Herz wäre ihr fast aus der Brust gesprungen.

Seine Augen hatten das reinste, strahlendste Blau, das sie je gesehen hatte. So wie ein Bergsee, der in der Mittagssonne glänzte. Tiefe, intelligente Augen, in denen etwas Besonderes funkelte. Etwas... fast Menschliches. Sie waren dankbar. Erschöpft. Neugierig und schmerzverzerrt zugleich, als ob der Bär nicht nur an körperlichen Wunden litt. Und sie konzentrierten sich direkt auf sie. Studierten sie. Wunderten sich. Schienen sich Dinge zu wünschen.

Einen Moment später wurde sein Blick wieder unscharf und er verfiel in einen unruhigen Schlaf. Aber Anna starrte ihn noch lange an, voller Schock und Verwunderung. Noch nie hatte ein kurzer Augenblick des Blickkontaktes sie so tief berührt. Nicht bei den hübschen Augen des süßesten Hirschfohlens, dem sie und Sarah in einem Sommer geholfen hatten, wieder gesund zu werden. Nicht bei den leuchtenden, stolzen Augen des alten Ackergauls, der immer zu nicken schien, wenn sie an seiner Farm in Virginia vorbei joggte. Nicht einmal bei den Augen ihrer Großmutter, die bis zuletzt strahlend und feurig geblieben waren.

Ihr Herz schlug schneller und heftiger. Mit den Fingern krallte sie sich an die Gitterstäbe des Käfigs.

Sie sprach jeden Tag mit dem Bären, aber irgendwann stellte sie fest, dass er nicht auf Geräusche reagierte. Als eine Tür zuschlug, war sie überrascht aufgesprungen, aber der Bär hatte nicht einmal gezuckt. Klatschen erregte seine Aufmerksamkeit auch nicht, ebenso wenig wie das Bellen oder Kreischen von Neuankömmlingen im Rettungszentrum.

Cynthia war missmutig, als Anna sie darauf hinwies. „Selbst wenn er überlebt, wird es schwer sein, ihn wieder in die freie Wildbahn zu entlassen. Ein tauber Bär?"

Anna wollte nicht fragen, was die Alternative wäre. Ein stolzes Tier wie er gehörte in die Wildnis, nicht in die ständige Gefangenschaft eines Wildtierzentrums.

Einen Tag später schaute er sie wieder mit diesen faszinierenden blauen Augen an und sie hätte angesichts der darin verschlüsselten Botschaft fast geweint.

Hilf mir. Bitte. Hilf mir, von diesem Ort wegzukommen.

Es erinnerte sie an die Zeit, in der sie sich als kleines Mädchen vorgestellt hatte, auf einer Dr. Doolittle Farm zu leben, wo sie mit Tieren befreundet sein konnte, die glücklich und frei waren. Sie würde einen freundlichen Löwen, einen verspielten Tiger, einen Wolf, der ihr sagen konnte, was jedes Heulen bedeutete, und ja, einen kuscheligen Bären haben. Einen Großen, genau wie ihn.

Aber so funktionierte das Leben nicht und so sehr sie es auch wollte, konnte sie ihn doch nicht einfach freilassen.

„Du bist verletzt", flüsterte sie.

Bitte, flehten seine Augen. *Ich muss hier raus.*

„Du brauchst noch eine Weile, um zu heilen."

Obwohl er kaum in der Lage war, sich aufzusetzen, wurde er immer unruhiger, ging auf und ab und drehte sich in seinem viel zu kleinen Käfig im Kreis. Er testete die Gitterstäbe mit Pfoten so groß wie Essteller und brach dann zusammen.

Es brach ihr das Herz, aber was konnte sie tun? Selbst wenn sie es wagte, das Undenkbare zu tun, wie sollte sie es denn tatsächlich schaffen? Man konnte nicht einfach eine Käfigtür öffnen, wenn sonst niemand in der Nähe war, und einen verletzten Grizzly zur Tür winken und sagen: *Hier entlang, Kumpel. Viel Glück und gute Reise.*

Ein Vorhängeschloss hielt den Käfig des Bären fest verriegelt. Es wurde nur abgenommen, wenn der Bär aus dem vorderen Raum in den separaten hinteren Bereich gescheucht wurde, damit der Käfig gereinigt werden konnte. Eine der Assistentinnen ging hinein, wechselte die Einstreu, füllte das Wasser nach und kam wieder heraus, um den Käfig zu verriegeln und abzuschließen.

Bis die Assistentin eines Tages zwar den Riegel vorschob, aber das Schloss nicht wieder anbrachte. Anna öffnete den Mund und die Worte lagen ihr auf der Zunge. *Du hast das Schloss vergessen. Ich hole es für dich.*

Aber ihre Hand erstarrte auf halbem Weg, es aufzuheben, als sie den Blick des Bären auf sich spürte. Ein Blick, der so intensiv war, dass ihre Haut kribbelte und warm wurde.

Sie schaute ihm in die Augen. Sein Blick durchbohrte sie und kein einziges Haar auf seinem Körper bewegte sich. Etwas pulsierte zwischen ihnen. Eine Art Verständnis. Ein Plan. Ein Versprechen.

Ja, sie wurde langsam verrückt. Aber verdammt, es fühlte sich ganz so an.

„Hey Anna?", rief die Assistentin.

Anna ließ ihre Jacke auf das Schloss fallen, das neben dem Käfig lag, und wirbelte herum wie eine Diebin, die auf frischer Tat ertappt worden war. „Ja?"

„Zeit, abzuschließen. Willst du helfen?"

„Klar", sagte sie viel zu schnell. „Klar."

Sie gingen herum und kontrollierten jedes Fenster und jede Tür und Anna war in jeder Hinsicht gründlich, bis auf das Vorhängeschloss an seinem Käfig. Dann schnappte sie sich ihre Jacke und beobachtete ihn vom Lichtschalter an der anderen Seite des Raumes aus.

Der Bär saß da und musterte sie. Dann neigte er sein Kinn in etwas, das einem Nicken verblüffend nahekam.

Ihre Hand zitterte, als sie das Licht ausschaltete. Und als sie hinaustrat und die Vordertür abschloss, schüttelte sie den Kopf über sich selbst. Sie war nicht die Komplizin eines geheimen Verbrechens. Sie war dabei, langsam den Verstand zu verlieren.

Und sie machte sich etwas vor. Sie würde das Geheimnis des Verschwindens ihrer Cousine nicht lösen und sie würde auch den wilden Bären nicht retten. Sie würde die wenigen Sachen, die sie mitgebracht hatte, zusammenpacken und gleich am nächsten Tag nach Virginia zurückkehren. Sie musste der Realität ins Auge sehen, aufhören, sich Dinge zu wünschen, und die Wahrheit akzeptieren. Ihre Cousine war tot. Um den Bären würden sich die Behörden kümmern. Und das war es dann.

Sie versuchte, diese Wahrheit in ihren Kopf zu zwingen, indem sie die Worte den ganzen Rückweg zum Haus, während des Abendessens und bis spät in die Nacht vor sich selbst wiederholte. Sie wälzte sich eine unruhige Stunde im Bett herum und sagte sich immer wieder, dass es an der Zeit war, sich ihre Niederlage einzugestehen. Als sie im Morgengrauen erwachte, schaute sie sich mit müden Augen im Spiegel an. Die unruhigen Stunden des Schlafes hatten sie eher erschöpft als erfrischt, aber sie wusste, was sie zu tun hatte.

Komm zur Vernunft, Anna. Es ist Zeit, realistisch zu werden. Nach Hause zu gehen. Um Sarah zu trauern. Vergiss den dummen Bären.

Und dann klingelte ihr Telefon.

Und klingelte und klingelte. Eindringlich, als ob es wüsste, was die Nachricht war.

„Anna?" Cynthia war atemlos, als sie schließlich antwortete. „Wir brauchen dich sofort."

Ihr Herz überschlug sich.

„Was ist passiert?"

„Der Bär ist weg. Ist dir irgendetwas aufgefallen, bevor du gestern Abend gegangen bist?"

Sie log so mühelos, dass es sie selbst schockierte. „Nein."

„Nichts?"

„Nicht das Geringste."

Kapitel 2

Anna kehrte schließlich an die Ostküste zurück, obwohl es ein paar Tage länger dauerte, als sie gedacht hatte. So wie sie in Virginia ankam, tat sie genau das, was sie sich vorgenommen hatte. Sie stellte sich der Realität, betrauerte den Tod ihrer Cousine und vergaß den armen, verletzten Bären.

Nun gut. Zwei der drei Dinge waren wahr.

Sie stellte sich der Realität. Sie fing wieder an, Häuser zu präsentieren und zu verkaufen. Sie trauerte um ihre Cousine und vergoss fast jeden Tag und jede Nacht Tränen – und jedes Mal dazwischen, wenn wie aus dem Nichts eine kleine Erinnerung auftauchte und ihre Gefühle erneut durcheinanderbrachte.

Aber den Bären hatte sie nicht vergessen. Sie wollte ihn nicht vergessen. Und wie könnte sie dies angesichts der mysteriösen Umstände seines Verschwindens?

Sie hatte es an dem Morgen, an dem sie nach Cynthias Anruf zum Wildtierzentrum gerast war, mit eigenen Augen gesehen. Der Käfig hatte weit offen gestanden. Auch die Hintertür stand offen. Keine Anzeichen von Schäden und keinerlei Kratzspuren.

„Ich verstehe das nicht." Cynthia war auf- und abgegangen. „Das Schloss liegt dort drüben. Die Gitterstäbe des Käfigs sind intakt. Aber der Riegel war einfach aufgeschoben, genau wie der Riegel an der Hintertür. Die Vordertür war von außen verschlossen. Wie sollte ein Bär dort hinausgelangen können?"

Anna hatte sich erstaunt umgesehen.

„Die Türen waren verschlossen, als ich gestern Abend gegangen bin. Das weiß ich genau", stammelte sie. Okay, das Vorhängeschloss am Bärenkäfig war nicht befestigt gewesen, aber das sagte sie nicht. Und außerdem hatte Cynthia recht. Ein Bär konnte auf gar keinen Fall den Riegel des Käfigs öffnen.

„Ich kann es einfach nicht verstehen. Was ist passiert?"

Anna hatte keinen blassen Schimmer. Auch Monate später hatte sie noch immer keine Ahnung. Sie hatte sogar mehrfach bei Cynthia angerufen und gefragt, ob der Bär gesichtet worden war, aber die Antwort war jedes Mal gleich.

„Keine Spur von ihm. Es ist völlig verrückt", sagte Cynthia.

Anna grübelte jeden Morgen und jeden Abend darüber nach. Würde sie die Wahrheit jemals herausfinden?

Die Dokumente für das Grundstück ihrer Tante und ihres Onkels in Montana kamen bei ihr an. Und obwohl ihr dabei übel wurde, unterschrieb sie die Übertragungsurkunde und akzeptierte das Grundstück als nächste Angehörige. Obwohl sie sich Mühe gab, den Tod ihrer Cousine zu akzeptieren, kamen mit der Unterschrift der Eigentumsurkunde alle ihre Zweifel und das nagende Gefühl in ihrem Herzen zurück. Was, wenn Sarah doch gar nicht tot war? Die Beweise waren schließlich nicht schlüssig gewesen. Und das Gefühl, dass Sarah irgendwo dort draußen war, ging nie ganz weg.

An manchen Abenden griff Anna nach dem Telefon, da sie sich sicher war, dass es gleich klingeln würde, weil Sarah sie anrief. Ein paarmal hatte es sich so real und so stark angefühlt. Zuerst war sie sich sicher gewesen, dass Sarah anrufen und um Hilfe bitten würde – als hätte sie das Feuer überlebt, wäre aber auf der Flucht vor einer bösen Macht. Dann gab es eine Zeit, in der sich Anna sicher war, dass Sarah anrufen und um ihren Rat bitten würde. Ein Rat in Herzensangelegenheiten, so wie Sarah es einst getan hatte, als ihr Freund Soren mit ihr Schluss gemacht hatte. In letzter Zeit griff Anna mit einem Lächeln zum Telefon, denn sie spürte, dass ihre Cousine gute Neuigkeiten zu berichten hatte.

Was verrückt war. Sie bildete sich das alles nur ein, nicht wahr?

Als das Telefon eines Abends tatsächlich klingelte, sprang sie fast auf, um den Anruf anzunehmen. Es war jedoch Cynthia, nicht Sarah.

„Hi Anna. Wie geht es dir?"

Ich werde verrückt, glaube ich.

„Gut. Wie geht es dir?“

„Es geht mir gut, Süße. Hör mal, ein paar Leute haben sich nach dem Land erkundigt. Ziehst du in Betracht, es zu verkaufen?“

Anna holte tief Luft. Es würde sie umbringen, das Grundstück zu verkaufen, so wie es sie umbringen würde, zurückzugehen.

„Nein. Ich verkaufe nicht. Nicht jetzt.“

Cynthia seufzte. „Ja, das kann ich verstehen. Es gehört zu sehr zu deiner Familie.“

Anna nickte ins Telefon. „Ich kann immer noch nicht glauben, dass sie nicht mehr da sind.“

Cynthia seufzte laut. „Ich weiß, Schatz. Mir geht es manchmal genauso. Erst letzte Woche kam Sally James aus Arizona zurück. Sie wollen sich dort unten zur Ruhe setzen. Kannst du das glauben?“

„Nun, ich denke, die Winter dort sind nicht ganz so kalt.“

„Wie dem auch sei“, fuhr Cynthia fort, „Sally hat gesagt, dass sie in diesem niedlichen kleinen Café angehalten hat. Sie hätte schwören können, dass sie Jessica Macks gesehen hat. Völlig verrückt.“

„Wer ist Jessica?“ Der Name kam ihr bekannt vor, aber sie konnte ihn nicht zuordnen.

„Jessica Macks aus dem Haus im Süden der Stadt. Eins von denen, die niedergebrannt wurden.“

Anna erstarrte. „Sie hat Jessica lebendig gesehen?“

Cynthia seufzte. „Nun, du weißt ja, wie das ist. Man glaubt, jemanden zu sehen, aber dann ist man sich nicht so sicher.“

Ihr Herz überschlug sich in ihrer Brust. „Kannte Jessica Sarah?“

„Hier kennt doch jeder jeden. Aber ja, ich glaube, sie kannten sich. Sarah war doch mit diesem Voss-Jungen zusammen. Wie hieß der noch mal?“

„Soren“, sagte Anna sofort. Sarahs Liebe ihres Lebens. Zumindest hatte sie das gedacht, bis er sie verlassen hatte.

„Ach genau, Soren. Sein Bruder Simon und Jessica waren für eine Weile ein Pärchen.“

„Wo hat Sally sie gesehen? Wann?“

„Schatz, mach dir keine zu großen Hoffnungen. Sallys Augen sind nicht mehr so gut. Ich hätte es nicht erwähnen sollen.“

Aber sie machte sich bereits Hoffnungen. Sogar riesige. Wenn Jessica lebte, dann–

„Wo? Wann?“, wiederholte sie.

„Letzte Woche, irgendwo in Zentral-Arizona.“

Innerhalb von zehn Minuten hatte Anna Sally James angerufen, eine Wegbeschreibung heruntergeladen und sich auf den Weg gemacht, um zum zweiten Mal in den letzten Monaten quer durchs Land zu fahren. Sie breitete die Karte auf ihrem Schoß aus und schaute immer wieder darauf, während sie fuhr. Sie musste nur der I-40 nach Westen folgen, nicht wahr?

Dreitausend Kilometer nach Westen, aber sie zuckte nicht einmal mit der Wimper. Sie musste sich sicher sein. Wenn Jessica noch am Leben war, war Sarah es vielleicht auch.

∞∞∞∞

„Das Quarter Moon Café? Gleich die Straße runter.“ Der Mann im Eisenwarenladen zeigte in die Richtung. „Die haben die besten Muffins in der Stadt.“

„Und die besten Wraps“, fügte der Mann hinzu, der gerade seinen Einkauf bezahlte.

„Die richtige Wahl“, stimmte ein dritter Mann zu.

Anna hoffte es sehr. Sie hatte versucht, ihre Nerven zu beruhigen, aber es funktionierte einfach nicht. Schon gar nicht nach einer Marathonfahrt mit nur kurzen Nickerchen auf der Rückbank ihres Autos. Ihr Rücken schmerzte, die Finger zuckten, aber ihre Hoffnungen waren gefährlich groß.

Vielleicht war es gar nicht Jessica. Und selbst wenn, wusste sie vielleicht gar nichts über Sarah. Trotzdem fühlte sich Anna einen Schritt näher dran, etwas über das Schicksal ihrer Cousine zu erfahren.

„Aber beeilen Sie sich“, fügte der Mann hinzu. „Sie schließen bald.“

Sie konnte sich nur mit Mühe davon abhalten, loszurennen, schaffte es jedoch, lediglich schnell zu gehen. Jeder Nerv in ihrem Körper summte vor Anspannung und sie ballte die Fäuste und öffnete sie wieder. Beinahe wäre sie in den falschen Laden gegangen, denn daneben befand sich eine Bar mit einem Schild über der Tür, auf dem *Blue Moon Saloon* stand.

Die Tür des Saloons flog auf und fast hätte ein Mann sie umgeworfen. Sie stolperte rückwärts. Er richtete sich auf und konnte sich – und sie – gerade noch rechtzeitig abfangen, bevor sie zu Boden gingen. Er packte sie an beiden Armen und stellte sie hastig wieder auf die Füße.

„Entschuldigung", sagte er. Er schrie es fast, so wie jemand, der Kopfhörer trug, anstatt mit normaler Stimme zu sprechen. Seine Augen blitzten auf und–

Anna erstarrte, als er in einem hektischen Trab weiterlief.

Blau. Seine Augen waren so blau.

Sie stand wie ein Reh im Scheinwerferlicht da und hielt einen Moment lang an diesem Gedanken fest. Wie eine kaputte Schallplatte kreiste er herum und herum und wiederholte sich wieder und wieder. *Blau. So unglaublich blau.*

Eintausend Synapsen feuerten, aber keine von ihnen löste einen rationalen Gedanken aus.

Diese strahlend schönen Augen waren ihr so vertraut. So ehrlich. So echt. Wo hatte sie die schon einmal gesehen?

Sie drehte sich langsam um und starrte auf seinen breiten Rücken, als er über die Straße eilte.

„Passen Sie auf!", rief sie.

Ein Lastwagen hupte und bremste, aber der Mann drehte nicht einmal den Kopf.

Warten Sie, wollte sie ihm hinterherschreien. *Warten Sie.*

Sie wusste nicht einmal, warum sie wollte, dass er wartete. Nur, dass es zwingend notwendig schien, dass er nicht ging. Sie machte sogar einen halben Schritt in seine Richtung, bevor sie sich wieder fing. Warum folgte sie einem Fremden, wo sie doch eigentlich–

Die Tür des Saloons schwang auf und traf sie fast in die Rippen. Eine Frau stürzte heraus.

„Todd!" Sie stieß mit Anna zusammen, als hätte sie sie nicht gesehen und genau wie Anna machte sie einen Schritt auf die Straße zu, bevor sie stehen blieb und die Verfolgung aufgab.

Anna schaute hinüber. Kein Wunder, dass die Frau sie nicht gesehen hatte. Ihre Augen waren voller Tränen.

Die Frau drehte sich um und bemerkte Anna plötzlich. „Oh, tut mir leid…"

Sie brach mit einem erstickten quietschenden Geräusch ab. „Anna?"

Anna starrte sie an. „Sarah?"

Sie standen da und starrten sich an, bevor sie in eine Umarmung fielen.

„Oh mein Gott, Sarah." Anna umarmte ihre Cousine ganz fest. „Du bist es. Du bist es wirklich."

Sarah zog sie fest an sich und Tränen durchnässten Annas Schulter. „Anna? Anna?"

Keine von beiden konnte einen zusammenhängenden Satz herausbringen. Anna ließ Sarah gerade lange genug los, um sich zu vergewissern, dass sie nicht träumte. Es war wirklich Sarah – Sarah mit ihren smaragdgrünen Augen und dem feuerroten Haar. Anna zog ihre Cousine wieder an sich und umarmte sie fest. Gott, Sarah war am Leben. Sie lebte! Und sie sah auch gut aus – gebräunt, strahlend und gesund. Vielleicht sogar besser, als sie sie jemals zuvor gesehen hatte, mal abgesehen von den frischen Tränen.

„Gott, bin ich froh, dich zu sehen, Sarah. Alle haben gesagt, du wärst tot."

Die Tür des Saloons bewegte sich, aber Anna rührte sich nicht. Wer auch immer das war, konnte warten. Ihre Cousine war am Leben!

Ein Baby gurrte und Sarah löste sich schnell von ihr, um es zu beruhigen. Ein großer Mann nahm den größten Teil des Türrahmens ein und ließ das Baby in seinen Armen winzig erscheinen. Sein versteinertes Gesicht war furchterregend, aber Sarah schien nicht eingeschüchtert zu sein. Sie murmelte etwas, als sie nach dem Baby griff und sich die Tränen aus dem Gesicht wischte.

„Glaube mir, ich bin so froh, dich zu sehen, Anna. Aber ich brauche eine Minute. Nur eine Minute. Wir haben gerade eine ziemlich schockierende Nachricht erhalten und…"

Anna schaute von ihrer Cousine zu dem Mann und dem Baby und dann wieder zurück. Wow, Sarah hatte ein Baby. Und wow, Sarah hatte Soren, den Mann, den sie all die Jahre lang geliebt hatte. Das war großartig, aber warum sahen die beiden so betroffen aus?

„Klar", sagte Anna. Die Luft knisterte förmlich vor Anspannung und sie wich zurück. „Kein Problem. Ich werde einfach... ähm, im Park warten."

Der Park befand sich auf der anderen Straßenseite. Ein grüner Fleck inmitten der ausgedehnten westlichen Landschaft.

Sarah griff nach ihrem Arm und umarmte sie kurz, bevor sie sie wieder losließ. „Es tut mir so leid. Ich komme gleich nach."

„Kein Problem." Nun, offensichtlich gab es ein Problem, aber die Hauptsache war, dass Sarah lebte. Und sie war nicht nur am Leben, sie war auch Mutter geworden.

Anna machte sich auf den Weg zum Park und war innerlich ganz aufgewühlt. War Sarah die ganze Zeit in Arizona gewesen?

Sie schaute sich um. Diese Stadt war wie aus einem alten Wild West Film entsprungen, voller kastenförmiger Gebäude mit falschen Fassaden. Hochaufragende Ulmen spendeten Schatten im Park und Anna erwartete fast, dass es sich bei dem rasselnden Geräusch, das die Straße hinunterkam, um einen Planwagen handelte. Es stellte sich heraus, dass es nur ein staubiger Pick-up war, der mit Säcken voller Futter beladen war. Aber das passte auch. Am Eingang des Parks stand eine Bronzestatue mit einem Pferd und einem Reiter, die bereit waren, in die Berge zu galoppieren. Sie waren so lebensecht und voller Energie, dass sie zweimal hinschaute. In der Mitte des Parks, umgeben von einem Meer aus Grün, befand sich ein imposantes Steingebäude, das in goldenes Licht getaucht war.

Der Saloon war nicht das einzige altmodische Gebäude in der Stadt. Es gab eine ganze Reihe von Bars und Geschäften, darunter ein Friseursalon mitsamt gestreifter Stange. An den Laternenpfählen hingen Flaggen – amerikanische Flaggen, die sich mit der Flagge von Arizona mit ihrer Sternenexplosion abwechselten –, die sich alle sanft im Wind wiegten. Auf Straßenebene bewegte sich die Luft kaum, aber dank der umliegenden Hügel, die mit einem dichten Kiefernwald bewachsen waren, fühlte sich jeder Atemzug frisch an.

Wäre sie nicht so auffallend schön gewesen, hätte Anna die Stadt um sich herum vielleicht gar nicht wahrgenommen. Ihr Kopf war zu sehr mit dem Gedanken an ihre Cousine beschäftigt.

Sarah. Lebendig, wiederholte ein Teil ihres Gehirns immer wieder.

Das ganze Blau. Dieses strahlende helle Blau, flüsterte ein anderer Teil.

Sie versuchte nicht, den Sinn in der Sache zu finden. Sie ging einfach weiter und ließ Fetzen von Gefühlen durch ihren Kopf schwirren.

Sarah. Baby. Soren.

Und Blau. Dieses unglaubliche Blau.

Es war Mittagszeit und der Park war voll von Menschen. Einige in Röcken oder Anzügen, andere mit Cowboyhüten. Wie auf Autopilot setzte sie sich auf eine Bank und starrte in die Ferne.

Wenn Sarah noch lebte, warum hatte sie dann keinen Kontakt aufgenommen? Konnte es sein, dass Sarah nicht wollte, dass die Welt davon erfuhr?

Anna schaute sich um. Vielleicht war sie nur paranoid. Vielleicht gab es eine gute Erklärung für all das – eine, die Sarah ihr geben würde, sobald sie das Problem gelöst hatte, das aufgetreten war.

Sie schloss die Augen und neigte ihren Kopf zum Himmel. Vielleicht war dies das Blau, von dem ihr Verstand so besessen war. Wenn sie ihre Augenlider ganz leicht öffnete, konnte sie durch die Bäume hindurch Flecken davon sehen.

Irgendwo auf der Straße hatte ein Auto eine Fehlzündung und sie riss den Kopf herum. Die Blätter der Bäume raschelten und sie holte tief Luft, um ihre Nerven zu beruhigen. Sie war gerade zwei Drittel des Weges durch das ganze Land gefahren. Sie hatte soeben ihre Cousine gefunden. Sie konnte sich endlich beruhigen, nicht wahr?

Aber irgendetwas machte sie nervös. Etwas, das sie nicht in den Frieden eintauchen ließ, den die Bäume ausstrahlten.

Sie hatte den Mann, der am anderen Ende der Bank saß, vage wahrgenommen, als sie sich gesetzt hatte, aber jetzt schaute sie direkt zu ihm hinüber. Er saß vornübergebeugt da und sein Kopf war fast hinter seinen Knien verborgen. Nicht so sehr in einer Position, als hätte er zu viel getrunken – eher wie ein Quarterback nach einem missglückten Spielzug. Er bewegte sich kaum. Nur seinen linken Stiefel bohrte er in die Erde und drückte Kieselsteine zu Staub. Das schlichte graue T-Shirt, das er trug, spannte sich über seinen breiten Rücken. Die Hände hatte er in sein Haar geschoben.

Offensichtlich war ihre Cousine nicht die Einzige, die einen schlechten Tag hatte.

„Geht es Ihnen gut?", wagte sie zu fragen und war erleichtert, sich vom brodelnden Kessel ihrer Gedanken abzulenken.

Der Mann bewegte sich nicht, was eigentlich ein Zeichen sein sollte, ihn in Ruhe zu lassen. Aber selbst als sie ihren Blick von den dicken Muskelpaketen unter seinem T-Shirt abwenden wollte, drängte sie etwas zurück. Fast ohne sich darüber bewusst zu sein, rutschte sie näher an ihn heran.

„Hey", sagte sie leise und beugte sich vor, um seinem Blick zu begegnen.

Sein Haar war kurz und sandbraun. Fast goldbraun, wie die Blätter über ihnen. Es war gerade lang genug, dass er sich mit den Fingern daran festhalten konnte. Außerdem war es zerzaust, als hätte er die Nacht durchgearbeitet und wäre noch nicht dazu gekommen, sich darum zu kümmern, wie es aussah. Und seine Hände – Mann, die waren so groß wie Bärentatzen. Und fest geballt, als wollte er sich nicht entspannen, weil er sonst den Verstand verlieren würde.

Es tat ihr weh, einen Mann so gequält zu sehen. Ohne nachzudenken, legte sie ihm eine Hand auf die Schulter. Wäre er einer der heruntergekommenen Typen gewesen, die durch öffentliche Parks geistern, hätte das sicher Ärger bedeutet. Aber dafür war er zu jung und zu sauber. Er roch nach Wald, nicht nach Alkohol und seine herabgesenkten Schultern verrieten ihr, dass er gerade eine schreckliche Nachricht erhalten hatte. Vielleicht war ein Freund bei einem Autounfall ums Leben gekommen? Oder ein Kamerad in einem sinnlosen Krieg weit weg getötet worden?

„Geht es Ihnen gut?", wiederholte sie.

Seine Schulter war rund und muskulös und ihre Hand wäre fast abgerutscht. Dann schaute er auf und ihr stockte der Atem.

Es war der Typ, der sie an der Saloontür fast umgeworfen hatte. Der Typ mit den unglaublich blauen Augen. Sie hatte den Anblick zuvor kaum verarbeiten können, aber jetzt ertrank sie in ihnen. Sie fesselten ihren Blick an sich und ließen sie nicht mehr los.

Warm, entschied ihr Verstand. *Sicher.*

Ihre Gedanken reduzierten sich auf Ein-Wort-Sätze und drei weitere Beobachtungen folgten der ersten. *Traurig. Verraten. Verletzt.*

Und dann kam etwas, das ihr Herz zum Überschlagen brachte. *Meiner*, verkündete ihr Verstand. *Meiner.*

Kapitel 3

Als Todd sich auf die Bank fallenließ, war er fassungslos.

Ein Sohn. Er hatte einen Sohn?

Es verschlug ihm den Atem und sein Magen zog sich in sich zusammen. Selbst während er auf der Parkbank saß, konnte er seine Lunge nicht zum Funktionieren bringen. Jeder Atemzug jagte den nächsten, genau wie das Blut, das durch seine Adern rauschte.

Er hatte einen Sohn, aber er hatte keinen Sohn. Das Baby gehörte jetzt Soren.

Gott, die letzten beiden Stunden kamen ihm so unwirklich vor. In einem Moment war er noch allein durch den Wald gestapft. Und im nächsten hatte Soren ihn aus seiner Bärengestalt gelockt, ihn in ein paar Klamotten gesteckt und in eine staubige Westernstadt gefahren. Aber Todd nahm die Umgebung kaum wahr, denn seine Gedanken kreisten um das, was er Soren sagen musste, wenn er die Gelegenheit dazu bekam. Wie zum Teufel erzählte man seinem Cousin, dass man aus Versehen mit seiner Gefährtin geschlafen hatte?

Wie sich herausstellte, übernahm Soren das meiste des Redens – laut und gleichzeitig in seine Gedanken – und Todd war derjenige, der auf den Füßen schwankte und es nicht glauben konnte.

Vor einem Jahr... Ostküste... Ich habe Sarah so vermisst, dass ich nicht aufhören konnte, an sie zu denken... Ich hätte nie gedacht, dass die alten Legenden wahr sind...

Es hörte sich sehr nach einer Entschuldigung an, was ihn so verwirrte. Warum entschuldigte sich Soren?

Sein Cousin war noch immer von einer atemlosen Erklärung zur nächsten gestolpert, als Sarah mit einem Baby auf dem

Arm ins Zimmer kam. Zuerst hatte ihr Gesicht vor Freude und Dankbarkeit gestrahlt, doch dann hatte die Besorgnis es getrübt.

Nettes Baby, hatte er gesagt und sich gefragt, warum die Anspannung im Raum so wild knisterte wie ein aufziehendes Gewitter. Er fragte sich, worauf Soren wohl hinaus wollte. *Glückwunsch.*

Soren schaute Sarah an und Sarah starrte auf den Boden.

Wir haben ihn Ted genannt, hatte Soren gesagt. Er strich mit einer Hand über den Rücken des Babys. Diese Geste war so hundertprozentig beschützender Papabär. Fast so, als würde er Todd warnen. Was natürlich verrückt war, denn Todd würde nie etwas tun, was einem Kind schaden könnte, schon gar nicht einem Mitglied seines Clans.

Er ist vier Monate alt, fügte Soren hinzu.

Schön.

Vier Monate, wiederholte Soren langsam. *Geboren im Juli.*

Todd hatte seinen Cousin noch nie so betrübt gesehen. Stimmte etwas nicht mit dem Baby?

Soren wirbelte mit einem Finger in der Luft herum und signalisierte Todd damit, nachzurechnen. Vier Monate alt und im Juli geboren, das bedeutete, dass die Zeugung des Babys im...

In seinen Gedanken überschlug er die Monate und landete im Oktober des Vorjahres.

Oktober. Soren nickte und sah Jahrzehnte älter aus als je zuvor.

Zuerst fragte sich Todd, warum das Datum so wichtig war, und dann wurde es ihm plötzlich klar.

Heilige Scheiße.

Todd drückte die Knie durch, bevor sie unter ihm nachgeben konnten. Im letzten Oktober war Soren unterwegs gewesen und hatte Todd die Aufgabe übertragen, auf Sarah aufzupassen. Und Todd hatte genau das getan. Er hatte alles andere vernachlässigt – seine gewohnte Routine, seine Freunde, seine Arbeitszeit –, um sein Versprechen gegenüber Soren zu halten. Und obwohl er Sarah mochte, hatte er sie nie als etwas anderes als die Gefährtin seines Cousins betrachtet. Sie war für ihn absolut tabu – eine Grenze, die er nie zu überschreiten wagte und an deren Überschreitung er auch nie interessiert gewesen war.

Bis auf diese eine Nacht, in der etwas in Sarah gefahren war. Und als er sie endlich aus diesem Techno-Club herausgeholt hatte, hatte dieses *Etwas* auch von ihm Besitz ergriffen. In der einen Minute war er ein Mann auf einer Mission gewesen, im Bodyguard-Modus, und in der nächsten...

Er schloss die Augen und wünschte, er könnte die Realität verdrängen.

Im nächsten Moment war er nicht mehr Herr über seinen Körper gewesen. Er war sich vage bewusst gewesen, was geschah – und so überaus schmerzhaft bewusst, wie falsch es war –, aber er war machtlos gewesen, es aufzuhalten. Wie eine Marionette folgte er den Befehlen, die eine äußere Macht in seinen Körper sandte. Er war geradewegs über die unsichtbare Grenze marschiert, von der er sich geschworen hatte, sie niemals zu überschreiten.

Danach hatte er sich kaum an die Sache selbst erinnert, nur daran, dass er sich losgerissen hatte und vor Scham fast gestorben war.

Und jetzt hatte sich eine Situation – die ohnehin schon schlimmer nicht sein konnte – gerade zu... zu... dem hier entwickelt. Er hatte nicht nur die Gefährtin seines Cousins gevögelt. Er hatte ihr Baby gezeugt. Das Baby, das unschuldig in ihren Armen gurrte.

Sein Sohn.

Er starrte auf den abgenutzten Teppich im Hinterzimmer des Saloons. Er kratzte an der Jeans, die Soren ihm geliehen hatte und überlegte, was er tun oder sagen sollte. Schließlich zwang er sich, Soren anzusehen und den Tatsachen wie ein Mann ins Auge zu blicken. Wie der Mann, zu dem er erzogen worden war. Er hatte etwas Falsches getan und jetzt war das Einzige, was ihm blieb, es einzugestehen. Nicht um sich zu entschuldigen, sondern um zu versuchen, es irgendwie zu erklären.

Aber wie zum Teufel sollte er etwas erklären, wenn er es selbst nicht verstand?

Ich wollte nicht, dass es passiert, Soren. Und es war auch nicht Sarahs Schuld. Es war wie etwas–

Er hatte erwartet, dass Soren ihn mit dem empörten Bellen eines Alphas unterbrechen würde. Nicht mit einem einzigen Wort, das er in seine Gedanken flüsterte.

Mondlust.

Todd wich einen Schritt zurück und starrte nur.

Mondlust, sagte Soren erneut. *In dieser Nacht habe ich an Sarah gedacht und irgendwie...*

Mondlust? Todd schwankte ein wenig auf seinen Füßen. Die Mondlust war eine dieser Legenden, von denen die Alten gerne sprachen. Die Macht von Gefährten, sich über große Entfernungen hinweg zu berühren, zu lieben und zu vereinen. Wenn ein Wunsch zu einer Handlung wurde, die sich nicht nur im Kopf sondern auch auf körperlicher Ebene abspielte. Wenn sich zwei Liebende gegenseitig spüren, hören und zusammenfinden konnten.

Ich wusste nicht, dass es auch jemand anderen beeinflussen könnte, sagte Soren. *Ich hätte es nicht zulassen dürfen.*

Todd starrte ihn an. Sein Cousin entschuldigte sich tatsächlich.

Es war meine Schuld, fuhr Soren fort.

Und auch meine, fügte Sarah hinzu. Ihre Stimme klang in seinem Kopf angespannt und bebend. Sie umklammerte das Baby fester und ein Schatten der Angst färbte ihr Gesicht.

Angst? Warum sollte sie jemals Angst vor ihm haben?

Ein Blick auf Soren, dessen Gesicht zu grimmigen Falten verzogen war, verriet ihm, warum.

Sie haben Angst, dass wir das Baby haben wollen, flüsterte sein Bär in seinem Inneren.

Ich liebe dieses Baby, brüllte Soren fast. Er sagte es nicht laut und auch nicht in Todds Gedanken, aber sein Körper sandte trotzdem heftige Schwingungen aus. *Ich werde es niemals aufgeben.*

Todd wollte nicht, dass er das Baby aufgab. Warum sollte er auch? Das Baby gehörte ihnen. Ein Baby geboren aus Sorens und Sarahs Liebe. Er war nur der... der...

Mein Gott, was war er denn?

Ein Niemand in einer Gleichung, bei der eins plus eins drei ergab.

Ein Schmerz, der tiefer war als alles andere, was er je von einer Wunde gespürt hatte, sickerte in seine Knochen. Das Baby war nicht seins in einem Sinne, der wirklich zählte. Bis jetzt hatte er nicht einmal gewusst, dass es ein Baby gab. Und doch fühlte es sich an, als wäre ihm etwas entrissen worden. Ein Stück seiner Seele, das ihm genommen wurde.

Ich verdanke dir alles, sagte Soren und legte etwas von seiner harten Alphafassade ab, die er wie eine Rüstung trug. *Du hast meine Gefährtin gerettet. Du hast uns eine Zukunft gegeben, von der wir nie dachten, dass wir sie haben würden.*

Soren sagte vielleicht nicht, *und du hast geholfen, den Sohn zu erschaffen, den ich so liebe,* aber Todd konnte es in seinen Stirnfalten sehen. Zusammen mit der Sorge. *Bitte, bitte, versuche nicht, ihn mir wegzunehmen. Mach dies nicht zu einem Kampf, der nicht sein muss.*

Was sollte er denn sagen? Dass er keine Kraft mehr zum Kämpfen hatte? Dass es ihm nie in den Sinn gekommen wäre, das Kind einzufordern? Er würde nie und nimmer eine Familie zerstören. Und er würde auch nie gegen Soren kämpfen. Soren gehörte zur Familie und Sarah war Sorens Gefährtin. Todd hätte sich überhaupt nicht zwischen sie stellen dürfen.

Außerdem, was wusste er schon über Babys? Abgesehen von der Tatsache, dass sie zu ihren Eltern gehörten?

Es braucht nicht viel, erinnerte er sich an die Sprüche seiner Großmutter. *Ein bisschen Füttern, viel Festhalten. Jede Menge Liebe.*

Ja, nun. Er war sich ziemlich sicher, dass es so einfach nicht wäre. Und tief in seinem Inneren wusste er auch, dass es sich falsch anfühlen würde, Teddy zu halten, selbst wenn Sarah ihn jetzt in seine Arme legte. Dies war Sorens und Sarahs Kind, nicht seins.

Todd, rief Soren in seine Gedanken.

Er studierte das Rautenmuster auf dem verblichenen Teppich. Ganz ehrlich, er hätte sterben sollen, als er die Chance dazu hatte. Warum spielte das Schicksal mit ihm? Warum hatte es ihn auf eine monatelange Reise hierhergeführt, nur um dann wie ein Außenseiter behandelt zu werden? Schlimmer noch, als eine Bedrohung für seinen eigenen Clan. Warum?

Ohne nachzudenken, ging er zur Tür. Das Schicksal hatte ihm alles genommen. Seine Familie. Sein Zuhause. Seine Bestimmung. Ein großes Stück seines Stolzes. Es hatte seinen Körper dauerhaft vernarbt. Und als ob das noch nicht genug wäre, nahm ihm das Schicksal nun auch noch etwas weg, von dem er nicht einmal wusste, dass er es hatte.

Einen Sohn.

Er stolperte und war kaum in der Lage, zu denken oder zu reagieren.

Todd! rief Soren ihm hinterher, aber Todd stürmte weiter in Richtung Tür.

Todd! rief Sarah genau wie ihr Gefährte.

Er stürmte durch den vorderen Raum des Saloons und zur Tür hinaus. Das grelle Licht der Arizonasonne traf ihn wie ein Scheinwerfer und er war sich sicher, dass er das grausame Gackern des Schicksals in der Brise hörte. Er stieß mit jemandem zusammen und schaffte es gerade noch, eine Entschuldigung zu stammeln, bevor er über die Straße rannte. Er konnte nichts anderes denken als *weg*. Er musste weg. Weg vom Schicksal, weg von der Realität. Weg von allem.

Gott, er hatte sich noch nie so müde und so ratlos gefühlt. Sein ganzes Leben lang hatte er die Geschichten über das Schicksal und einen größeren Plan gehört. Und verdammt noch mal, er hatte sie geglaubt. Er hatte alles getan, was ein guter Bär tun sollte. Er hatte seinem Clan gedient. Andere über sich selbst gestellt. Er hatte geschuftet. Sich aufgeopfert. Andere respektiert. Aber das vergangene Jahr – und ganz besonders der heutige Tag – hatte diesen heiligen Tempel in seinem Geist eingerissen. Vielleicht gab es so etwas wie ein allmächtiges Schicksal doch nicht. Und wenn doch, dann war das Schicksal ein grausamer Puppenspieler, nicht die gütige Macht, an die zu glauben er gelehrt worden war. Er hatte sein ganzes Leben lang die Regeln befolgt. Nicht, um dafür belohnt zu werden, sondern weil es richtig war, Gutes zu tun.

Aber Scheiße. Hatte er sich geirrt? Mit allem?

Seine Schuhe schlurften über den Asphalt, dann über die Pflastersteine, dann über die weiche Oberfläche des üppigen Rasens im Park. Er war schon halb durch den ganzen Park gestapft, bevor er abrupt stehen blieb. Wo zum Teufel wollte er hin? Und warum?

Es fühlte sich an, als ob ein Stecker gezogen worden wäre. Die letzten Reste von Energie, der letzte Hauch von Feuer verließen ihn und er sank auf eine Bank und stützte den Kopf in seine Hände. Er konzentrierte sich, anstatt zu denken, auf seine Atmung und auf die wenigen Zentimeter Abstand zwischen seinem Gesicht und seinen Knien.

Ein Sohn. Mein Gott, er hatte einen Sohn.

Nein, haben wir nicht, beklagte sein Bär. *Soren hat einen.*

Er bedeckte seine Augen und versuchte diesen Gedanken mit etwas anderem zu verdrängen. Mit einem Plan. Er musste einen Plan schmieden.

Wie was zum Beispiel? forderte sein Bär.

Nun, er könnte zurück in den Wald gehen, sich in seine Bärengestalt zurückverwandeln und so bleiben. Am besten für immer. Ein Bär zu sein war einfacher, weil sich die Welt auf heiß/kalt, hungrig/satt, wach/schlafen beschränkte. Nicht viel mehr. Einem Bären ging es mehr um das Heute als um das Gestern oder Morgen, nicht wahr?

Tief in seinem Körper knurrte der Bär unzufrieden. *Ich fühle. Ich denke. Ich bin verletzt. Es spielt keine Rolle, ob ich auf zwei oder vier Füßen stehe. Es wird diesen Schmerz nicht verschwinden lassen.*

Er fuhr sich mit den Händen durch die Haare und hielt sich daran fest, nur um etwas zu haben, das ihm Halt gab.

Sein Kopf fühlte sich an, als würde er gleich explodieren. Er biss die Zähne zusammen und kratzte über seine Kopfhaut, um zu versuchen, das alles zu vertreiben. Aber es funktionierte nicht. Genauso wenig wie hin und her zu wippen oder langsamer oder schneller oder gleichmäßiger zu atmen. Nichts funktionierte.

Bis eine federleichte Berührung seine Schulter wärmte und sein rasendes Herz ein wenig langsamer schlagen ließ. Der nächste Atemzug, den er tat, überlagerte den vorherigen nicht.

Er glitt einfach seine Kehle hinunter und obwohl die Luft an diesem gottverlassenen Ort knochentrocken war, fühlte er sich gut an.

Die Feder bewegte sich, was seinen Atem ausdehnte und verlangsamte und damit die Bewegung seiner Schulter widerspiegelte. Die Muskeln in seinem Kiefer entspannten sich und seine Finger ließen sich von den Wurzeln seiner Haare lösen. Vielleicht musste er sie sich heute doch nicht ausreißen. Vielleicht würde alles gut werden.

Etwas bewegte sich neben ihm und das einzig Seltsame daran war, dass es in seinem Kopf keine tausend Alarmglocken auslöste. Sein Gehirn fragte nicht, wer oder warum oder was dafür verantwortlich war. Es... entspannte sich einfach ein wenig. Das Hämmern in seinem Schädel ließ nach und wurde von einem Geräusch ersetzt. Ein leises Flüstern, wie ein kleines Klopfen in seinem Unterbewusstsein. Er strengte sich an, es zu hören.

„Geht es Ihnen gut?“

Er verstand es erst beim zweiten oder dritten Mal. Irgendetwas an dieser Stimme kam ihm bekannt vor und er schaute auf.

Smaragdgrüne Augen. Sommersprossen. Eine Mähne aus dichtem, dunklem Haar. Hauchzarte Augenbrauen und darüber ein dünner Pony, der die Sorgenfalten nicht ganz verdeckte.

Eine Frau. Eine Frau, die ihm irgendwie vertraut war.

Ihre Lippen bewegten sich erneut und er wünschte sich eine Zeitlupe davon. Eine vergrößerte Wiederholung, weil es so schön anzusehen war.

Ging es ihm gut? Nicht wirklich. Aber sie in seiner Nähe zu haben, machte die Dinge irgendwie erträglicher.

Sein inneres Biest begann auf und ab zu pirschen. Schnüffelnd. Vielleicht sogar hoffnungsvoll.

„Klar. Gut.“ Er war sich nicht sicher, ob er seine eigene Stimme wirklich hörte oder ob er es sich nur in seinem Kopf einbildete. Er war zu sehr damit beschäftigt, zu beobachten, wie sich ihre Lippen zu einem winzigen Anflug eines Lächelns verzogen. Wie ein Tagesanbruch im Winter, wenn die Sonne kaum über die Berge lugte. Wenn eine tiefe Schneeschicht alles bedeckte und die Welt friedlich und sanft erscheinen ließ.

„Sind Sie sich sicher?“ Sie neigte den Kopf.

Er nickte. Ein Kardinal flog vorbei und ihm fiel auf, dass er ihn nicht hören konnte. Ein rostiger alter Müllwagen rumpelte die Straße hinunter und obwohl er das Rattern und Kreischen in seinen Knochen spürte, nahm er es nur als ein leises Kratzen in seinen Ohren war. Eine Mutter schob einen Kinderwagen vorbei und das Kind gestikulierte und bewegte den Mund, aber auch das konnte er nicht hören. Alle Geräusche in seinem Universum waren ausgeschaltet, bis auf die Stimme der Frau neben ihm.

Sie konnte er hören. Sie war leise, aber er verstand jedes Wort. Er konnte den Sinn auch spüren, denn sie hatte eine Art, dem Klang eine Bedeutung zu geben. Mit unbewussten Zeichen, die er mit Hilfe eines sechsten Sinns aufnahm.

Ein langer stiller Moment verging, als er sich über diese Tatsache wunderte. Sein Bär gab zufriedene, brummende Geräusche von sich, die in seiner Brust vibrierten.

Meine. Gefährtin.

Ihre Anwesenheit beruhigte ihn so sehr, dass ihn selbst die Worte seines Bären nicht aus der Ruhe brachten.

„Hallo“, flüsterte sie plötzlich schüchtern. Als sie ihre Hand von seiner Schulter zog, wollte er danach greifen und sie zurücklegen. Sie zwirbelte kurz einen Finger in ihrem Haar, streckte dann die Hand aus und bot ihm einen Händedruck an. „Ich bin Anna.“

Eine schwache Erinnerung bahnte sich ihren Weg durch das überfüllte Chaos, das sein Verstand geworden war. Sie schrie und drängte sich aus einer hinteren Ecke nach vorn. *Ich kenne sie! Ich kenne sie!*

„Hallo.“ Er schloss seine Hand um ihre und drückte sie gerade so fest, dass der Drang seines Bären gestillt wurde, sie in Besitz zu nehmen. Aber sanft genug, um sie nicht zu zerquetschen.

Vorsichtig, brummte sein Bär. *Tu ihr nicht weh. Beschütze sie.*

Es fühlte sich an, als wäre er aus einem Schneesturm gezogen und in eine gemütliche Hütte mit einem Kamin geworfen worden. Er war benebelt und zufrieden. Der Rest der Welt fühlte sich weit weg und vage an, aber das war auch in Ordnung so. Warum sollte er sich nicht für eine Weile in diesem einen Hauch von etwas Gutem suhlen?

Er wollte gerade die Augen schließen und genau das tun, als sich eine Art Jucken auf seinem Nacken bemerkbar machte. Ein Jucken, das zu einem Brennen wurde, als Annas Augen etwas hinter ihm entdeckten. Sie riss sie weit auf. Sie verzog ihren perfekten, ausdrucksstarken Mund und ihre Nasenlöcher bebten. Der beißende Geruch von Angst strömte von ihr aus.

Er sprang auf, wirbelte herum und musterte die Umgebung. Was hatte sie erschreckt? Welche Gefahr lauerte dort draußen?

Mit seiner linken Hand führte er sie einen Schritt zurück. Jedes Haar an seinem Körper stand zu Berge, als er in der Luft schnupperte und nach dem suchte, was oder wer es sein könnte. Die Spitzen seiner Bärenzähne stießen gegen sein Zahnfleisch.

Meine Gefährtin! Halte dich verdammt noch mal fern! brüllte sein Bär in einer Herausforderung denjenigen an, der sie von dort draußen bedrohte.

Er fletschte die Zähne – seine menschlichen Zähne, wenn auch nur knapp. Wer bedrohte diese Frau? Und warum?

Ein Straßenreinigungsfahrzeug tuckerte die Straße entlang und die Bürsten surrten leise. Zwei Männer in Anzügen verließen das Gerichtsgebäude in der Mitte des Parks und sprachen in ihre Handys. Hinter ihnen ging in einem Gewirr aus Farben und Formen eine Gruppe von Menschen den Bürgersteig entlang. Welcher von ihnen hatte sie erschreckt? Und warum?

Die Brise kam aus der falschen Richtung und half ihm nicht, einen Geruch auszumachen. Er kniff die Augen zusammen und studierte ein Gesicht nach dem anderen, während er sich durch den Park arbeitete. Dann drehte er den Kopf gerade noch rechtzeitig, um zu sehen, wie ein Mann um eine Ecke bog und aus seinem Blickfeld verschwand. Ein mittelgroßer Mann in durchschnittlicher Kleidung. Ein Gestaltwandler? Ein Mensch? Verdammt, er hatte nichts in der Hand und so sehr er dem Arsch auch hinterherjagen wollte, um ihm ein Geständnis zu entlocken, wollte er Anna doch nicht allein lassen.

Er stieß das lauteste, mentale Gebrüll aus, das er je von sich gegeben hatte, und hielt es dabei vor menschlichen Ohren verborgen. Jeder Gestaltwandler im Umkreis von zehn Kilometern wurde jedoch gewarnt, sich nicht mit der Frau hinter ihm anzulegen.

Meine Frau! Meine Gefährtin!

Er drehte sich um und packte sie an beiden Armen. „Was haben Sie gesehen?"

Ihr Blick huschte zwischen seinem Gesicht und der Ecke hin und her, um die er den Mann hatte verschwinden sehen.

„Ich bin mir nicht sicher. Jemanden. . . "

Er neigte sein Gesicht seitlich, um ihre Worte zu verstehen, und schüttelte dann den Kopf. Sie legte offensichtlich eine tapfere Miene auf – ein gezwungenes Lächeln, das er ihr keine Minute lang abnahm.

„Wahrscheinlich habe ich es mir nur eingebildet." Sie zuckte mit den Schultern, aber die Geste war steif.

Was eingebildet? wollte er schreien. Welche Gefahr hatte sie erkannt? Welchen Feind?

Die Brise trug den deutlichen Geruch von alarmierten Bären hinter ihm herüber. Er drehte sich um und sah Soren und Sarah herbeieilen.

Was zum Teufel ist passiert? bellte Soren in seine Gedanken. Er stellte sich neben Todd und beschützte Anna und Sarah.

Die beiden starrten lange und intensiv in die Richtung der Straßenecke. Fast intensiv genug, dass sich die Straßenlaternen selbst entwurzeln und fliehen würden, wenn eine Lampe zu so etwas fähig wäre. Und für einen Moment fühlte es sich wie in alten Zeiten an, als sie beide zusammengearbeitet hatten, um ihren Clan zu beschützen.

Todd holte tief Luft und ließ die letzten Spuren von Feindseligkeit los, die auf seinen Schultern lasteten. Soren war Familie. Soren war Clan. Nichts würde sie auseinanderbringen. Nicht einmal das Schicksal. Sie würden zusammenarbeiten, um jeden Anflug von Ärger in ihrem Revier zu beseitigen.

Nein, dass hier war nicht Montana. Dessen war er sich schmerzlich bewusst. Aber dies hier war Sorens neues Revier und Todd würde es verteidigen, als wäre es sein eigenes.

Er würde das Revier, den Clan und vor allem das Baby verteidigen. Er würde bis zum Tod kämpfen, wenn es sein musste.

Dabei ertappte er sich und lachte bitter auf. Tod. Ja, das wäre schön. Vielleicht wäre es ihm dieses Mal vergönnt. Er könnte diese Welt für immer auf eine würdige Weise verlassen.

Aber dann streifte etwas seinen Ärmel. Er erblickte Anna und hatte es plötzlich doch nicht mehr so eilig, seinem Tod ins Auge zu sehen. Vielleicht war das Leben ja doch noch lebenswert.

„Kennt ihr euch?" Sarah schaute zwischen den beiden hin und her. Ihre Lippen bewegten sich und obwohl er die Worte nicht hörte, half sie ihm, indem sie sie auch in seinen Kopf sandte.

Anna starrte ihm in die Augen und er starrte zurück.

„Ich glaube schon", sagte sie. Das hörte er laut und deutlich.

Ihre Lippen bebten, als sie die Worte sprach, und ein neuer Duft stieg ihm in die Nase. Der Duft einer Frau, die sich für einen Mann interessierte. Nicht ganz erregt, aber auch nicht ganz ruhig. Verwundert. Wünschend. Und ein ganz klein wenig hoffend.

Sein Puls raste. Ja, er hatte das gleiche Gefühl.

Ich glaube, ich kenne sie. Ich bin mir sicher, dass ich sie kenne.

Das Problem war, dass seine Erinnerung an vieles verschwommen war, seit er fast zu Tode geprügelt worden war. Hatte er sie davor oder danach getroffen? Hatte er es sich nur eingebildet?

Er schüttelte sich und wurde aktiv. Es war an der Zeit, das zu beenden, was sie kurz zuvor begonnen hatten. Er schlang seine Hand um ihre – sanft genug, um sie nicht zu zerquetschen, aber fest genug, um den Drang seines Bären zu befriedigen.

„Ich bin Todd."

„Schön, dich kennenzulernen." Sie musterte ihn, als würde auch sie versuchen, ein bekanntes Gesicht zu erkennen.

Er versuchte, sich einen Reim auf das Ganze zu machen, aber er konnte nicht klar denken. Nicht, wenn sein Bär die ganze Zeit brummte und ihren Duft tief einatmete.

Anna. Meine. Gefährtin.

Oha. Er versuchte, auf die Bremse zu treten, aber sein Bär sprang bereits vergnügt umher.

Gefährtin. Sie ist meine Schicksalsgefährtin.

Kapitel 4

„Es tut mir leid, dass ich nicht früher gekommen bin“, sagte
Sarah und zog Anna am Arm zur Seite.

Anna tat es nicht leid. Sie wollte nur in Todds Nähe bleiben.
Aber Soren lenkte ihn in eine Richtung, während Sarah sie in
eine andere zog.

Spürte Todd das auch? Das Prickeln der Energie, als sie sich
berührten? Das schmerzhafte Ziehen, wenn sie sich entfernten?
Das Gefühl, dass sie sich schon einmal begegnet waren, und
nicht nur im Vorbeigehen?

Er ging davon. Schulter an Schulter mit Soren, der sein
Bruder hätte sein können, so ähnlich waren sie sich. Sie hatten
die Statur von Holzfällern und den selbstbewussten Schritt von
Raubtieren, die in der Nahrungskette ganz oben standen. Aber
während Soren definitiv die Ausstrahlung eines Königs in dieser
Domain hatte, hatte Todd eine subtilere, aber ebenso kraftvolle
Präsenz. Sie konnte es an der Art sehen, wie er sich bewegte.
Wie er die Gegend absuchte und wie die Leute zur Seite wichen,
wenn er sich näherte.

„Stimmte etwas nicht?“, fragte Sarah.

„Was denn?“ Sie hatte noch nie etwas erlebt, das sich rich-
tiger angefühlt hatte.

„Todd sah aus, als wollte er jemanden umbringen, und du
hast ein wenig verängstigt gewirkt.“

„Oh, ähm. . . “ Sie versuchte, einfach abzuwinken, aber das
Gefühl war immer noch da. Genau wie die Alarmglocken in
ihrem Hinterkopf. Todd als Leibwächter zu haben, hatte die
Panik verdrängt, aber das kleine Unbehagen war immer noch
nicht weg.

Ein Mann hatte sie von der anderen Straßenseite aus beobachtet. Ein Mann, den sie aus Montana kannte.

Ein Mann, den sie am liebsten nie wiedergesehen hätte.

Er war eine Woche nach dem Brand in Black River angekommen und hatte angefangen, Fragen zu stellen. Seltsame, persönliche Fragen, die nicht einmal die Polizei gestellt hatte. Wie zum Beispiel, wer von den Einheimischen mit wem befreundet gewesen war und ob eines der Opfer einen Freund oder eine Freundin zurückgelassen hatte. Warum zum Teufel sollte sich ein völlig Fremder nach solchen Dingen erkundigen?

Sie erschauderte, als sie sich daran erinnerte, wie der Mann sie das erste Mal angesprochen hatte. Ohne auch nur ein Wort des Bedauerns über die geliebten Menschen zu verlieren, die sie verloren hatte, hatte er sofort mit seinem Verhör begonnen.

„Ich habe gehört, dass Ihre Cousine Sarah mit einem der Voss-Brüder befreundet war. Stimmt das?"

Er war ein Farmer-Typ, Mitte Fünfzig, unauffällig bis auf die blasse, dünne Narbe, die auf der rechten Seite seiner Oberlippe drei Zentimeter nach oben verlief. Sie verlieh ihm ein automatisches Lächeln, obwohl seine Augen nie zu diesem Anblick passten. Sie funkelten in einer seltsam blassgrauen Farbe und wirkten wütend. Fast bedrohlich, wie ein Sturm, der über den Horizont zieht.

Die Art und Weise, wie er seine Fragen stellte, ließ auf eine Absicht schließen, über die sie nicht nachdenken wollte. Also hatte sie ihm nur eine knappe Antwort gegeben, bevor sie ihres Weges gezogen war. „Warum ist das wichtig? Meine Cousine ist tot."

Eine Lüge, denn sie war sich sicher gewesen, dass Sarah noch lebte. Aber es schien ihr besser, das diesem Mann nicht zu erzählen.

„Es ist wichtig", hatte er geknurrt, als sie davongegangen war. „Glauben Sie mir, es ist wichtig."

Widerling beschrieb den Kerl nicht einmal annähernd.

Sie hatte gehofft, er sei nur auf der Durchreise in Black River, aber er hatte sich eine Hütte gemietet und sich eingelebt. Er stellte Fragen und tat die seltsamsten Dinge, wie zum Beispiel zum abgebrannten Haus ihrer Cousine zu gehen und in der Asche zu wühlen. Er verbrachte auch eine Menge Zeit bei den verkohlten Überresten des Voss-Sägewerks und tat wer weiß was dort. Sie hatte ihr Bestes getan, um ihm aus dem Weg zu gehen. Aber dann war er bei der Wildtierstation vorbeigekommen und hatte nach dem verletzten Bären gefragt.

„Kann ich ihn sehen?" Sie erinnerte sich daran, wie sie eines Tages seine kratzige Stimme in der Lobby gehört hatte, als sie hinten war, um nach dem Bären zu sehen.

Gott sei Dank hatte Cynthia ein Machtwort gesprochen. „Das hier ist kein Krankenhaus und schon gar kein Zirkus. Keine Besuche."

„Dieser Bär ist gefährlich, wissen Sie", fuhr der Mann fort, als hätte er sie nicht gehört. „Er sollte eingeschläfert werden."

Als Anna das hörte, war sie aufgestanden um den Blick auf den Käfig zu versperren. Und keinen Moment zu früh, denn die neugierigen Augen des Mannes waren an der Glasscheibe der Tür erschienen, die den öffentlichen Teil des Wildtierzentrums vom hinteren Teil trennte.

„Es wäre das Beste für alle, wenn ihm eine Silberkugel in den Kopf geschossen wird."

Eine Silberkugel?

Sein Tonfall verriet, dass er keine Scherze machte, und sie wäre fast aus dem hinteren Bereich nach vorn gestürmt, um ihm die Meinung zu geigen.

Zum Glück hatte Cynthia einen kühlen Kopf bewahrt. „Leider glauben wir nicht, dass das notwendig sein wird. Er wird wahrscheinlich sowieso demnächst sterben. Wie dem auch sei, wir schließen jetzt. Ich bringe sie zur Tür."

Dies war das einzige Mal gewesen, dass er das Wildtierzentrum betreten hatte, aber Anna hatte ihn einige Male draußen parken sehen. Er hatte ihr auch eine Nachricht hinterlassen.

Wenn Sie noch mehr über Ihre Cousine oder die Voss-Brüder hören, lassen Sie es mich wissen. Er hatte eine Handynummer eines anderen Staates hinterlassen und den Zettel mit Emmett LeBlanc unterschrieben.

Sie hatte die Notiz verbrannt und sich geschworen, von nun an vorsichtig zu sein, was sie über Sarah sagte. Vielleicht war es nicht klug, darauf zu beharren, dass Sarah noch am Leben war.

Nicht, wenn Widerlinge wie Emmett LeBlanc daran interessiert waren.

Das Problem war, dass er sich für jeden zu interessieren schien. Nicht nur für Sarah und den Bären, sondern für jeden in der Stadt. Er hatte sich auch nach Jessica Macks erkundigt – eine weitere Frau, die seit den Brandanschlägen nicht mehr gesehen worden war. Die Kellnerin im Diner der Stadt sagte, er hätte behauptet, ein Krimiautor zu sein, der nur nach Inspiration suchte, aber Anna glaubte kein Wort davon.

Aber das lag Monate zurück und war Hunderte von Kilometern entfernt in Montana geschehen. Das hier war Arizona. Anna warf einen Blick auf die andere Straßenseite. Wahrscheinlich hatte sie sich das alles nur eingebildet. Es war nicht Emmett gewesen. Er konnte es nicht sein.

„Ist alles in Ordnung?" Sarah sah besorgt aus.

„Alles ist gut. Prima." Sie umarmte ihre Cousine erneut. „Ich bin so froh, dass ich dich gefunden habe."

Todd und Soren waren im Inneren des Saloons verschwunden und als Sarah sie in diese Richtung führte, sprangen Annas Nerven vor Freude auf und ab. Doch in letzter Sekunde winkte Sarah sie zu einer anderen Tür zum Café auf der rechten Seite.

Anna las das altmodische, geschnitzte Schild, das über der Tür hing. „Quarter Moon Café."

„Soren hat das Schild gemacht", schwärmte Sarah in demselben Tonfall, in dem sie immer von dem Mann, den sie liebte, geschwärmt hatte.

„Es ist so schön, dass ihr wieder zusammen seid", sagte Anna. Ihre Cousine war von der Trennung tief getroffen gewesen, aber anscheinend hatte sich alles zum Guten gewendet. „Ich freue mich so für dich."

Der süße Duft von Beeren und Vanille schlug ihr entgegen, als sie den Laden betraten. Die dunkelhaarige Frau hinter dem Tresen hielt Sarahs Baby hoch und winkte mit seinem Ärmchen.

„Siehst du? Ich habe dir doch gesagt, dass Mommy zurückkommt", gurrte sie.

Sarah strahlte über das ganze Gesicht und streckte ihre Arme aus. „Danke, Jessica."

„Alles für meinen kleinen Teddybären." Die Frau küsste ihn.

„Jessica, das ist Anna. Anna, das ist Jessica", sagte ihre Cousine.

Jessica Macks? Die, von der sie gehört hatte?

„Hallo", sagte Anna und fühlte sich plötzlich wie eine Außenseiterin. Sie und ihre Cousine hatten sich immer nahe gestanden, aber Sarah schien ein ganz neues Leben begonnen zu haben, an dem Anna nicht teilhatte. Ein Mann, ein Baby, ein neuer Job, neue Freunde...

„Und das ist Teddy." Sarah schmiegte sich an ihr Baby.

Ein Stich durchfuhr Anna, so wie es immer geschah, wenn sie unvorbereitet auf kuschelige Mutter-Baby-Szenen traf. Meistens war sie in der Lage, sich im Vorfeld zu wappnen, aber manchmal wurde sie einfach überrumpelt. Und das Gefühl des Verlustes traf sie aus heiterem Himmel.

Ich hätte auch eine Mutter sein sollen, murmelte eine Stimme in ihrem Hinterkopf.

Sarah erstarrte und warf ihr einen entschuldigenden Blick zu. Anna hatte immer noch die kleine rosa Decke, die ihre Cousine vor acht Jahren für sie von Hand genäht hatte. Eine Decke, die sie nie benutzen konnte, weil sie damals eine Fehlgeburt erlitten hatte. Danach hatte sie noch eine zweite Fehlgeburt gehabt.

Sie zwang sich zu einem Lächeln. Dies war ein Anlass zum Feiern und nicht zum Trauern über etwas, das nicht hatte sein sollen. Und Sarah und Soren waren eindeutig füreinander bestimmt.

Anna streichelte über die gerötete Wange des Babys. „Du wirst irgendwann mal ein großer Junge."

Sarah lachte erleichtert. „So viel steht fest."

„Genau wie sein Daddy", fuhr Anna fort.

Sarah verzog das Gesicht und Anna fragte sich, warum.

„Wir schließen gerade, aber ihr könnt gerne noch eine Weile bleiben", sagte Jessica schnell.

Sie setzten sich an einen Ecktisch, tranken Tee, knabberten die besten Himbeer-Schokoladen-Muffins, die Anna je probiert hatte, und unterhielten sich. Zuerst über die einfachen Dinge, dann über die schwierigeren.

Sarah, so schien es, war nach Arizona gekommen, hatte sich mit Soren versöhnt und hatte noch einmal von vorne angefangen. Soren und sein Bruder Simon betrieben den Saloon nebenan und Jessica führte das Café. Sarah führte die Buchhaltung für beide Lokale, so wie sie es früher im Laden ihrer Eltern getan hatte. Und Jessicas Schwester Janna kellnerte ebenfalls.

Sie waren eine große, glückliche Familie. Anna verbarg ein wehmütiges Seufzen.

Das war der einfache Teil des Gesprächs.

„Was ist passiert, Sarah?", Flüsterte Anna, als sie ihren letzten Schluck Tee vor sich hatte. Sie konnte die Brandnarben an den Händen ihrer Cousine ebenso wenig übersehen wie die lange rosa Linie, die eine Flamme in ihren Unterarm gebrannt haben musste. „Wie bist du rausgekommen?"

Sarah schloss die Augen und drückte ihr Baby fester an sich.

„Es tut mir leid. Wenn du nicht darüber reden willst...", beeilte sich Anna, hinzuzufügen. „Es ist nur so, dass mir alle gesagt haben, du seist tot. Und ich war mir so sicher, dass du es nicht bist, aber ich habe so lange nichts von dir gehört..."

Sarah holte tief Luft. „Es tut mir so leid. Ich wusste, dass ich dir vertrauen kann, aber ich wollte dich nicht in meinen Schlamassel mithineinziehen."

„Ich würde dir bei allem helfen, Sarah. Das weißt du doch."

Ein entrückter Blick huschte durch Sarahs Augen. Sie schien verängstigt. „Du hättest mir nicht helfen können. Du hättest dich damit nur selbst in Gefahr gebracht."

Gefahr? Anna schaute sich um. Dieser Ort schien so friedlich und sicher zu sein.

Das Gefühl musste sich auf ihrem Gesicht gezeigt haben, denn Sarah beugte sich vor. „Jetzt ist alles in Ordnung. Alles ist gut. Aber es gab eine beängstigende Zeit..." Sie verstummte, richtete dann ihr Gesicht wieder auf und schlug einen fröhlicheren Tonfall an. „Jetzt ist alles gut. Alles ist in Ordnung."

Sie sah so aus, als ob sie es wirklich ernst meinte, also ging Anna nicht weiter darauf ein.

„Es tut mir leid, dass ich aus heiterem Himmel aufgetaucht bin. Es scheint, als hättest du einen anstrengenden Morgen gehabt.“

Sarah tätschelte den Babypo und schob sich eine verirrte Haarsträhne hinter das Ohr. „Ja, das kannst du laut sagen. Aber Gott, es ist schön, dich zu sehen.“

Anna lachte. „Und es ist schön, dich zu sehen.“

„Wie hast du mich eigentlich gefunden?“

Anna erzählte ihr von Cynthias Anruf und davon, dass Sally James Jessica Macks erkannt hatte – woraufhin der Besen, der leise hinter ihnen gefegt hatte, abrupt innehielt. Sarah und Jessica tauschten besorgte Blicke aus, sagten aber nichts, so dass Anna ihre Geschichte mit ihrer Fahrt aus Virginia beendete.

„Du musst erschöpft sein“, sagte Sarah. „Gott, ich bin so eine schlechte Cousine. Komm schon. Möchtest du dich duschen? Ein Nickerchen machen? Wie lange kannst du bleiben?“

Anna lachte. Sie hatte an nichts anderes gedacht als daran, Sarah zu finden. Jetzt, da sie hier war, hatte sie keine Ahnung. „Nun, ich könnte ein paar Tage bleiben, wenn das in Ordnung ist.“

„Du *musst* bleiben“, beharrte Sarah. „Wir haben eine Menge nachzuholen. Aber das Wichtigste zuerst.“

Sarah führte sie in die Wohnung im zweiten Stock und scheuchte sie direkt unter die Dusche. Als sie fertig war, führte Sarah sie die Treppe wieder hinunter, zur Rückseite hinaus und zu einem separaten Gebäude hinter dem Café und dem Saloon.

„Wir bringen dich in den Räumen über der Garage unter. Es ist nicht viel, aber dort hast du etwas Privatsphäre.“

Die Stufen knarrten und Staub wirbelte auf, aber als sie in den Raum mit dem Schrägdach über der Garage kamen, war es dort luftig und kühl.

„Wir hatten vor, hier zu renovieren, aber ich denke, es wird erst einmal gehen.“

„Das ist großartig." Anna liebte den Navajo-Teppich und das Sonnenlicht bereits, das durch die Dachgauben auf der schattigen Nordseite fiel.

„Vorn gibt es ein kleines Wohnzimmer…" Sarah deutete darauf, als auf der Treppe hinter ihnen schwere Schritte zu hören waren. „… eine Toilette mit Waschbecken hier drüben und zwei kleine Schlafzimmer im hinteren Bereich. Du kannst das rechte haben."

Soren kam polternd in Sichtweite. Er schien sie nicht gehört zu haben, denn er blickte hinter sich und sprach mit jemand anderem. „Du kannst das Zimmer auf der linken Seite haben…"

Soren blieb stehen, als er Anna entdeckte. Eine Sekunde später erschien Todd hinter ihm. Soren nahm einen großen Teil des Treppenabsatzes ein, aber dann kam auch noch Todd dazu. Das sandbraune Haar war immer noch zerzaust, als hätte er es sich noch mehrfach gerauft. Sein Gesicht wirkte besorgt und müde, aber er strahlte kurz, als sich ihre Blicke trafen. Zumindest dachte sie, dass er das tat. Oder war es vielleicht nur das Licht?

Eine Sekunde lang war das Quietschen des Deckenventilators das einzige Geräusch in dem kleinen Raum. Das, und das Geräusch ihres rasenden Pulses in ihren Ohren.

„Warte mal, ich habe gerade gesagt, dass Anna hier wohnen kann", sagte Sarah.

„Ich habe Todd gerade überredet, ein paar Tage zu bleiben", antwortete Soren.

Als Todd die Treppe hinaufgekommen war, hatte er noch zögerlich gewirkt. Aber jetzt schien er genauso begeistert zu sein wie sie.

Sarah schaute sie mit einem Blick an, der fragte, *Wäre das unangenehm?*

Unangenehm? Anna spitzte die Lippen. Nein, das wäre überhaupt nicht unangenehm.

„Wir können teilen." Sie versuchte, lässig zu klingen. Warum gefiel ihr diese Idee so? „Das ist in Ordnung."

Als sie Todd anlächelte, fielen die beiden in einen halb-benebelten, sich-in-die-Augen-starrenden Zustand. Sie hatte noch nie so blaue und ehrliche Augen gesehen wie seine. Nun, es fühlte sich zwar so an, als hätte sie es, aber sie konnte nicht genau sagen, wo oder wann.

„Von mir aus gern", flüsterte er.

Sie nickte und hielt den Atem an. „Für mich ist es auch okay."

Kapitel 5

„Du bist doch gerade erst angekommen. Du kannst nicht schon wieder gehen."

Todd schüttelte den Kopf. Soren sagte das immer wieder, aber Todd war sich nicht sicher, ob er bleiben sollte – oder es überhaupt konnte.

„Wo willst du denn sonst hin? Was willst du denn machen?"

Er hatte keine Ahnung, aber das neugefundene Familienglück seines Cousins mitanzusehen, war definitiv nicht der richtige Platz für ihn.

„Du musst bleiben, Mann", fuhr Soren einfach fort.

Soren schien nicht zu verstehen, wie viel er damit von ihm verlangte, und Todd war sich nicht sicher, ob er es aushalten könnte, zu bleiben. Bis Soren ihn in die kleine Wohnung über der Garage führte und er Anna wiedersah. Sie starrte ihn überrascht an und anstatt darüber nachzudenken, was er verlieren könnte, dachte er plötzlich daran, was es zu gewinnen gab.

Gefährtin. Meine. Sein Bär sprang innerlich auf und ab.

Sein Herz klopfte und das Blut rauschte durch seine Adern.

War es tatsächlich möglich? Hatte er wirklich seine Gefährtin gefunden?

Ihre Augen funkelten und sie öffnete leicht die Lippen. Vielleicht zitterten sie sogar, bis sie ihre Unterlippe mit den Zähnen einfing und eine kleine weiße Linie zwischen dem Pink erschien. Als sie nach einer Haarsträhne griff und sie abwesend mit dem Finger zwirbelte, sehnte er sich danach, dies ebenfalls zu tun.

Eindeutig meine Gefährtin, brummte sein Bär innerlich.

Gott, war sie hübsch. Ihre smaragdgrünen Augen waren so klar, so aufrichtig. Ihr Lächeln war das einzige im Raum, das nicht gezwungen war, und ihre Worte waren die einzigen, die seine Ohren erreichten. Vollkommen klar und deutlich.

„Wir können teilen", hatte Anna gesagt. „Das ist in Ordnung."

Und plötzlich kam es ihm nicht mehr wie eine Strafe vor, bei Soren unterzukommen.

Eher wie eine Chance, stimmte sein Bär zu. *Eine letzte Chance.*

Eine letzte Chance, worauf?

Noch einmal neu anzufangen.

Ein Gedanke, der ihm bis jetzt völlig unmöglich erschienen war.

Und bevor Soren oder Sarah protestieren konnten, meldete er sich zu Wort. „Von mir aus gern."

Anna nickte schnell. „Für mich ist es auch okay."

Was in diesem Moment so einfach erschien, sollte sich jedoch zu einer ganz anderen Art von Folter entwickeln. Anna war ein Mensch. Sie wusste nichts über Schicksalsgefährten oder Bären – oder über irgendeine andere Art von Gestaltwandlern. Außerdem wusste er immer noch nicht, woher er sie kannte, und es schien wirklich wichtig zu sein, das herauszufinden.

Gerade als er nachgeben und die erste von tausend Fragen stellen wollte – wie, *Anna, ist dein Haar so weich, wie es aussieht?* Oder: *Anna, kann ich dir die Wahrheit darüber anvertrauen, wer ich wirklich bin?* –, rief Sarah sie weg.

Soren führte ihn die Treppe hinunter in das Hinterzimmer des Saloons und Anna schien wieder eine Million Kilometer entfernt zu sein. Sein Bär schnupperte in ihre Richtung und wimmerte.

„Wir können wirklich deine Hilfe gebrauchen. Genau hier. Glaubst du, du kannst diesem Wrack wieder etwas Leben einhauchen?" Soren deutete auf den baufälligen Holztresen.

Der hier war zwar kein Meisterwerk der Holzverarbeitung wie die einhundert Jahre alte Mahagonibar im Vorderbereich des Saloons, aber er war aus massiver Eiche geschaffen worden und ein hübsches Stück Tischlerei.

„Irgendein Idiot hat das ganze Ding schwarz gestrichen." Soren fuhr mit dem Finger an einer abgeplatzten Kante entlang. „Aber ich glaube, der würde gut aussehen, wenn wir ihn bis auf das Rohholz hinunterschleifen. Ihn dann lackieren und wieder zum Glänzen bringen."

Todd schaute langsam an dem Tresen auf und ab. Die Bar war gut drei Meter lang und fast zwei Meter hoch. Im besten Fall ein zwei bis drei Wochen-Job. Wollte Soren wirklich, dass er so lange blieb?

Soren nickte und Todd verfluchte sich dafür, dass er seine Gedanken nicht besser geschützt hatte.

„Hör mal, ich will es dir oder uns nicht noch schwerer machen, als es ohnehin schon ist", sagte Soren.

Dir oder uns. Todd ließ die Worte in seinem Kopf kreisen. Es klang nach zwei gegnerischen Seiten. Aber er war nicht der Feind seines Cousins. Er war immer Sorens treuester Verbündeter gewesen. Hatte sich nichts geändert – oder hatte sich alles geändert?

Soren schüttelte vehement den Kopf. „Das Wichtigste wird sich nie ändern. Wir sind eine Familie, Mann. Wir halten zusammen."

Es klang gut, aber Todd konnte die Unsicherheit in den Worten seines Cousins spüren. Genug, um ihm bewusst zu machen, dass für Soren alles auf dem Spiel stand: seine Gefährtin, sein Sohn, die Stabilität seines Clans.

Soren atmete langsam aus. „Wir kriegen das schon hin. Irgendwie. Sarah sagt, wir müssen uns nur Zeit geben."

Ein Jahrhundert wäre nicht lang genug. Nicht für ihn, um mit sich selbst Frieden zu schließen. Für Soren war das einfacher. Das Baby gehörte ihm geistig und seelisch und Todd würde das nie abstreiten. Aber er würde immer mit einer Leere leben müssen, weil er wusste, dass er einen Sohn hatte, der nie sein eigener sein würde.

Soren räusperte sich und deutete auf die Bar. „Wir bekommen eine Menge Anfragen für private Veranstaltungen. Wenn wir dieses Hinterzimmer auf Vordermann brächten, hätten wir eine weitere Einnahmequelle. Das würde uns helfen, ein wenig zu diversifizieren."

Todd hatte seinen Cousin nie für einen Geschäftsmann gehalten, aber es schien, als hätte Soren seine Fähigkeiten weiterentwickelt. Als ältester Enkelsohn des herrschenden Alphas war Soren dazu bestimmt gewesen, den Clan zu führen, während sein jüngerer Bruder Simon das Tagesgeschäft des Sägewerks der Familie übernehmen sollte. Todds Aufgabe war es, sie als ihr zuverlässigster Mann zu unterstützen. Sie hatten ihre Verantwortung immer sehr ernst genommen, aber es war stets etwas gewesen, dass erst eines Tages geschehen würde.

Jetzt waren sie alle in eine harte neue Realität gestoßen worden. Soren hatte sich der Herausforderung offensichtlich gestellt. Simon auch. Und Todd – nun ja. . .

Hör auf, dich selbst zu bemitleiden, und tu das Gleiche, bellte sein Bär.

Sorens Kopf zuckte und er drehte sich von ihm weg. „Teddy wacht auf. Ich bin gleich wieder da."

Todd starrte noch eine ganze Weile auf den Tresen, nachdem Soren nach oben verschwunden war. Dann schnappte er sich ein Blatt Sandpapier und fing an, die Oberfläche mit harten, schleifenden Zügen zu bearbeiten.

Das war Sorens Baby. Nicht seins – das würde es auch nie sein. Aber er würde sich als würdiger Onkel erweisen, verdammt noch mal. Er würde seinen Teil dazu beitragen, diesen Clan zu versorgen.

„Mann. Wir haben einen elektrischen Schleifer, weißt du", sagte Simon, der ein paar Minuten später wieder auftauchte.

Todd hielt inne und betrachtete die Stelle, die er zu schleifen begonnen hatte. Okay, aus seinem Teststreifen war also ein ganzes Testfeld geworden. Er würde das als Aufwärmen verzeichnen und versuchen, seine Gedanken zu ordnen.

„Meinst du, du kannst das Ding zum Glänzen bringen?", fragte Simon eher herausfordernd als fragend.

Sie beide musterten den Tresen. Die Oberfläche war hoffnungslos zerhackt und fleckig und im mittleren Teil befand sich ein Riss.

„Ich bin mir nicht sicher", murmelte er. „Aber ich werde es versuchen."

Er stellte sich vor, dass das zusätzliche Einkommen in Dinge wie ein Dreirad oder eine Schaukel fließen würde. Ja, er würde es auf jeden Fall versuchen.

Simon klopfte ihm freundschaftlich auf die Schulter und winkte mit dem Muffin in seiner Hand herum. „Lass mich nur kurz mit Jess reden und den weltbesten Muffin hier aufessen. Dann helfe ich dir."

Todd presste seine Lippen zusammen. Soren hatte eine Gefährtin. Simon hatte eine Gefährtin…

Ich habe auch eine Gefährtin, brummte der Bär in ihm.

Er schwieg den Bären an, während er den ganzen Bereich mit Plastikplanen auslegte und versuchte, nicht an Anna zu denken. Ein aussichtsloses Unterfangen, denn er konnte nicht anders, als darüber zu grübeln, was sie wohl gerade tat. Hatte Jessica ihr auch Arbeit übertragen? Machte es ihr Spaß? Wie lange hatte sie vor zu bleiben?

„Bereit?" Simon kam in den Raum zurück. Der Geruch seiner Gefährtin haftete seinen Schultern an. Ein Beweis dafür, dass sie sich geküsst haben mussten.

Todd trat zurück, um seine Arbeit zu prüfen, und machte sich dann daran, die Filter der Schleifmaschine zu kontrollieren. Er wollte auf keinen Fall, dass Teddy Staub einatmete. Dann nickte er langsam und nahm einen tiefen Atemzug. Ja, er war bereit.

Irgendwie würde er seinen Aufenthalt in Arizona überleben. Er würde die Nähe des Babys ertragen und einen Plan für sein weiteres Vorgehen schmieden. Langfristig zu bleiben, war keine Option. Was sollte er also tun?

Vielleicht würde er nach Montana zurückkehren. Vielleicht an einen neuen Ort gehen…

Unsere Gefährtin ist hier, sagte sein Bär.

Er schüttelte den Kopf, schaltete die Schleifmaschine ein und ließ sie über das Holz gleiten.

∞∞∞∞

Die Arbeit an der Bar half ihm, den Tag zu überstehen. Ein Tag mit so vielen Höhen und Tiefen, dass er sich wie eine Achterbahn anfühlte – und er hasste Achterbahnen, so wie die meisten Bären. Der Saloon war montags geschlossen, so dass er bis in die späten Abendstunden arbeiten konnte, als Soren und Simon sich zu einem schnellen Essen mit gegrillten Rippchen zu ihm gesellten. Nur sie drei, die so taten, als wäre alles wie in alten Zeiten. Obwohl es alles andere als das war und auch nie wieder so sein würde.

Er duschte – ein seltsames Gefühl, nachdem er eine so lange Zeit in seiner Bärengestalt verbracht hatte – und machte sich dann auf den Weg zur Wohnung über der Garage. Er fragte sich, ob er sich überhaupt noch daran erinnerte, wie es sich anfühlte, in einem Bett zu schlafen.

Anna kam gerade die schmale Treppe hinunter, als er hinaufging. Sie blieben beide gleichzeitig stehen.

Gott, waren ihre Augen schön. Ihr Haar glänzte und das Gefühl, dass er sie irgendwo und irgendwann schon einmal getroffen hatte, überkam ihn erneut.

„Hallo", flüsterte sie.

Bisher hatte er die anderen nur dann hören können, wenn sie ihre Gedanken in seinen Kopf drängten. Aber Anna konnte er perfekt hören.

Natürlich, sagte sein Bär. *Sie ist meine Gefährtin.*

„Hallo", sagte er. Er konnte seine eigene Stimme nicht hören und hoffte inständig, dass sie nicht zu laut war.

„Hattest du einen schönen Tag?"

Er antwortete nicht sofort, was ihn wahrscheinlich verriet, aber Anna wartete einfach geduldig. Ohne zu urteilen. Sie warf ihm nicht den gleichen *Oh du armer Kerl*-Blick zu, den ihm Jessica, Simon und die anderen schenkten.

„Es war in Ordnung." Nun, vieles davon war die Hölle gewesen, aber es hatte auch Lichtblicke gegeben – und die hatten alle mit ihr zu tun. „Und du?"

Sie nickte und senkte die Augenlider. Als sie wieder aufschaute, fiel ihr Blick auf seine Lippen. Und plötzlich konnte er nur noch an einen Kuss denken.

Ihre Nasenflügel bebten und er fragte sich, ob sie dasselbe dachte.

Ohne nachzudenken – denn wie sollte er denn nachdenken, wenn ein so starker Magnet jede Zelle seines Körpers anzog –, lehnte er sich näher heran. Sie beugte sich ebenfalls vor. Ihr Mund öffnete sich leicht, als ob sie sich auch einen Kuss vorstellte, und jeder Nerv in seinem Körper vibrierte aufgeregt.

Dann rutschte ihr das Handtuch aus der Hand, so dass Anna blinzelte, schluckte und sich auf der Treppe nach unten bewegte. „Ich war gerade auf dem Weg zur Dusche. Es war so ein heißer Tag... "

Heiß, das stimmt, brummte sein Bär.

Zuerst reagierte er nicht, weil er sich immer noch einen Kuss vorstellte. Aber dann drückte er seinen Körper gegen die Wand. „Sicher. Tut mir leid."

Das Komische daran war, dass auch sie so wirkte, als bedauere sie es.

Mir auch, seufzte sein Bär.

Aber sie lächelte. Als sie sich an ihm vorbeidrückte, warf ihn ihr süßer Duft fast um. Er schloss die Augen, atmete tief ein und füllte seine Lunge damit. Gott, sie war ihm so nah. So perfekt. So... so...

Meine, knurrte sein Bär.

Sekunden später stand er immer noch regungslos wie eine Statue da, als sie am Fuß der Treppe innehielt und sich umdrehte. „Gute Nacht, Todd."

Es gelang ihm gerade noch, sich aus seiner Benommenheit zu schütteln und zu antworten. „Gute Nacht, Anna."

Sogar ihr Name klang perfekt auf seiner Zunge.

Und dann war sie weg. Zumindest für eine Weile. Irgendwann hörte er, wie sie die Treppe wieder hochkam und sich leise in das Bett auf ihrer Seite der dünnen Trennwand legte. Er lag in seinem eigenen Bett und bewegte sich kaum. Abgesehen davon, dass er die Luft nach ihrem Geruch absuchte, atmete er flach.

Er nahm einen Hauch davon wahr und großer Gott, es war eine Qual, ihr so nah und doch so fern zu sein.

Durchbrich die Wand, forderte sein Bär. *Ich brauche sie.*

Als würde sie das davon überzeugen, dass er würdig war, mit ihr zusammen zu sein.

Dann geh und rede mit ihr.

Reden. Ja genau. In solchen Dingen war er nicht gut.

Dann zeig ihr, dass wir würdig sind.

Das brachte ihn nur zur Verzweiflung, denn er war nicht würdig. Seine rechte Hand hatte nur noch ein Zehntel ihrer Beweglichkeit und er hatte Brandnarben über der Seite seiner Brust. Auch andere Narben, wie die lange gezackte, die von den Rippen bis zu seiner Hüfte reichte, wo ihn ein bösartiger Wolf bei dem Übergriff in Montana fast ausgeweidet hatte. Er war nicht mehr der Bär, der er einmal gewesen war. Nicht einmal annähernd.

Also brach er nicht durch die Wand, sprach nicht mit ihr oder sonst irgendetwas. Er lag einfach nur still da und starrte an die Decke. Was hatte er überhaupt in Arizona zu suchen?

Er schnaubte und gab sich selbst die Antwort. Vom Schicksal verarscht werden, das war es.

Das Schicksal spielte schon seit Monaten mit ihm – es hatte ihn dazu getrieben, ein Kind zu zeugen, dass er niemals sein eigenes nennen konnte, und ihn dann überleben lassen, anstatt eines ehrenvollen Todes zu sterben. Das Schicksal hatte ihm fast alle Mitglieder seiner Familie genommen.

Offensichtlich war das Schicksal darauf aus, ihn auf jede erdenkliche Weise leiden zu lassen.

Es ließ ihm das Blut in den Adern gefrieren. Wenn Anna seine Gefährtin war, konnte das Schicksal auch sie verletzen. So schien das mit dem Schicksal zu laufen – mit hinterhältigen, unter die Gürtellinie zielenden Schlägen, die auf die gerichtet waren, die er liebte. Also verdammt. Wenn er sich Anna näherte, was würde das Schicksal dann tun? Sie mit einem Blitz erschlagen? Sie an Krebs zugrunde gehen lassen?

Er krampfte die Finger zusammen und krallte sich schweißgebadet in die Laken. Wenn das Schicksal ein greifbarer Feind wäre – ein Bär vielleicht oder ein Höllenhund oder sogar ein Drache –, dann könnte er ihn wenigstens direkt bekämpfen. Aber er war machtlos. Völlig hilflos gegen das Schicksal und seine grausamen Spielchen.

Wenn Anna ihm wirklich etwas bedeutete–

Sie bedeutet mir alles, knurrte sein Bär.

– dann musste er sich von ihr fernhalten. Er konnte dem Schicksal nicht noch ein unschuldiges Opfer zum Spielen geben.

Er lag schlaff und schwitzend da und knirschte mit den Zähnen. Verdammt. So viel hatte das Schicksal bereits getan. Es hatte ihm ein unglaubliches Geschenk gemacht – Anna –, nur um ihm dann wieder alle Hoffnung zu nehmen.

Er konnte das Lachen des Schicksals praktisch im Wind hören.

∞∞∞∞

Das war nur der erste Tag und die darauffolgenden Tage verliefen in etwa gleich.

Die Nächte zogen sich hin, eine leere Minute nach der anderen. Eine Ewigkeit später färbte die Morgendämmerung den Horizont und tauchte die weißen Wände seines Zimmers in einen rosa Farbton nach dem anderen. Die Farben waren kräftiger als die eines Sonnenaufgangs in Montana und sie schienen ihn herauszufordern.

Komm schon, Bär. Zeig uns, was du drauf hast.

Er schloss und öffnete die Faust seiner rechten Hand und wünschte, er könnte Kratzspuren an der Wand hinterlassen.

Anna hatte angeboten, für die Dauer ihres Aufenthalts im Café zu helfen, weshalb sie immer früh aufstand. Bären schliefen normalerweise tief und fest, aber er wachte stets auf, um zu hören, wie sie auf Zehenspitzen herumschlich. Er lag ganz still da und kämpfte gegen den Drang an, aufzuspringen und zu ihr zu gehen. Um *Guten Morgen* zu sagen und um ihr Lächeln zu sehen. Um sie vielleicht sogar in die Arme zu schließen. Es kostete ihn jedes Fünkchen Entschlossenheit, dem Ruf ihres Körpers zu widerstehen. Sein Herz schmerzte jedes Mal, wenn sie die Treppe hinuntertapste.

Gefährtin, brummte sein Bär traurig. *Ich brauche meine Gefährtin.*

Weiter hier herumzuhängen würde ihn umbringen, aber er hatte keine Ahnung, wohin er gehen oder was er tun sollte. Er hatte sich gerade erst daran gewöhnt, wieder in menschlicher Gestalt herumzulaufen, verdammt noch mal.

Außerdem hatte Anna es auch nicht eilig, abzureisen. Auf lange Sicht würde das alles nur noch schwieriger machen, aber ein Teil von ihm freute sich trotzdem. Er genoss jede kurze Begegnung und jeden flüchtigen Blick.

Wie jedes Mal, wenn sie sich auf der schmalen Treppe begegneten und sich in die Augen sahen.

Oder wenn sie ihm ein Getränk oder einen Snack brachte und über das Projekt schwärmte, an dem er gerade arbeitete.

„Der Tresen sieht gut aus", sagte sie dann.

Tresen? Welcher Tresen? Er brauchte jedes Mal eine Minute, um sich wieder auf seine Umgebung zu besinnen.

Die Arbeit am Tresen konnte nur morgens stattfinden, wenn der Saloon geschlossen war. Anna hatte sich bereit erklärt, auch dort als Kellnerin auszuhelfen, was bedeutete, dass alle außer ihm abends beschäftigt waren. Er brauchte mehr als nur einen Job am Morgen. Er brauchte das Gefühl, etwas zu seinem Clan beizutragen.

Also ging er durch die Wohnung über dem Saloon, in der die anderen wohnten, wenn sie sich nicht gerade den Allerwertesten abarbeiteten. Die Wohnung hatte Charakter, aber sie war heruntergekommen und brauchte dringend... nun ja, alles Mögliche. Vor allem ein zweites Badezimmer, wo die Arbeiten ins Stocken geraten waren, weil keiner der anderen wirklich die Zeit hatte, sich damit zu beschäftigen.

Das bedeutete, dass er für die viel zu ruhigen Nachmittage eine Aufgabe gefunden hatte. Er schweißte eine neue Dusche ein, verlegte Fliesen und schloss ein glänzendes neues Waschbecken an. In zwei von drei Fällen rutschte seine verletzte Hand ab oder verkrampfte sich, so dass eine Schraube oder Klemme über den Boden flog. Seine Finger anzustarren, half dabei nicht, aber er tat es trotzdem und warf dem Geflecht aus Narben einen bösen Blick zu. Dann biss er die Zähne zusammen, sammelte die Sachen ein und begann von vorn, nur um dem Schicksal zu beweisen, dass er sich ihm auf winzige Weise widersetzen konnte.

Soren oder Simon kamen dazu, um zu helfen, wann immer sie konnten. Es war ein wenig wie in alten Zeiten, wenn sie Seite an Seite an einem Projekt arbeiteten. Eine Zeit lang schaltete er den Teil seines Verstandes aus, der sich mit der Gegenwart auseinandersetzte, und ließ sich in die Vergangenheit zurückgleiten.

Dann wachte das Baby von einem Nickerchen auf und verlangte danach, gehalten zu werden. Ein Teil von ihm weinte dabei auch.

Das waren die Momente, in denen er Teddy tatsächlich hörte. Andere Male stürmte Soren den Flur hinunter, als stünde das Haus in Flammen, wenn Todd nichts gehört oder gespürt hatte.

„Ich habe ihn auch nicht gehört." Simon zuckte mit den Schultern.

Aber Soren hörte das Baby immer, egal, wie nah oder wie weit entfernt er war. Er wusste, wann das Baby müde war, wann es spielen wollte und wann es gestillt werden musste. Der Mann war dermaßen auf das Kind eingestellt, dass er die Krippe manchmal sogar schneller als Sarah erreichte. Wenn das nicht bewies, dass Soren der Vater war, was dann?

Todd bewegte seinen Kiefer hin und her und betrachtete das leere Waschbecken.

Sarah war ihm aus dem Weg gegangen und gewisserweise war ihm das auch recht, denn die Situation war für ihn ebenfalls unangenehm. Die Tatsache, dass er sich an die eine Nacht, in der sie miteinander geschlafen hatten, nur noch verschwommen erinnern konnte, half ihm ebenso wenig wie das Wissen, dass sie im Geiste mit Soren zusammen gewesen war und nicht mit ihm. Das Schlimmste war das Gefühl, nur eine Marionette in der Maschinerie des Schicksals gewesen zu sein. Ein Gefühl, das er nicht ertragen konnte.

Denke an etwas anderes. Denke an etwas Schönes, ermahnte er sich selbst.

Und *schwupps*, kam ihm ein Bild von Anna in den Sinn, die ihr Haar mit einem Finger zwirbelte.

Er verdrängte das Bild und ersetzte es durch ein Bild von zu Hause. Er schloss die Augen und erinnerte sich an Montana.

An die klare Bergluft, die rauschenden Bäche, die schattigen Wälder.

„Vermisst du es?", murmelte er.

„Was soll ich vermissen?", fragte Simon mit seinem üblichen glückseligen *Ich liebe meine Gefährtin und mein Leben*-Blick.

Ach ja. Warum sollte Simon Montana vermissen? Er hatte hier ein neues Leben und ein gutes noch dazu. Genau wie Soren hatte sich auch Simon mit einer Gefährtin, die er abgöttisch liebte, niedergelassen. Das Geschäft im Saloon und im Café florierte. Das Einzige, was Simon noch nicht hatte, war ein eigenes Jungtier. Aber Todd nahm an, dass dies bestimmt nicht mehr lange auf sich warten lassen würde – nicht, wenn er sah, wie Jessica mit Teddy kuschelte und wie Simon grinste, während er den kleinen Kerl auf seinem Knie hüpfen ließ.

„Ich bin dran!", protestierte er, wenn Janna versuchte, ihm Teddy wegzunehmen.

„Ich bin dran!", meldete sich Jessica zu Wort.

„Ich bin dran", mischte sich Soren ein und schmiegte das Baby an sich.

Es tat ihm in der Seele weh, ihnen zuzusehen, und wärmte gleichzeitig auch sein Herz. Das Baby wurde geliebt. Umsorgt. Beschützt von seinem Clan. Genauso, wie es sein sollte. Was könnte er dem Baby sonst noch wünschen?

Sein Bär brummte innerlich und war nicht zufrieden. *Wir können es vielleicht nicht behalten, aber wir können helfen, es zu versorgen.*

Aber wie? Wie sollte er das jemals tun?

Eine Woche verging, in der er abwechselnd den Tresen abschliff und im Obergeschoss arbeitete. Alle hatten gejubelt, als das Badezimmer fertig war.

„Oh, mein Gott. Ich liebe dich", schwärmte Janna und drängte sich zu den anderen in den Raum. „Ich meine, ich liebe Cole." Sie gab ihrem Gefährten einen beruhigenden Klaps auf den Arm. „Aber was das Badezimmer angeht, bist du mein Held, Mann."

Sein Bär stieß innerlich einen Seufzer aus. Welch ein Held er doch war.

Aber Janna meinte es ernst und die anderen auch. Jessica brachte sogar eine Flasche Champagner und reichte jedem ein Glas, um darauf anzustoßen.

„Man muss auch die kleinen Dinge feiern", sagte sie mit einem Zwinkern.

Ja, die kleinen Dinge. Daran sollte er sich vielleicht gewöhnen.

„Gute Arbeit." Anna stieß mit ihrem Glas gegen seins. Ihre Blicke begegneten sich und sein Herz sprang vor Verlangen fast aus seiner Brust.

Nicht Verlangen, sagte er seinem Bären. *Gier. Wir können sie nicht haben. Wir müssen für ihre Sicherheit sorgen.*

„Jetzt kannst du dich an die Arbeit auf dem Deck machen", scherzte Janna.

„Janna!", schimpften alle.

Sie hob die Hände in die Luft. „Nun, er hat doch gesagt, er wolle arbeiten... "

Todd nickte schnell. Das wollte er. Damals in Montana war er den ganzen Tag beschäftigt gewesen. Und das jeden Tag. Hier war er überflüssig und das war der schwierigste Teil. Teddy hatte bereits einen hingebungsvollen Vater und eine Familie. Er schrie sogar jedes Mal, wenn Todd in seine Nähe kam, was die Botschaft laut und deutlich machte. *Verschwinde von hier, Fremder. Bei dir fühle ich mich nicht sicher.*

Was ihm doppelt wehtat, denn er würde sein Leben für Teddy geben.

In gewisser Weise hatte er das bereits getan. Und er würde es wieder und wieder und wieder tun. Nicht weil er seinen Sohn für sich beanspruchen wollte, sondern weil Teddy ein Teil seines Clans war.

Und das war das Einzige, was ihn davon abhielt, wieder in den Wald zu stürmen und zu seinem Leben als Bär zurückzukehren. Dieses Gefühl im Hinterkopf – nur für den Fall der Fälle. Das Gefühl, dass das Böse jederzeit in ihre Welt zurückkehren könnte.

Das, und Anna. Er konnte sich einfach nicht dazu durchringen, seine Gefährtin zu verlassen. Also betete er sie aus der Ferne an. Verfolgte jeden ihrer Schritte aus sicherer Distanz.

Schnupperte an ihrem Duft und klammerte sich daran wie ein Seemann an ein sinkendes Schiff. Das war alles, was er sich erlaubte.

Es war alles, was er wagte.

Kapitel 6

Anna zählte die Tage, seit sie in Arizona angekommen war. Fünf? Sechs? Es war wie ein Wirbelwind und in ihrem Kopf drehte sich immer noch alles.

Sie hatte ihre Cousine gesund und munter wiedergefunden. Sie hatte einen Mann kennengelernt, der sie immer mehr faszinierte – ganz egal, wie still oder wie verschwitzt er am Ende eines harten Arbeitstages war. Sie hatte sich bereit erklärt, der offensichtlich am härtesten arbeitenden Gruppe von Menschen westlich des Mississippi zu helfen, und sie liebte jede Minute davon. So sehr, dass sie sich manchmal fragte, ob sie eigentlich wieder gehen wollte. In der neuen Großfamilie ihrer Cousine gab es einen solchen Teamgeist und Elan. Ein Teil davon zu sein, verschaffte ihr ein größeres Gefühl der Zufriedenheit, als sie es seit Langem verspürt hatte. Glücklicherweise herrschte auf dem Immobilienmarkt gerade eine Flaute, so dass sie sich diese Auszeit nehmen konnte. Aber sie konnte nicht ewig bleiben, auch wenn sie sich das manchmal wünschte.

Sarah und ihre Freunde waren gute Gesellschaft. Die Arbeit war ehrlich. Das Baby war bezaubernd. Und dann war da noch der Vorteil, dass sie sich ihre Unterkunft mit Mister Adonis, Todd, teilte. Es war ein gewisser Nervenkitzel, ihn als Mitbewohner zu haben. Obwohl er die Dinge streng platonisch hielt, strömte der Mann eine ständige unterschwellige Sexualität aus. Sobald sie sich näherten, setzte ein leises Summen ein – wie das eines Elektrozauns oder das Brummen eines Generators irgendwo in der Ferne. Wann immer sie in Fahrtrichtung schaute, wandte er seine unglaublich blauen Augen ab. Aber stets einen Moment zu spät, um zu verbergen, dass auch er sie angestarrt hatte.

Er hatte jedoch auch etwas von einem verwundeten Krieger an sich. Eine tiefe Traurigkeit, wegen der sie sich fragte, ob sie ihn in Ruhe lassen sollte – was sie jedes Quäntchen Selbstbeherrschung kostete. Je länger sie wartete, desto mehr spürte sie die Dringlichkeit eines tickenden Countdowns.

Nimm dir diesen Mann, schien die Wüste in den heißen einsamen Nächten zu flüstern, in denen sie allein dalag und an ihn dachte. *Mach ihn zu dem Deinen, bevor es zu spät ist.*

Diese Worte wurden Teil eines Traums, der sie jede Nacht heimsuchte.

Zu spät wofür?

Zu spät für dich und ihn, sagte die Stimme mit einem verblüffenden Ton der Endgültigkeit.

Jedes Mal wachte sie mit einem Schaudern auf. Manchmal folgte dem Traum ein Albtraum. Sie sprintete durch den Wald und war auf der Flucht vor einem großen Übel. Dann stolperte sie – sie stolperte jedes Mal, obwohl sie wusste, dass es passieren würde – und ein Mann packte sie. Sie wehrte sich, konnte sich jedoch nicht befreien, und sah sich plötzlich dem vernarbten Grinsen von Emmett LeBlanc gegenüber.

Du, gackerte er und drückte sie zu Boden.

Manchmal wurde es sogar noch schlimmer. Manchmal zerrte er sie auf die Beine und zwang sie, einem Bären ein Gewehr an den Kopf zu halten.

Drück den Abzug. Töte ihn. Töte ihn, bevor ich dich töte. Sein Gesicht verzerrte sich vor Wut und seine Finger drückten auf ihre.

Peng! Das Gewehr donnerte in ihrem Traum und sie schreckte mit einem Schrei auf.

Sie keuchte, als wäre sie wirklich gerannt, und klammerte sich an der Bettdecke fest.

„Anna?"

Sie riss den Kopf in die Richtung des Schattens an der Tür herum und Erleichterung durchströmte sie, als sie erkannte, dass es Todd war.

Es geht mir gut. Alles bestens. Danke, wollte sie sagen, aber alles was sie herausbekam, war nur ein Quietschen.

Todd kam ins Zimmer und hockte sich neben sie. Seine Brust war nackt und die Jogginghose saß tief auf seiner Hüfte. Er neigte den Kopf und seine Augen zeigten die Art von Schmerz, die nur ein Mann kannte, der schreckliche Dinge erlebt hatte.

Er setzte sich auf das Bett und schlang seinen dicken Arm um sie. Sein Kinn legte er auf ihren Scheitel und hüllte sie vollständig in etwas ein, das sich wie ein Mantel aus Stahl anfühlte. Er wiegte sie ein wenig und versprach ihr, dass nichts an ihm vorbeikommen würde – nichts Böses, egal ob real oder in einem Traum.

„Es geht mir gut. Es geht mir gut", schaffte sie ein oder zwei Minuten später zu sagen, obwohl sie nicht wollte, dass er sie losließ.

Das tat er Gott sei Dank auch nicht. Nicht für eine sehr lange Zeit, selbst nachdem sich ihr Atem verlangsamt hatte und der Schweiß auf ihrer Stirn getrocknet war. Er hielt sie weiter fest und sie hatte den deutlichen Eindruck, dass das beruhigende Gefühl nicht einseitig war. Hatten ihre Albträume seine eigenen Visionen heraufbeschworen? Hatte sie ihn an etwas erinnert, dass er lieber in der Vergangenheit gelassen hätte?

„Es ist okay", murmelte sie und wiegte sich langsam mit ihm.

Erst als eine Katze in der hinteren Gasse miaute, trennten sie sich schließlich voneinander.

„Geht es dir gut?" Er legte seine große Hand um ihr Gesicht – die Hand, die er normalerweise an seiner Seite hielt, um die Narben zu verbergen – und strich ihr mit dem Daumen über die Wange. Sie vermutete, dass diese Hand vor nicht allzu langer Zeit bei einem Unfall zerquetscht worden war. Aber jetzt, wo er sie berührte, schien sie ziemlich gut zu funktionieren. Nicht zu hart, nicht zu weich. Eine starke, beruhigende Präsenz genau wie der Rest von ihm.

„Es geht mir gut", flüsterte sie.

Er schaute sie noch einen Moment lang an und küsste sie dann auf die Stirn. Ein seltsamer *Alles wird gut*-Kuss. Wenn man bedachte, dass ihre guten Träume alle davon handelten, wie er sie auf eine ganz andere Art und Weise küsste, hätte sie eigentlich frustriert oder traurig sein müssen. Aber irgendwie war dieser Kuss einfach perfekt für diese Nacht.

„Gute Nacht", murmelte er und glitt davon.

Wenn sie etwas hätte ändern können, hätte sie sich gewünscht, sich noch ein paar Minuten an ihn zu kuscheln. Besser noch, Stunden.

„Gute Nacht", wiederholte sie und schaute ihm nach.

Sein Brustkorb hob und senkte sich mit einem tiefen Atemzug, der ihr sagte, dass wegzugehen das Letzte war, was er tun wollte. Sie fragte sich, was sich da zwischen ihnen entwickelte. Eine tiefe Freundschaft oder war es etwas mehr?

Den Rest der Nacht schwankte sie zwischen diesen Optionen und stellte sich vor, wie gut es sich anfühlen würde, wenn er sie an so vielen anderen Stellen berühren könnte. Gott, von diesem Körper eingehüllt zu werden und nicht nur von seinen Armen. Von der Seele geliebt zu werden, die so klar und deutlich aus seinen unendlich blauen Augen strahlte.

Träum weiter, Anna, beschloss sie, als sie am nächsten Morgen ihr zerzaustes Haar im Spiegel betrachtete. Das schräge Licht der Morgendämmerung hob jeden Knoten und jedes peinliche Büschel hervor. Als sie es so weit geglättet hatte, dass sie sich in der Öffentlichkeit zeigen konnte, waren Todds Schritte schon längst die Treppe hinunter und nach draußen getrottet.

„Gut geschlafen?", fragte Sarah sie, als sie sich an der Kaffeemaschine im Hinterzimmer des Cafés begegneten.

Sie hielt ihren Blick fest auf die Dampfschwaden gerichtet, die aus ihrer Tasse aufstiegen. „Irgendwie schon. Sozusagen."

„Gut genug für eine Wanderung später?" Sarahs Augen funkelten.

Anna richtete sich auf und hatte plötzlich große Lust, wandern zu gehen. Es war genau das, was sie brauchte, um sich von ihren Albträumen abzulenken. „Gott, ja. Jederzeit."

Sarah lachte und stieß ihre Kaffeetasse gegen Annas. „Es ist schon viel zu lange her, nicht wahr?"

„Viel zu lange."

Jeden Sommer, den sie in Montana verbracht hatte, war sie mit Sarah wandern gegangen. Kurze Nachmittagswanderungen zu einem glitzernden Bach an einer Wegbiegung. Lange Ganztageswanderungen zu mit Wildblumen bedeckten Bergwiesen. Ein paar Mal hatten sie sogar draußen übernachtet und waren bis zum Kamm zwischen Cooper's Hill und Bear Mountain gewandert. Sie hatten ihr Lager hoch oben über der Baumgrenze aufgeschlagen.

„Also gut. Dann ist es abgemacht. Wir gehen nach der Arbeit", versprach Sarah.

Das Geschäft lief so ruhig, dass sie kurz vor Mittag aufbrechen konnten. Draußen war es heiß, aber erträglich. Soren war im Saloon beschäftigt, also hatte Jessica angeboten, auf das Baby aufzupassen, während sie unterwegs waren.

Sarah schaute auf die Uhr. „In Ordnung, ich habe vier Stunden, bis die Mutterpflicht wieder ruft."

Sie machten sich auf den Weg zu Annas Auto, wo Soren sie mit einem besorgten Stirnrunzeln einholte.

„Du gehst wandern? Alleine?"

„Ich bin nicht alleine", sagte Sarah. „Anna ist dabei."

„Du weißt, was ich meine."

Ein Schlagabtausch ihrer Gesichter folgte und obwohl sie beide vollkommen still blieben, veränderte sich ihre Mimik, als ob sie sich immer noch unterhielten. Anna schaute zwischen den beiden hin und her und fragte sich, ob sie bereits die Telepathie entwickelt hatten, die manche ältere Paare nach Jahrzehnten miteinander teilten.

Schließlich kratzte sich Soren am Kopf. „Simon und ich müssen beide arbeiten. Cole ist immer noch auf der Ranch... "

„Wieso brauchen wir jemanden, der uns begleitet?" Anna ärgerte sich über die Andeutung, dass sie nicht allein zurechtkommen würden.

Sarah und Soren tauschten schmerzverzerrte Blicke aus.

„Janna wurde vor nicht allzu langer Zeit in einer Bar überfallen und bei uns im Saloon wurde eingebrochen", sagte Soren. „Es ist einfach besser, vorsichtig zu sein, in Ordnung?"

Sie wollte gerade protestieren, aber es schien so, als ginge Soren seine gedankliche Liste von möglichen Begleitern durch. Schließlich entschied er sich für einen.

„Todd", sagte er. „Todd kann mit euch gehen."

Gegen diesen Vorschlag wehrte sich Anna nicht.

Sarah hingegen presste die Lippen zusammen und ihre Stirn zog sich in tiefe Falten. Anna konnte sich nicht erklären, warum Sarah in Todds Gegenwart immer so verlegen war. Und er war in ihrer Gesellschaft genauso. Als sie sich schließlich alle in Annas kleinen Wagen gequetscht hatten und losfuhren, warf sie einen Blick in den Rückspiegel und bemerkte, dass Soren ihnen hinterherschaute. Er sah auch nicht gerade glücklich aus, obwohl es seine Idee gewesen war.

Was war hier eigentlich los?

Die Fahrt zum Nationalpark war kurz und schweigsam und als sie am Ausgangspunkt des Wanderweges parkten, zögerte Todd und trat zur Seite.

„Ich komme gleich nach", sagte er, um ihnen einen Vorsprung zu verschaffen.

„Sicher." Sarah griff nach Annas Arm und eilte voraus.

Anna schaute zurück, aber er war bereits hinter einer Biegung des Weges verschwunden. „Woher soll er wissen, welchen Weg wir nehmen?"

„Er ist ein Bä–", begann Sarah, unterbrach sich dann aber mit einem Husten. „Er ist ein Black River-Bergmann. Er wird uns problemlos finden."

Anna warf einen zweifelnden Blick zurück, folgte aber dem Beispiel ihrer Cousine. Es dauerte nicht lange und sie wanderten den gewundenen Pfad unter hohen duftenden Kiefern entlang. Die Kiefernnadeln, die den Boden bedeckten, dämpften ihre Schritte, und die einzigen Geräusche im Wald kamen vom Flattern der Vögel.

„Es ist wunderschön hier", murmelte Anna. Rostfarbene Felsen säumten Lichtungen zwischen sattgrünen Kiefernbeständen. Eine Landschaft, wie sie sie noch nie zuvor gesehen hatte. Die Luft war frisch und klar, ohne unangenehm trocken zu sein, und im Schatten war die Temperatur einfach perfekt.

Sarah lachte. „In Montana würden wir jetzt durch den ersten Schnee wandern."

„Vermisst du es?"

Sarah ging von nachdenklich zu traurig und dann wieder fröhlich über. „Ich vermisse meine Eltern. Ich würde alles dafür geben, nach Hause zu gehen und ihnen ihren Enkel vorzustellen." Ihre Stimme brach und sie schluckte schwer. „Aber ich habe jetzt ein neues Leben und ich liebe es. Ich liebe es wirklich." Ihre Stimme sang förmlich. „Ich liebe es so, Arizona zu entdecken. Ich kann es kaum erwarten, bis Teddy größer wird, damit wir ihn mit auf längere Wanderungen nehmen können."

Anna lächelte. „Ich kann mir Teddy gut vorstellen, wie er aus einem Wanderrucksack auf Sorens Rücken herausschaut. Er würde sich wie der König der Berge fühlen."

Und verdammt, wenn ihre Fantasie nicht auch ihre eigene Vision heraufbeschwor – eine Wanderung mit einem eigenen Baby, getragen von Todd, der seine Finger in ihre verschränkte, während sie gingen.

„Natürlich werden wir längere Wanderungen aufschieben müssen, wenn wir noch eins bekommen", überlegte Sarah und schlug sich dann die Hand vor den Mund. „Oh Gott. Es tut mir leid."

Anna zwang sich zu einem Lächeln. Sie hatte genügend Freunde mit Babys um sich, um diesen verlegenen *Mir-ist-gerade-erst-wieder-eingefallen-das-nicht-zu-sagen* Blick zu kennen. „Kein Problem. Ich freue mich für dich. Und auf diese Weise werde ich auch nochmal Tante, nicht wahr?"

Sie sagte sich, dass das fast genauso gut wäre, wie selbst Mutter zu sein.

„Anna…", sagte Sarah.

Sie schüttelte den Kopf. Nein, wirklich, Tante zu sein, wäre großartig. Außerdem musste sie sich dann erst in zehn oder fünfzehn Jahren, wenn sie vierzig oder fünfundvierzig war, mit der Tatsache auseinandersetzen, dass sie keine Kinder haben konnte, nicht wahr? In der Zwischenzeit könnte sie einfach so tun, als wäre sie nicht daran interessiert.

„Hast du noch Kontakt zu Jeff?", fragte Sarah.

Anna schnaubte bei der Erwähnung ihres Ex-Mannes. „Er hat Kontakt zu mir. Zählt das? Er schickt mir jedes Jahr eine Weihnachtskarte mit einem Bild seiner wachsenden Herde. Zusammen mit dieser kurvigen Blondine, die er für würdig befunden hat, seine Kinder zu gebären."

Ja, ihre Stimme war bitter. Aber sie konnte es nicht ändern. Jeff hatte genau dreizehn Monate gebraucht, um von ihrer dritten Fehlgeburt zu einer Beziehung mit Madame Eierstock zu springen und stolzer Vater von drei Kindern zu werden. Zumindest nach ihrer letzten Zählung.

„Was für ein Idiot", murmelte Sarah.

Das war kein Witz. Aber wenigstens war ihr bewusst geworden, welch ein Mistkerl dieser Mann war, bevor es zu spät war. Ja, sie wünschte sich Kinder, aber mit dem richtigen Mann. Mit einem echten Partner, der beständig war. Loyal. Ehrlich.

Ihre Gedanken überschlugen sich mit einem Dutzend Männergesichter wie die Bilder eines Spielautomaten und Todd tauchte jedes Mal in der Gewinnerreihe auf.

„Ich freue mich, dass es zwischen dir und Soren geklappt hat." Sie wechselte das Thema. „Ihr beide seid wie füreinander geschaffen."

Sarah strahlte.

„Und das Baby sieht ihm sehr ähnlich. Das ist so süß."

Sarahs Blick verfinsterte sich kurz und wurde dann neutral. „Schöne Aussicht, was?" Sie gestikulierte mit einer Hand.

Es war schön. Tatsächlich war es spektakulär. Anna ging zu einem Aussichtspunkt und betrachtete die felsigen Ausläufer, die grünen Berge und ein langes gewundenes Tal, das wie eine Straße zum Paradies aussah. Eine staubige Version des Paradieses, aber eine friedliche. Anna schloss die Augen und nahm die Gerüche und den Anblick in sich auf. Sie krümmte die Zehen in ihren Wanderstiefeln, als wollte sie sie in die Erde unter ihren Füßen krallen.

„Hey, kann ich dich etwas fragen?", fragte Anna, als sie weitergingen.

„Na klar."

„Wie gut kennst du Todd?" Sie zuckte angesichts des offensichtlichen Interesses in ihrer Stimme fast zusammen.

Sarah musterte sie. „Er ist ein toller Kerl."

Anna fragte sich, warum ihre Cousine so gequält aussah.

„Ein wirklich toller Kerl. Er ist Soren sehr ähnlich." Sarah schaute weg und biss sich auf die Lippe. Sie trank einen Schluck

Wasser aus Annas Flasche, bevor sie fortfuhr. „Du magst ihn, nicht wahr?"

Anna konnte nicht verhindern, dass sich ein instinktiver *Wer, ich?*-Ausdruck auf ihrem Gesicht ausbreitete. Aber wem wollte sie denn etwas vormachen? Ja, sie mochte Todd. Sie hatte Tage und Nächte damit verbracht, von diesem Mann zu träumen. Sie hatte sich gefragt, ob es richtig war, sich zurückzuhalten, oder ob sie den ersten Schritt machen sollte.

„Hör zu, Anna." Sarahs Stimme war leise und zögerlich. „Ich muss mit dir reden."

Anna trank einen Schluck aus ihrer Flasche und bereitete sich darauf vor, zu hören, was auch immer Todd quälte. Er war außer Hörweite und obwohl sie es nicht mochte, hinter dem Rücken von Menschen über sie zu reden, könnte es ihr helfen, ihn besser zu verstehen.

Sarah zögerte eine Weile und Anna beobachtete sie aus den Augenwinkeln heraus. Sarah, die Glückliche, war als Todds Nachbarin aufgewachsen. Sie hatte so viel Zeit mit Soren verbracht, dass sie auch Todd gut kennen musste. Warum also die Schüchternheit und das Herumgerede?

„Weißt du noch, als Soren und ich uns eine Zeit lang getrennt haben?"

Anna nickte und erinnerte sich an die tränenreichen Telefonate. Sie hatte Sarah so gut es ging beruhigt, weil sie wusste, dass es irgendwie wieder gut werden würde. Und so war es auch gewesen.

„Ich schätze, Soren hat Todd gebeten, ein Auge auf mich zu werfen, während er weg war..."

Anna gluckste. „Ein bisschen so wie jetzt?"

Sarahs Lächeln war knapp. „Nun, ich denke schon. Jedenfalls habe ich Todd ziemlich gut kennengelernt."

Anna wartete sehnsüchtig darauf, dass ihre Cousine etwas sagen würde wie: *Er ist perfekt für dich!*

„Aber... nun..."

Was? Anna wollte die Worte aus ihr herausschütteln. *Was?*

„Todd ist Teddys V–"

Was auch immer Sarah sagen wollte, wurde von einem kurzen, scharfen Bellen unterbrochen. Es war eine Mischung aus einem Heulen und Knurren. Sie wichen beide zurück und musterten den Hügel zu ihrer Linken.

„Was war das?" Sarah berührte Annas Arm.

Etwas bewegte sich hinter den Bäumen und ein Paar blutunterlaufene Augen blitzten sie durch die Blätter an.

Annas Blut gefror in ihren Adern. „Ist das ein Wolf?"

Sarah umklammerte ihren Arm. „Geh langsam rückwärts. Bleib nah bei mir."

Sie waren in der Vergangenheit schon öfter Tieren begegnet, aber irgendetwas an dieser Bestie schien anders zu sein. Die Augen, die zwischen den beiden hin und her huschten, waren die eines Raubtiers und zeigten keinerlei Überraschung. Er senkte seine Schnauze und trat mit lautem Knurren nach vorn.

Anna hatte noch nie erlebt, dass sich ein wildes Tier ihr näherte. Die meisten flüchteten, sobald sie einen Menschen sahen. Die Bären, die sie und Sarah gelegentlich in Montana gesehen hatten, hatten sich stets schnell abgewandt, weil sie nicht interessiert waren. Sogar der Luchs, dem sie einst begegnet waren, hatte einen schnellen Rückzug angetreten.

Dieses Tier pirschte sich jedoch an, einen bedächtigen Schritt nach dem anderen, und zeigte seine Reißzähne.

„Nur ein Kojote?", fragte sie aus dem Mundwinkel heraus.

„Wolf." Sarahs Stimme war voller Schrecken.

Anne hatte nicht gewusst, dass es in Arizona Wölfe gab, geschweige denn große, böse Wölfe. Sie stieß Sarah mit dem Ellbogen an und beugte sich hinunter, um nach einem Stock zu greifen. Für den Moment behielt sie ihn an ihrer Seite, aber wenn der Wolf noch näher käme, würde sie ihn schwingen und schreien. Das hatte doch immer funktioniert, nicht wahr?

Der Wolf näherte sich knurrend und Speichel tropfte aus seinem Mundwinkel.

„Ist er tollwütig?", flüsterte sie.

Sarahs Körper war steif und angespannt. „Nicht tollwütig. Etwas viel Schlimmeres."

Was war denn schlimmer als Tollwut? Anna wollte es gar nicht wissen. Sie hob ihren Stock und öffnete den Mund, um zu schreien. Und was herauskam, war nicht nur ein Schrei. Es war ein Brüllen. Als sie merkte, dass es nicht von ihr stammte, lag sie schon auf dem Boden. Sarah riss sie in einen Sturzflug, als eine riesige Gestalt hinter ihnen aus dem Wald stürmte und auf den Wolf zusteuerte.

Anna überschlug sich und alles verschwamm. Dann stieß ihr Knie gegen einen Felsen und Sarah stöhnte neben ihr auf.

Todd. Ihr erster Gedanke war, dass Todd herbeigeeilt sein musste, um den Wolf zu verjagen. Aber seit wann brüllte Todd – der ruhige, zurückhaltende Todd – so laut wie ein Löwe und griff wilde Tiere mit bloßen Händen an?

„Komm schon! Lauf!" Sarah zog sie hoch.

Sie sprinteten zurück auf den Pfad. Anna warf einen Blick über ihre Schulter, konnte jedoch inmitten der zitternden Äste, die das, was den Wolf gejagt hatte, verursacht hatten, nichts erkennen. Beide waren hinter dem Bergkamm außer Sichtweite gestürmt, doch es ertönte weiteres Gebrüll und wildes Hundegebell.

„Gott, was war das?"

„Ein Wolf", keuchte Sarah und machte große, hüpfende Sprünge.

„Nein, ich meine, was hat ihn verjagt. War das Todd?" Je mehr sie darüber nachdachte, desto sicherer war sie sich, dass er es nicht gewesen sein konnte. Irgendwie hatte es sich wie er angefühlt, aber hatte sie nicht ein kräftiges, pelziges Tier auf vier Füßen vorbeiflitzen sehen?

„Das war Todd", sagte Sarah mit einer seltsam sicheren Stimme.

Anna blieb sofort stehen. „Wir müssen ihm helfen. Wir können ihn doch nicht alleine lassen."

Sarah schaute sich um. Im Wald war es gespenstisch still geworden. Kein Knurren, kein Gebrüll. Noch nicht einmal der Ruf eines Vogels. Es war, als hielte der ganze Wald den Atem an und fragte sich, ob die Gefahr vorüber war.

„Glaube mir, er kommt schon zurecht. Aber wir sollten von hier verschwinden."

„Aber–"

Sarah zerrte sie in einem vorsichtigen Trab bergab. „Für mich ist das alles noch neu, aber ich denke, wir sollten jetzt besser nach Hause gehen."

Was war für sie neu? Anna schaute ihre Cousine an. Sarah wusste doch alles über die Wildnis, die Tiere und Sicherheit in den Wäldern. Sie war mit den Rocky Mountains als Hinterhof aufgewachsen. Vielleicht war es neu für sie, das tollwütige Kreaturen sie aus dem Nichts angriffen? Nun, das war auch für Anna eine Premiere.

„Bist du sicher, dass Todd zurechtkommt?" Ihr Herz schlug wie verrückt und jeder Nerv in ihrem Körper war in höchster Alarmbereitschaft.

Sarah beruhigte sie den ganzen Weg zurück zum Parkplatz am Wanderweg, wo sie am Auto warteten. Sie suchten den Waldrand ab, bereit, beim ersten Anzeichen von Gefahr in den Wagen zu springen. Zwanzig quälende Minuten vergingen, bis die immer länger werdenden Schatten flimmerten und Todd aus dem Wald trat.

Seine Hände waren schmutzig, als wäre er auf allen vieren herumgeklettert und ein Blatt steckte in seinem Haar. Seine Jeans und sein T-Shirt waren jedoch völlig unversehrt. Kein einziger Schweißtropfen, kein abgerissener Faden.

„Todd." Anna hielt den Atem an und musterte ihn.

Sein Blick wanderte an ihrem Körper auf und ab, so wie auch sie ihn ansah und nach Verletzungen absuchte. Er war derjenige, der einem Wolf nachgelaufen war, um Himmelswillen!

„Hast du den Wolf gesehen?", fragte sie.

Todd hörte nicht immer alles, das wusste sie, aber sein Schweigen schien dieses Mal beabsichtigt zu sein.

Schließlich tauschte er lange besorgte Blicke mit Sarah aus. Die Art von Blick, die Anna schon die ganze Woche gestört hatte, weil sie immer das Gefühl bekam, dass sie diejenige war, die nicht hören konnte.

„Es war doch ein Wolf, nicht wahr?", fragte sie.

Todd nickte langsam und schaute ihr direkt in die Augen. „Ja, es war ein Wolf."

„Was hat er getan, als er dich gesehen hat?"

Er ließ das erste überhebliche Grinsen aufblitzen, dass sie je auf seinem bescheidenen Gesicht gesehen hatte.

„Er ist weggelaufen. Glaube mir, er ist davongerannt."

Kapitel 7

Todd streckte seine Füße so weit wie möglich unter dem Armaturenbrett von Sorens Pick-up Truck aus. Vor ihnen erstreckte sich der kilometerlange Highway und obwohl es später Nachmittag war, spürte er, wie die Temperatur mit jedem Meter ihrer stetigen Abfahrt anstieg.

„Die Stadt liegt etwa tausendfünfhundert Meter über dem Meeresspiegel", sagte Soren. „Die Ranch befindet sich weiter unten auf tausendzweihundert Metern, aber dort ist es immer noch erträglich. Erst wenn man in Richtung Phoenix hinunterfährt, wird es richtig heiß."

Todd beobachtete Soren beim Sprechen und versuchte, die Bewegungen seiner Lippen den Worten zuzuordnen, die sein Cousin in seinen Kopf drängte. Es sah nicht so aus, als würde er sein Gehör in absehbarer Zeit wiedererlangen, also konnte er auch versuchen zu lernen, Lippen zu lesen. Das, oder er könnte sich für den Rest seines Lebens mit Bären umgeben. Bären und Anna, denn alles, was sie sagte, hörte er.

Weil sie meine Gefährtin ist. Sein Bär nickte ganz sachlich.

Wenn es doch nur so einfach wäre.

Soren streckte einen Finger über das Lenkrad aus. „Dort ist sie. Die Twin Moon Ranch."

Todd erhaschte einen Blick auf ein paar Dächer weit draußen im Nirgendwo auf der westlichen Seite der Straße. In einer Sekunde sah er sie noch und in der nächsten waren sie schon verschwunden. Was, wie er annahm, perfekt zu einem Wolfsrudel passte. Alle Gestaltwandler lebten zurückgezogen und hielten sich vor neugierigen Menschenaugen verborgen. Soren und sein ungewöhnlicher Bärenwolfsclan gehörten zu den wenigen, die mitten in einer Stadt lebten.

Todd schloss die Augen, holte tief Luft und dachte an zu Hause. Er konnte verstehen, was Soren an Arizona gefiel. Aber verdammt, für ihn gab es nur ein Zuhause. Montana.

Anna würde es dort gefallen, murmelte sein Bär.

Ja, darauf würde er wetten. Aber sein Bär musste aufhören, über diese Dinge nachzudenken.

Sie ist unsere Gefährtin. Wie sollen wir uns von ihr fernhalten?

Sein Bär verstand es einfach nicht. Montana war der Ort, an dem die Blue Bloods ihren kühnsten Angriff verübt und den größten Teil seines Clans in einem Überfall ausgelöscht hatten, bei dem auch das benachbarte Wolfsrudel und Sarahs Familie ins Visier genommen worden waren. Und das alles aufgrund des verrückten Glaubens, dass Gestaltwandler die Grenzen zwischen den Arten nicht überschreiten durften. Wie konnte er seine Gefährtin nach Montana bringen, wenn er sie dort nicht beschützen konnte?

Soren sagte, die Blue Bloods seien erledigt. Er, Sarah und die Twin Moon Wölfe hätten sie ausgelöscht.

Todd hatte ihm nicht geantwortet. Wie konnte er sich dessen wirklich sicher sein? Rassistische Gruppen wie die Blue Bloods waren wie die Schlangen am Kopf der Hydra – wenn man einen abschlug, wuchsen drei weitere nach. Wer wusste schon, ob der Wolfsgestaltwandler, den er verjagt hatte, ebenfalls einer der Blue Bloods war oder nicht?

In dem Moment, in dem Todd die Begegnung gemeldet hatte, hatte Soren ihn in seinen Pick-up gezerrt und war zur Twin Moon Ranch gefahren, während Simon und die anderen im Saloon arbeiteten. Sie rasten den Highway hinunter, bis Soren an einer unmarkierten Stelle auf einen Feldweg bog, der nirgendwohin zu führen schien. Aber er führte volle fünf Kilometer durch die buschige Wüste, bevor er nach rechts abbog und die Brücke über einem ausgetrockneten Bachbett überquerte.

Todd schüttelte den Kopf. Gott, wie sehr er die rauschenden Flüsse und kühlen Gebirgsbäche seiner Heimat vermisste. Der Wagen ratterte unter einem breiten Tor hindurch und Todd duckte sich, um einen besseren Blick auf das Brandzeichen der

Ranch zu werfen, das daran befestigt war. Zwei Kreise, die sich zu einem Drittel überschneiden.

„Twin Moon Ranch." Soren nickte, als er seinen Blick sah. „Eines der mächtigsten Wolfsrudel im Südwesten." Er neigte den Kopf von einer Seite zur anderen. „Möglicherweise das mächtigste Rudel."

Dieser Ort wirkte wie eine winzige Grenzstadt mit Gebäuden mit Scheinfassaden auf beiden Seiten. Riesige Pappeln säumten einen zentralen Platz und ein paar Dutzend Häuser erstreckten sich rundherum. Dahinter erstreckten sich Weiden voller brauner Quarter Horses und gescheckter Kühe, die im sanften Nachmittagslicht friedlich mit den Schwänzen peitschten.

Der Alpha des Wolfsrudels beobachtete ihre Ankunft von der Veranda eines Gebäudes mit Schrägdach auf der rechten Seite.

„Das ist Tyler Hawthorne", murmelte Soren.

Typisch Wolf: Nicht ganz so breit wie ein Bär, aber stämmig und groß. Todd konnte die geballte Kraft im Laserblick des Mannes spüren. Die Brünette an der Seite des Alphas war fast genauso groß und schlaksig, abgesehen von einem sichtbaren Babybauch. Im Gegensatz zu dem todernsten Alpha sah sie freundlich und vielleicht sogar einladend aus.

„Hallo. Willkommen auf der Ranch", rief sie, als Todd und Soren näher kamen.

Hallo und passt ja auf, dass ihr mich nicht provoziert, sagte der donnernde Ausdruck ihres Gefährten.

Alphas waren immer etwas schroff und wahnsinnig beschützend, wenn es um ihre Gefährtinnen ging. Und wenn die Gefährtin dieses Alphas schwanger war... Nun, Todd wusste, dass er aufpassen musste. Nur für alle Fälle.

Er erwartete, dass der Alphawolf auf der Veranda blieb. Es war eine Sache der Hierarchie und niemand legte mehr Wert auf Hierarchie als Wölfe. Aber der Mann schockierte ihn zu Tode, als er die Treppenstufen hinunterstieg – alle vier, bis zum Boden – und Soren mit einem herzlichen Händedruck begrüßte. Die beiden schauten sich eine lange ruhige Minute an, so wie Todd sich erinnern konnte, dass es sein Großvater zu Hause mit dem Anführer des örtlichen Wolfsrudels getan hatte. Ein Treffen von Gleichgestellten.

Er starrte seinen Cousin an. Er hatte immer gewusst, dass Soren eines Tages ein angesehener Alpha werden würde, aber zu sehen, wie er es tatsächlich schaffte... Nun, wenn Todd einen Hut getragen hätte, hätte er ihn vor seinem Cousin gezogen.

Großartig, Mann. Er wollte am liebsten pfeifen. *Gut gemacht.*

Sorens Lippen bewegten sich, als er gestikulierte. Todd sah, wie Tyler Hawthornes Blick zu ihm wanderte. Die Lippen des Wolfsgestaltwandlers bewegten sich ebenfalls und Todd neigte den Kopf, um die Worte zu verstehen.

Nichts. Nicht ein Wort. Er hatte die Wölfin ziemlich deutlich gehört, aber den Alpha? Fehlanzeige. Alles, was er mitbekam, war ein schwaches Kratzen wie aus sehr weiter Ferne.

Tyler Hawthorne kniff die Augen zusammen und sprach erneut. Er fing an, wütend auszusehen. Doch dann trat die Wölfin vor, stieß den Arm des Alphas an und sagte etwas, das aussah wie, *Er kann dich nicht hören, Dummerchen.*

Todd verbarg ein Grinsen. Diese Frau war eindeutig die Gefährtin des Alphas und es war ziemlich klar, wie viel Macht sie ausübte.

„Funktioniert das?", fragte sie und dachte die Worte gleichzeitig. „Ich bin Lana."

Todd nickte. „Ja, das funktioniert. Danke."

Die meisten Gestaltwandler konnten die Gedanken der anderen nicht lesen, es sei denn, sie waren Verwandte oder Rudelgefährten. Aber mächtige Gestaltwandler konnten es, wenn sie ihre Gedanken füreinander öffneten und es fest genug versuchten. Und Tyler Hawthorne versuchte es, das musste er ihm lassen. Er runzelte die Stirn und seine Augen blitzten, aber dieses Mal hörte Todd ihn.

„Komm herein. Erzähle mir von dem Wolf, den du gesehen hast."

Soren spitzte die Lippen in einer Geste, die besagte, *Ich habe dir doch gesagt, dass er gleich zur Sache kommt.* Genau wie Soren selbst also, aber Todd beschloss, das nicht zu sagen.

Sie betraten den kühlen Schatten des Gebäudes in strikter Rangfolge – zuerst die Wölfin, dann ihr Gefährte, dann Soren und schließlich Todd.

Ja, er hatte die Botschaft verstanden. Er war hier der Außenseiter, der unbekannte Bär. Trotzdem streckte er sich und stellte sicher, dass er Tyler Hawthorne direkt in die Augen sah, um ihm eine nicht ganz so subtile Botschaft zu übermitteln. Er mochte kein Clanalpha sein, aber er war auf seine eigene Art mächtig.

Erst eine Minute später wurde ihm klar, dass er gar nicht mehr so mächtig war. Nicht mit all seinen Verletzungen. Trotzdem musterte Tyler ihn von oben bis unten und nickte dann knapp.

Ich gebe dir eine Chance, Bär, sagte dieses Nicken. *Und zwar genau eine.*

Zwei weitere Wölfe standen im Raum und einer bot ihm einen freundlichen Händedruck an.

„Hallöchen. Ich bin Cody." Ein lässiger blonder Typ, der Lanas Beispiel folgte und seine Gedanken zusammen mit den Worten, die über seine Lippen kamen, in seinen Kopf sandte.

Cody Hawthorne. Tylers Bruder, flüsterte Soren in einem Nebensatz, der ausschließlich an Todd gerichtet war. *Tyler kümmert sich um die großen Dinge und Cody behält ein Auge auf die alltäglichen Belange.*

Todd musste sich nicht anstrengen, um zu erkennen, welcher von den beiden Brüdern über mehr Sozialkompetenz und welcher über mehr rohe Kraft verfügte.

„Schön, dich kennenzulernen. Ich bin Tina", sagte eine dunkelhaarige Schönheit, die Tyler sehr ähnlich sah.

Die Schwester. Sie betreibt mit ihrem Gefährten die benachbarte Ranch, erklärte Soren.

Todd schüttelte ihre Hand und verbarg seine Verwunderung. Ein Wolfsrudel, das sich nicht nur auf eine, sondern auf zwei riesige Ranchen verteilte? Kein Wunder, dass sie so mächtig waren.

Er blickte von einem Gesicht zum anderen. Waren sie eine Macht, die stark genug war, um die Blue Bloods auszulöschen?

„Erzählt mir, was passiert ist", bellte Tyler.

Soren erklärte, was Sarah beschrieben hatte. Das Problem war, dass Sarah ein Mensch war, der erst vor Kurzem zu einem Gestaltwandler geworden war, als Soren sich mit ihr verpaart hatte. Sie hatte noch nicht die Erfahrung, um die Feinheiten zwischen Gestaltwandlern zu unterscheiden.

Todd nickte zustimmend. Als Sarah und Anna zu ihrer Wanderung aufgebrochen waren, hatte er sich ausgezogen und verwandelt, um ihnen in Bärengestalt zu folgen. Er hatte sich schon seit Tagen nicht mehr verwandelt und sein Körper hatte sich nach dieser Gelegenheit gesehnt. Und Mann, es hatte sich gut angefühlt – richtig gut – zu schnüffeln und sich herumzuwälzen und über ein paar Bäume zu kratzen. Sogar sein verletzter Fuß machte mit, so dass das Hinken nicht allzu schlimm war und er leicht Schritt halten konnte. Also hatte er die Frauen irgendwann ein wenig vorausgehen lassen, weil er dachte, er könnte sie leicht einholen. In der Sekunde, in der der Wolf geheult hatte, war er so schnell den Hang hinaufgestürmt, dass die Bäume nur noch verschwommen zu erkennen gewesen waren.

Niemand bedroht meine Gefährtin! Hatte sein Bär gebrüllt. *Niemand!*

In seiner Eile, den Wolf abzufangen, war er direkt an Anna vorbeigeschossen, die von Sarah zur Seite geschoben worden war. Zum Teil, so dachte er, um sie aus dem Weg zu ziehen, zum Teil aber auch, um zu verhindern, dass sie einen Blick auf ihn in Bärengestalt werfen konnte.

Ich will, dass sie mich sieht, brummte sein Bär. *Dass sie mich akzeptiert. Dass sie mich liebt.*

Nun, das wollte Todd auch, aber dies war wohl kaum der richtige Zeitpunkt.

Wann dann? forderte sein Bär.

Er ließ den Kopf hängen. Vielleicht nie.

„Todd." Sorens Stimme dröhnte in seinem Kopf und er schaute auf. Hoppla. Alle starrten ihn an und erwarteten die Antwort auf eine Frage, die er nicht mitbekommen hatte.

„Kannst du den Wolf beschreiben?", fragte Lana sanft – und schnell, dachte er, bevor Tyler ihm eine Ohrfeige gab.

„Bist du sicher, dass er ein Gestaltwandler war?", fügte Tina hinzu und half ihm ebenfalls.

Er nickte. Sogar Sarah hatte gewusst, dass es ein Gestaltwandler gewesen war. Sie wusste nur nicht, wer.

„Es war definitiv keiner der Black River Wölfe aus Jess' und Jannas Rudel. Und auch keiner der Blue Bloods, die an dem Überfall beteiligt waren."

Normalerweise würde ein einzelner abtrünniger Wolf nicht so viel Besorgnis erregen. Aber sie alle hatten gelernt, dass man die Blue Bloods nicht unterschätzen durfte.

„Ich hatte gehofft, wir hätten die Letzten von ihnen erwischt", seufzte Tina Hawthorne.

„Vielleicht haben wir das", knurrte Tyler, aber selbst er klang nicht komplett überzeugt.

Die Anführer waren ausgeschaltet worden, aber es war nicht klar, ob die ganze Bewegung ausgelöscht wurde oder sich nur im Untergrund versteckte.

„Und du bist dir sicher, dass es keiner der Blue Bloods war?", fragte Cody.

Todd knirschte mit den Zähnen und durchsuchte seine Erinnerungen, in denen er sonst lieber nicht allzu genau nachforschte. Er hatte es gerade noch geschafft, Sarah aus dem brennenden Haus in Black River zu befreien, als die Blue Blood-Wölfe auf ihn zugestürmt waren. Er hatte Sarah zu seinem Wagen gedrängt und Wache gehalten, während sie entkam. Dann hatte er wie der Krieger gekämpft, zu dem er erzogen worden war.

Aber ein Bär war kein Gegner für zwanzig Wölfe und sie hatten ihn zu Boden gerungen. Einige von ihnen blieben in ihrer Wolfsgestalt, während sich andere in ihre menschliche Form verwandelten und mit Ziegelsteinen und Schlagstöcken auf ihn einschlugen. Sie brüllten ihn die ganze Zeit an. Einer der Schurken trat auf seine Hand und drückte sie auf einen Felsen, während ein anderer sie wieder und immer wieder zerschmetterte, jeden Knochen brach und jede Sehne zerriss.

Reinheit. Reinheit. Ihre triumphierenden Schreie hallten in seinem Kopf nach. Sie waren lauter und deutlicher als jedes andere Geräusch, das er in den letzten Monaten gehört hatte. Beinahe hätte er sich die Hände über die Ohren gedrückt, doch dann tauchte wie aus dem Nichts eine andere Erinnerung auf und sang eine Melodie, die er nur mit Mühe hören konnte.

Bleib bei mir. Stirbt nicht. Nicht jetzt. Nicht auf diese Weise.

Moment mal. Er kannte diese Stimme.

Denke an Bergwiesen im Frühling. Denke an einen klaren, kühlen Sommerbach...

Anna. Die Frau, die ihm das Sterben ausgeredet hatte, war Anna gewesen?

Denke an die zahlreichen Beeren im Herbst...

Es war, als hätte sie in seine Gedanken geblickt, alle seine Lieblingsdinge darin entdeckt und sie in ein Gedicht für ihn geschrieben.

Anna war am Anfang dieses Schlamassels da gewesen. Und Anna war diejenige, die ihm die Flucht aus dem Käfig ermöglicht hatte, in dem er im Wildtierzentrum festgehalten worden war.

Aber Moment mal. War er nicht wütend auf sie, weil sie ihn dazu überredet hatte, am Leben zu bleiben, obwohl er hätte sterben sollen? Wäre sie nicht gewesen, wäre er als Held gestorben, und all das Leid, das er seitdem ertragen musste, wäre gar nicht passiert.

Aber auch die schönen Momente hätte es nicht gegeben, wurde ihm bewusst. Wie die Begegnung im Park an dem Tag, als er dachte, sein Kopf würde zerspringen. Ihr Lächeln zu sehen. Oder sie nach ihrem Albtraum im Arm zu halten.

Wie könnte ich auf meine Gefährtin wütend sein? brummte sein Bär. *Es war nicht ihre Schuld. Es war das Schicksal.*

Er blinzelte ein paarmal und versuchte, sich einen Reim darauf zu machen. Moment. Vielleicht hatte sich das Schicksal gar nicht gegen ihn gewandt. Vielleicht hatte ihm das Schicksal eine Wahl gelassen.

Stirb als Held oder lebe weiter und warte auf deine Gefährtin.

Seine Hände zitterten, denn er wusste, was das bedeutete. Das Schicksal verhandelte nicht und es ließ einem nie die Wahl – außer in den seltensten Fällen.

Die wahrhaftigsten Helden, diejenigen, die am loyalsten dienen – diejenigen, die das Wohl anderer über ihr eigenes stellen – belohnt das Schicksal manchmal mit etwas, das es keinem anderen gibt. Er erinnerte sich an die uralte Stimme seines Urgroßvaters, der heiser die Worte sprach. Er erinnerte sich genau, bis hin zu den Gesten der ledernen Hände des alten Mannes und dem Knistern des Holzes im Kamin in jener Winternacht vor so langer Zeit.

Das Schicksal lässt ihnen eine Wahl, hatte sein Urgroßvater gesagt. *Eine Wahl, die mehr Leiden riskiert, aber ihnen auch die Möglichkeit eines noch großartigeren Endes gibt. Ihr eigenes Schicksal. Eines, für das sie kämpfen, wenn sie mutig genug sind, es zu versuchen.*

Seine Hände zitterten und er schnappte nach Luft. Großer Gott, wie konnte er das nur sein?

Er wollte Soren packen und ihn fragen, ob er sich auch an diese Geschichte erinnerte. Er wollte in der Zeit zurückgehen und seine eigenen Handlungen studieren, denn er hatte nicht versucht, ein Held zu sein. Er hatte nur getan, was er tun musste.

Aber alle starrten ihn an, also schwankte er auf seinen Fersen zurück und schluckte. Er hätte die Spannung im Raum mit seiner kleinen Kralle durchschneiden können, wenn er sich in diesem Moment hätte bewegen können.

Zum Glück trat Tina vor und brach die Anspannung auf eine andere Weise.

„So ein heißer Tag." Sie reichte ihm ein Glas. „Wie wäre es mit etwas zu trinken?"

Sie drückte ihm etwas Kühles und Feuchtes in die Hand – in seine gute Hand, Gott segne sie, so dass die Wahrscheinlichkeit, dass er es fallenließ, gering war.

„Limonade", sagte sie beiläufig, um seine Nerven zu beruhigen. „Meine Tante Milly hat sie gemacht und sie ist wirklich gut."

Dies war eine Aufforderung für ihn, zu trinken, und er gehorchte. Sie stand sogar vor ihm, während er das Glas zum Mund führte, und half ihm, das Zittern seiner Hand und die aufsteigende Blässe in seinem Gesicht zu verbergen.

Tina verteilte auch an die anderen Gläser und es schien alles so einfach und natürlich. Gar nicht wie eine Vertuschung, sondern vielmehr wie eine freundliche kleine Pause.

Danke, murmelte er und sandte den Gedanken an Tina und an niemanden sonst.

Tina zwinkerte.

Ich weiß ein paar Dinge darüber, dass auch große, böse Alphas von Zeit zu Zeit eine helfende Hand brauchen.

Er lächelte und erstarrte dann. Moment mal. Er war kein Alpha. Er war nur…

Tina schüttelte den Kopf und sandte ein hörbares *Aber, aber* in seine Gedanken.

Offensichtlich kannte die Wölfin ihn nicht so gut, wie sie dachte. Aber jetzt war wohl kaum der richtige Zeitpunkt, um sich darüber zu streiten.

„Es war also keiner der Blue Bloods“, nahm Cody das Gespräch wieder auf, wo er unterbrochen worden war.

„Zumindest keiner, der direkt an den Anschlägen beteiligt war.“

„Vielleicht haben wir sie alle erwischt.“ Cody sah hoffnungsvoll aus.

Tyler schüttelte den Kopf. „Schwer zu sagen. Aber sie könnten genauso gut noch dort draußen sein, so wie die Gestaltwandler im ganzen Westen in Panik geraten.“

Gerade als Todd fragen wollte, was das bedeuten sollte, lieferte Lana die Antwort.

„Gemischte Gestaltwandlerpaare, die in abgelegenen Gegenden leben, haben uns kontaktiert, weil sie nach einem sichereren Ort suchen. Sie wollen sich zusammenschließen. Es gibt Gerüchte über neue Angriffe, aber bis jetzt können wir nichts beweisen. Niemand weiß, ob die Blue Bloods noch dort draußen sind oder nicht.“

Tyler klopfte mit den Fingerknöcheln auf einen Tisch und lenkte das Gespräch wieder auf das Wesentliche. „Wo genau ist dieser Wolf aufgetaucht?“

Todd erinnerte sich an die Wanderung, denn das war leichter als die ferne Vergangenheit. „Ich glaube, es hieß Sunrise

Trail. Der Pfad führte nach oben..." Er zeichnete die Landschaft mit den Händen nach und die anderen nickten wissend. „Es gab eine Senke und dann eine Anhöhe. Dann einen kleinen Bergrücken, den man von unten nicht sieht."

„Ich kenne die Stelle." Tyler nickte. „Ein guter Ort, um jemandem aufzulauern."

„Gibt es hier irgendwelche Abtrünnige, von denen ich nichts weiß?" Soren zog eine Augenbraue hoch und Todd konnte den Ärger an den zusammengepressten Lippen seines Cousins sehen.

Tyler schüttelte entschlossen den Kopf, doch die Geste geriet langsam ins Stocken. „Nein. Es sei denn..."

„Es sei denn, was?", forderte Soren.

Tyler, Tina und Cody tauschten Blicke aus und Todd hörte das Flüstern eines Namens.

„Roy."

„Wer zum Teufel ist Roy?", donnerte Soren.

Tina hob die Hände in die Luft, was ein Zeichen für den Bären war, sich zu beruhigen. Ihr Gesicht war von nachdenklich zu traurig geworden. „Ein Mitglied unseres Rudels."

„Ein abtrünniges Mitglied eures Rudels?", bellte Soren wütend über die Vorstellung, dass seine Gefährtin von einem seiner Verbündeten bedroht worden war.

Die Twin Moon Wölfe schüttelten den Kopf. „Er ist nicht abtrünnig", sagte Tina schnell. „Es ist nur so... nun..."

Cody fuhr fort, wo sie verstummt war. „Wir sind zusammen aufgewachsen. Er ist ein guter Kerl. Aber nach... nun, nach einer Tragödie..." Cody übersprang die Details. „Nun, er fing an, immer länger in Wolfsgestalt zu bleiben."

Schweigen machte sich im Raum breit.

„Wie lange ist er schon in Wolfsgestalt?", fragte Soren.

Cody sah Tyler an, der Tina ansah.

„Wie lange?", forderte Soren.

Tina stieß einen traurigen Seufzer aus. „Sechs Jahre."

Soren warf Todd einen Blick zu, der sagte, *Heilige Scheiße.* Wolfsgestaltwandler waren wie Bären und ihre menschliche Seite war dominant. Wenn man zu lange in der Tiergestalt blieb, riskierte man den eigenen Verstand. Todd wusste das nur zu gut. Er war monatelang in seiner Bärengestalt herumgewandert und er hatte gespürt, wie sich die Fasern seiner Vernunft, ein dünner Faden nach dem anderen, auflösten. Wer weiß, was passiert wäre, wäre er noch länger Bär geblieben?

Und sechs Jahre... Heilige Scheiße traf es genau.

Tyler fuhr sich mit einer Hand durchs Haar. „Roy würde niemandem etwas tun – denke ich.“

„Lass uns keine voreiligen Schlüsse ziehen“, sagte Tina. „Es könnte ein Fremder gewesen sein, der sich in unser Gebiet verirrt hat.“

„Nun, ich will, dass er verschwindet. Gestern“, bellte Tyler.

„Wir schicken unsere besten Fährtensucher los“, sagte Cody.

Tyler nickte. „Setzt Lance darauf an. Und Kyle.“

„Und ich werde unsere besten Leute zusammentrommeln, um die Stadt im Auge zu behalten“, sagte Tina. „Wir haben es nach dem letzten Angriff ein bisschen zu entspannt gehandhabt. Vielleicht war das ein Fehler.“

Soren knurrte leise vor sich hin und Todd verstand seine Frustration. Auf der einen Seite verlangte Sorens Stolz, dass er seinen Clan mit seinen eigenen Mitteln schützte. Auf der anderen Seite war er bereit, alles zu tun, um die zu schützen, die er liebte.

Ja, Todd verstand diesen Teil. Er verstand ihn sehr gut.

Ein Teil seines Verstandes hatte immer noch mit der Vorstellung zu tun, dass das Schicksal ihm eine Wahl gelassen hatte. Aber jetzt schob er das alles beiseite. Es war nicht an der Zeit, nachzudenken. Es war Zeit zu handeln. Zu beschützen.

Soren begegnete seinem Blick und schaute ihn mit finsterer Miene an. *Ich weiß, es fällt dir schwer hierzubleiben, aber ich brauche dich, Mann. Bleibst du, bis wir wissen, dass es für alle sicher ist?*

Soren meinte Sarah, Teddy und die anderen Mitglieder seines Clans, aber Todd sah vor allem ein Bild von Anna vor sich.

Wirst du es tun? wiederholte Soren.

Musste er das fragen?

Ich stehe dir zur Seite, nickte er. *Koste es, was es wolle.*

Kapitel 8

In dieser Nacht wurden Annas Träume von teuflischen Wölfen heimgesucht und fast hätte sie wieder nach Todd geschrien. Sie schaffte es nur, sich wieder ins Bett zu zwingen, indem sie an schönere Dinge dachte – wie Todd, der sie im Arm hielt. Sie küsste. Sie berührte. Ihren Namen flüsterte.

In den Träumen, die den Albträumen folgten, stellte sie sich tausend sinnliche Begegnungen vor. Aber als sie morgens aufstand, um Jessica beim Backen zu helfen, war Todd schon weg.

„Verdammt noch mal." Sie warf einen finsteren Blick in den Spiegel und zwang sich, sich auf den Weg zu machen.

Aber anscheinend hatte er etwas vergessen, denn er kam die Treppe hinauf, als sie sich gerade auf ihren Weg nach unten machte. Plötzlich hob sich ihre Stimmung wieder.

„Guten Morgen", murmelte er und blieb mit einem Fuß auf ihrer Stufe und einem Fuß auf der Stufe darunter stehen. So standen sie sich auf Augenhöhe gegenüber und ihr Atem stockte. Wenn sie ihm so nah war, konnte sie das Muster seiner Iris erkennen, in der sich hellere Blautöne wie übereinanderliegende Buntglasscheiben mit dunklerem Indigo mischten.

„Guten Morgen", flüsterte sie.

Tief einzuatmen war ein Fehler gewesen, denn er roch so gut. Sie wollte ihr Kinn an seinem Kiefer reiben. Sie wollte ihre Wange an seine Brust schmiegen. Ihre Hände an seinen Armen auf und ab gleiten lassen.

Und hoppla, sie griff tatsächlich nach seinem Arm.

Seine Lippen bewegten sich und sein Blick fiel auf ihren Mund. Mit jedem Atemzug hob und senkte sich seine Brust. Ihre tat es ebenfalls, im perfekten Einklang mit seiner.

Küss ihn. Küss ihn. Ein Singsang setzte in ihrem Kopf ein.

Er neigte seinen Kopf ganz leicht und Gott, das brachte ihn in den perfekten Winkel, um ihre Lippen zu berühren.

Küss ihn. Küss ihn.

Es war wie damals in der sechsten Klasse, als sie ganz oben auf dem Sprungbrett im Schwimmbad gestanden hatte und alle Kinder sie von unten anfeuerten.

Spring. Spring. Spring.

Sie klammerte ihre Hände an sein T-Shirt – irgendwann schienen sich ihre Finger auf seine Brust geschlichen zu haben – und hielt den Atem an.

Er war ihr so nahe. So ruhig. So auf sie konzentriert.

Es war unmöglich, ihn *nicht* zu küssen. Sogar die Singvögel draußen schienen sie anzufeuern.

Küss mich, flehten seine Augen.

Also tat sie es. Sie hob ihr Kinn, schloss die Augen und beugte sich vor. Und in der Sekunde, als sich ihre Lippen trafen. . .

Sie hatte ein Feuerwerk erwartet, aber es fühlte sich eher so an, als würde man an einem kalten Tag in ein warmes Bad schlüpfen. Die Art, die einen vor Vergnügen seufzen und jeden einzelnen Muskel entspannen ließ. Seine Lippen bedeckten ihre und bewegten sich leicht, als würde er beim Küssen flüstern – und vielleicht tat er das auch. Nicht, dass sie über das Rauschen des Pulses in ihren Ohren irgendetwas hören konnte.

Nach einem sanften Kuss lösten sie sich voneinander. Aber genauso sanft beugten sie sich zu einem weiteren Kuss wieder vor. Und dann zu noch einem und noch einem, bis Todd eine Hand an ihren Nacken hob und sie näher an sich zog. Sie krallte die Finger fest in sein T-Shirt und ihr Atem war so hektisch, als wäre sie die Treppe hinaufgerannt, anstatt stillzustehen, und–

„Anna!", rief Jessica von unten. „Bist du bereit, mir zu helfen?"

Sie drehten sich beide um und hielten den Atem an. Warum, konnte sie nicht sagen. Der Kuss fühlte sich so richtig an – Lichtjahre davon entfernt, falsch zu sein. Warum zuckte sie dann weg? Warum so viel Abstand zwischen sie bringen, wenn sich die Nähe so gut anfühlte?

Todd schluckte und schloss die Augen. Sie tat es auch und klammerte sich an die Erinnerung an das, was gerade geschehen war.

„Ich muss gehen", flüsterte sie.

Er nahm eine Strähne ihres Haares zwischen die Finger und zwirbelte sie herum. Dann lächelte er, als wäre ihm ein großes Geheimnis offenbart worden.

„Das wollte ich schon lange einmal tun", gestand er.

Ich wollte es auch schon lange einmal tun, hätte sie fast gesagt.

In eine Sekunde grinste er noch und in der nächsten wirkte er traurig. Und dann war er verschwunden.

Er war den ganzen Tag beschäftigt, verdammt noch mal, und sie war es ebenfalls. Trotzdem verging keine Sekunde, in der sie nicht an ihn dachte. Jedes Mal, wenn sie einen neuen Kunden begrüßte, wünschte sie sich, es wäre Todd. Jedes Mal, wenn sie ein Getränk servierte, stellte sie sich vor, Todd eins zu bringen, das kälter und größer war. Und jedes Mal, wenn die Uhr tickte, fragte sie sich, wann sie die Gelegenheit haben würde, ihn wiederzusehen.

Um ihn wieder zu küssen, fügte ihr Unterbewusstsein hoffnungsvoll hinzu.

„Ich fühle mich schlecht. Du solltest eigentlich nur zu Besuch sein und dir nicht den Allerwertesten abrackern", sagte Sarah, als Anna in den Saloon stürmte, nachdem sie geholfen hatte, das Café für den Nachmittag zu schließen.

„Ich helfe wirklich gern." Sie wischte einen Tisch ab und ging dann zum nächsten.

„Mir gefällt es, wenn sich Anna den Allerwertesten abrackert." Janna grinste. „Ich habe diese Woche jeden Morgen ausschlafen können."

Anna lachte. „Ihr arbeitet alle so hart. Ich kann gar nicht glauben, dass ihr so viele Arbeitsschichten hintereinander schafft."

Es stimmte. Alle arbeiteten hart, um das Café und den Saloon zu einem Erfolg zu machen, und sie war froh, in irgendeiner Weise dazu beitragen zu können. In ihrem Immobilienbüro in Virginia hatte sie nie das Gefühl gehabt, ein gemeinsames Ziel zu verfolgen, so wie es hier der Fall war.

„Jetzt bist du diejenige, die Doppelschichten schiebt", bemerkte Sarah.

Anna zuckte mit den Schultern. „Ich bin gerne beschäftigt und lerne gerne alle hier kennen."

Wie Todd? meldete sich ein Hintergedanke, bevor sie wieder in ihre Tagträume abdriftete.

Ja, Todd. Sie konnte es kaum erwarten, ihn wiederzusehen. Das eine Mal, als es ihr gelungen war, eine Ausrede zu finden, um ihm ein Getränk zu bringen, war Soren in der Nähe gewesen. Also konnte sie sich nicht in einen weiteren Kuss stürzen. Trotzdem hatte sein Anblick ihre Seele zum Strahlen gebracht.

Es war verrückt, wie sehr sie sich über solch kleine Momente freute. Der Anblick seiner strahlenden Augen, wenn er sie sah, und die Art, wie er ihr in die Augen sah, als er die Kaffeetasse an seine Lippen führte. Lippen, an die sie viel zu oft dachte.

Die Stunden vergingen und die ganze Zeit über fragte sie sich, wann sie ihn wohl wiedersehen würde.

„Hey", sagte Janna um zehn Uhr abends. „Den Rest schaffe ich schon. Du kannst jetzt Feierabend machen."

Anna schaute sich um. „Bist du dir sicher?"

Es waren immer noch zwei Dutzend Gäste im Saloon, die meisten von ihnen deutsche Touristen, die auf ein Fußballspiel fixiert waren, das sie Simon gebeten hatten, im Fernsehen einzuschalten. Ein Team in Rot mit viel zu vielen Konsonanten im Namen spielte momentan im Gleichstand gegen ein Team in Weiß und alle waren sehr gespannt, welche Seite gewinnen würde.

„Kein Problem. Sie haben alle schon gegessen, also sind es ab jetzt nur noch Getränke. Nochmals vielen Dank." Janna winkte sie zur Hintertür hinaus.

Anna hängte ihre Schürze in die Küche und schüttete ihr Trinkgeld in das gemeinsame Glas. Dann ging sie durch das Hinterzimmer hinaus und blieb stehen, um den Tresen zu bewundern, den Todd restauriert hatte. Soren war begeistert gewesen, als er wunderschöne Rosenholzintarsien am Rand entdeckt hatte. Sie fuhr mit dem Finger über das Rautenmuster, das wie eine winzige Eisenbahnschiene den ganzen Tresen hinunterführte. Gott, das würde wunderschön werden. Verdammt, es war jetzt schon wunderschön. Todd hatte sich über jede harte Kante, jede unerreichbare Ecke und jede feine Rundung den Kopf zerbrochen. Abgesehen von einem Stapel gebrauchtem Schleifpapier in der Ecke hatte er alles blitzsauber hinterlassen – bereit für die Arbeit am nächsten Tag.

Sie nickte anerkennend. Todd hinterließ seine Spuren an diesem besonderen Ort.

Sie starrte noch eine Minute darauf und fragte sich, welche Spuren sie wohl zurücklassen würde. Sie war sich nicht sicher, ob ihr das Wort *zurücklassen* überhaupt gefiel.

Also, Sarah, ich habe mich gefragt...

Die Rede, die sie sich überlegt hatte, schoss ihr erneut durch den Kopf. Aber wieder einmal unterdrückte sie den Drang, Sarah zu fragen, ob sie länger bleiben durfte. Vielleicht sogar für immer – oder zumindest solange wie Todd, was genauso ungewiss schien wie ihre eigene Zukunft. Aber sie hatte ihren Besuch bereits auf zwei Wochen ausgedehnt und Sarah war zwar gastfreundlich gewesen, hatte Anna aber nicht wirklich gebeten, bei ihnen einzuziehen.

Leider.

Als sie durch die Hintertür hinausging, trat sie in die kühle Nachtluft und neigte den Kopf zum indigoblauen Himmel hinauf.

„Wow", murmelte sie laut.

An diesem klaren, trockenen Arizona-Himmel sah es so aus, als gäbe es eine Million Sterne. Der Mond war nirgends zu sehen und die Milchstraße hätte eine gesprenkelte Landschaft sein können, so deutlich und hell strahlte sie. Sie hatte sie nur ein einziges Mal zuvor so deutlich und klar gesehen und das war vor langer Zeit in einem Sommer in Montana gewesen.

Montana... Arizona. Ihre Gedanken sprangen von einem Ort zum anderen. Nie zuvor hatte sie sich an zwei Orten so wohl gefühlt, die sie beide nie ihr Zuhause nennen würde.

Sie trat ein paar Schritte nach vorn und streckte den Hals, um mehr sehen zu können. Was sie wirklich brauchte, war eine

Wiese, auf der sie sich hinlegen konnte. So wie sie es vor langer Zeit in jenem Sommer getan hatte.

Dann fiel ihr ein, dass sie zwar keine Wiese hatte, dafür aber das Nächstbeste. Todd hatte mit der Arbeit an der Terrasse im Obergeschoss begonnen und sie wettete, dass die Sterne von dort oben noch heller strahlten. Hatte Janna Todd nicht gebeten, die Rolle übrig gebliebenen Kunstrasens hinaufzutragen, die sie in der Garage zwischen all dem Krimskrams gefunden hatten?

Na dann komm schon. Komm hinauf, schienen die Sterne zu rufen, die alle gemeinsam funkelten.

Es gab zwei Möglichkeiten, auf das Deck zu gelangen: eine Tür von der Wohnung über dem Saloon oder über eine Feuertreppe, die zum hinteren Parkplatz führte. Sie entschied sich für Letzteres und stieg langsam hinauf, während sie die Sterne beobachtete.

Die Terrasse befand sich über dem flachen Dach eines Raumes, der vor Jahren an den Saloon angebaut worden war. Sie war Teil der großen Pläne, die sie alle für die Wohnung im Obergeschoss hatten.

„Dort können wir grillen!" Janna hatte in die Hände geklatscht, als ihr diese Idee kam.

„Und vielleicht ein kleines Babyschwimmbecken einbauen." Sarah hatte geseufzt.

„Mit einem Sonnensegel", hatte Jessica hinzugefügt. „Ein Ort, an dem wir uns entspannen können, da wir keinen richtigen Garten haben."

Die Terrasse war noch nicht fertiggestellt, genau wie der Rest der Wohnung. Als sie das letzte Mal einen Blick darauf geworfen hatte, war es nur eine schlampig geteerte Fläche mit ein paar provisorischen Sicherheitsgeländern gewesen.

Ein Aufblitzen ließ sie den Kopf hochreißen, als sie die letzte Stufe des Dachs erreichte. Eine Sternschnuppe?

„Wünsch dir was", rief Todd leise.

Überrascht wirbelte sie herum und ihr Herz hüpfte bereits vor Freude.

Er lag mit den Händen hinter dem Kopf verschränkt auf dem Rücken und studierte die Sterne. Oder studierte er sie?

Sie schaute ihn gerade noch rechtzeitig an, um zu sehen, wie seine Augen wieder zum Himmel glitten.

Beeile dich und wünsche dir etwas, schienen die Grillen zu zirpen.

Sie schloss die Augen und stellte sich eine Wiederholung ihres Kusses vor.

„Geschafft?", fragte Todd.

Sie nickte langsam. Ja, sie hatte sich etwas gewünscht. Die Frage war, ob es in Erfüllung gehen würde. Als sie Todd so entspannt daliegen sah, wie sie ihn noch nie gesehen hatte, wurde ihr Wunsch sogar noch größer.

„Wow. Das ist großartig." Sie trat auf die Terrasse hinaus und schaute sich um. Die raue Oberfläche war verschwunden, verdeckt unter einer Holzschicht. In der Mitte war ein Teppich aus Kunstrasen wie ein Rasenstück ausgebreitet. Im Mondlicht hätte es so weich und federnd unter ihren Füßen als echter Rasen durchgehen können.

„Nicht gerade eine Bergwiese, aber es wird reichen", murmelte Todd.

Sie schaute ihn mit geneigtem Kopf an. War dieser Mann ein Gedankenleser oder tickten sie einfach gleich?

Sie deutete auf das Plätzchen neben ihm. „Was dagegen, wenn ich mich zu dir geselle?"

„Nein, klar." Seine Stimme klang nicht so entspannt wie seine Körperhaltung.

Sie setzte sich plötzlich verlegen neben ihn und zog ihre Sandalen aus, um den Rasen mit ihren Zehen zu spüren.

Todd musterte sie. „Was denkst du?"

Sie warf einen Blick auf seine nackten Füße. Sie beide schienen wirklich ähnlich zu ticken.

„Nun..." Sie wackelte mit den Zehen. „Es ist besser als vorher. Viel besser."

Er gluckste ein wenig, verstummte dann aber, als sie sich neben ihm ausstreckte. Nicht zu nah, aber auch nicht zu fern. Trotzdem kribbelte jeder einzelne Nerv in ihrem Körper.

„Hast du dir etwas gewünscht?", fragte sie, nachdem eine stille Minute verstrichen war. Hatten große, verschwiegene Bergmänner überhaupt Wünsche?

Er nickte, sagte aber nichts. Sie fragte sich, was sein Wunsch gewesen sein könnte.

Sie schob die Schultern zurück und schaute nach oben. „Wow. Schau dir mal den Großen Wagen an." Sie konnte praktisch sehen, wie er Sternenstaub über den Wüstenhimmel zog.

„Der Große Bär", korrigierte er sie.

Sie neigte den Kopf erst in die eine und dann in die andere Richtung. „Ich konnte den Bären darin nie wirklich sehen. Das ist bei allen Sternbildern so. Hast du mal Taurus gesehen? Der sieht überhaupt nicht aus wie ein Stier."

„Doch, das tut er." Er zeigte weiter nach rechts.

Sie fand das Sternbild leicht, konnte den Stier jedoch nicht erkennen. „Es sieht nur wie ein seitliches V aus."

Er öffnete seine Hand, presste die Finger dabei zusammen und zeigte mit dem Daumen nach unten. Mit der anderen Hand zeichnete er die Form nach. Mit der Hand, die ganz vernarbt war. „Er schaut seitwärts. Da ist seine Nase, seine Hörner." Er deutete auf seine Hand und dann auf den Himmel. „Der helle Stern ist sein Auge."

Sein. Komisch, dass er das Sternbild so beschrieb, wie er einen alten Freund beschreiben würde.

„Oh! Ich kann ihn sehen!" Sie zeigte darauf. „Hey, es sieht ja wirklich wie ein Stier aus."

„Ja."

Alle Astronomiebücher, die sie je gesehen hatte, zeichneten entweder steife, gerade Linien zwischen den Sternen – oder sie zeichneten unmöglich verworrene komplizierte Skizzen von dem, was die Konstellationen sein sollten. Was sie wirklich brauchten, waren Bilder von Todds Händen.

Er ballte sie zu Fäusten und ließ sie schnell sinken, aber sie griff hinüber und hielt sie wieder hoch. Und wenn sie vernarbt waren? Was war denn dabei, wenn er die Finger der rechten Hand nicht ganz durchstrecken konnte? Heute Abend waren diese Hände Künstler. Astronomen. Zauberer.

„Zeig mir noch eins", bat sie.

Seine Hände zitterten eine Sekunde lang, bevor er wieder an den Himmel zeigte.

„Kassiopeia."

Sie stöhnte. „Das Sternbild ist unmöglich.“

„Stell dir eine Frau vor, die sich zurücklehnt.“

Sie schnaubte. „Ich sehe ein W. Ist sie über einen Stein gestolpert, oder was?“

Sein Lachen war Musik in ihren Ohren. „Das glaube ich nicht, aber bei griechischer Mythologie kann man es nie wissen.“

„Ich sehe nichts, das einer Frau ähnelt.“

„Sie ist da. Schau, so wie du.“ Er rollte sich auf die Seite und deutete auf ihren Körper. „Beuge deine Knie ein wenig.“

Sie zog sie hoch und blinzelte zu den Sternen.

„Jetzt stütze dich auf die Ellbogen...“

Sie drückte sich auf die Ellbogen hoch und lachte. „Jetzt sehe ich wie eine Frau aus, die am Strand versucht, Männer aufzureißen. Ich brauche nur noch einen Bikini.“

Er gluckste. „Vielleicht haben die Griechen diesen Teil aus dem Mythos herausgelassen. Aber schau mal.“ Er zeigte nach oben. „Kassiopeia.“

Sie streckte sich wieder, weil sie sich etwas unwohl dabei fühlte, wie sie ihre Brüste nach vorn gestreckt hatte. Aber als sie sich wieder auf die Sterne konzentrierte, sah sie, wie eine Frau Gestalt annahm.

„Wow. Moment. Ich kann sie sehen.“

Jetzt war sie diejenige, die von Sternbildern sprach, als wären es Menschen, die sie kannte.

„Siehst du? Ganz einfach. Und jetzt der Bär...“ Todd betonte das letzte Wort, als würde er das Hauptereignis einleiten.

„Der Große Wagen.“

„Der Bär“, beharrte er.

„Wo?“

„Die Deichsel des Wagens ist seine Nase. Er schaut nach links zu seiner Gefährtin.“

„Er hat eine Gefährtin?“

Todd antwortete langsam. „Nun, vielleicht sucht er nach ihr.“

Ihr Herz flatterte ein wenig bei dieser Vorstellung. Wenn sie doch nur ein Bär sein könnte.

„Die Deichsel ist seine Nase", wiederholte Todd. Typisch Mann – er ließ den romantischen Teil wie heiße Kohlen fallen. „Der Karren des Wagens ist sein Rücken. Stell dir vor, er trägt eine kleine Satteldecke oder eine Jacke, als ob er gezwungen wäre, für einen Zirkus zu arbeiten."

Seine Worte trieften vor Verachtung und sie schaute ihn an. Mann, er nahm dieses Bärenzeug wirklich persönlich.

„Der Teil dort?" Als sie darauf zeigte, streifte ihre Hand seine.

„Ja. Und sein Schwanz ist dort drüben, aber diese Sterne sind schwächer. Du musst dir hauptsächlich den Brustbereich vorstellen."

Er deutete auf seinen eigenen Körper und ja, diesen Teil konnte man leicht mit einem Bären gleichsetzen. Er war so groß, so breit, so massiv.

Sie fächelte ihrem Gesicht ein wenig Luft zu. Vielleicht sollte sie sich stattdessen lieber auf die Sterne konzentrieren. Sie fand die Bärennase wieder, folgte der Linie der Sterne zum Rücken und...

„Oh! Ich sehe ihn! Er sieht aus wie ein Eisbär."

„Grizzly", knurrte Todd.

Sie kniff die Augen erneut zusammen. „Woher weißt du das?"

„Eindeutig ein Grizzly", sagte er vage.

„Cool. Ich kann den Bären sehen."

„Wie ich schon sagte. Ganz einfach."

„Du machst es einfach", sagte sie. Ein bisschen so, wie sich in ihn zu verlieben. Viel zu einfach.

Sie lagen schweigend da und betrachteten die Sterne. Sie fand Taurus und Kassiopeia wieder, nur zur Übung, dann wandte sie sich wieder dem Bären zu und dachte darüber nach, was Todd gesagt hatte.

„Findet er sie jemals?", fragte sie.

„Wen?"

„Seine Gefährtin. Findet er sie?"

Sie hatte erwartet, dass er lachen würde, aber Todd schwieg ernst und antwortete eine lange Zeit nicht.

„Ich bin mir nicht sicher." Seine Stimme war ein Flüstern.

Sie hörte eine Minute lang dem Zirpen der Grillen zu und fragte sich, warum er so traurig klang.

„Woher weiß er denn, dass es seine Gefährtin ist?", wagte sie, zu fragen. War das auch Teil der Mythologie?

Todd holte tief Luft. „Er weiß es sofort, wenn er sie sieht. Das ist der einfache Teil."

Aha. „Und was ist der schwierige Teil?" Für sie schien es leicht zu sein. Bärenjunge sieht Bärenmädchen. Grunzt. Knurrt. Sie kommen zusammen und produzieren entzückende Bärenbabys und–

„Sicherzustellen, dass er ihrer würdig ist", murmelte Todd.

Sie seufzte. Ja, sie wäre definitiv gerne ein Bär.

„Ich wette, das ist er", sagte sie, weil Todd ein wenig unsicher klang. „Schau ihn dir doch einmal an."

„Ja, schau ihn dir an." Seine Stimme klang ein wenig verbittert, also griff sie nach seiner Hand und massierte sie ein wenig. Sprachen sie immer noch über Bären?

„Hey", flüsterte sie und rollte sich auf die Seite.

Er schaute zu den Sternen auf und begegnete ihrem Blick nicht. „Wenn der Bärenjunge seine Gefährtin sofort erkennt, wenn er sie sieht, muss sie ihn dann nicht auch erkennen?"

Seine Brust hob und senkte sich mit einem tiefen Atemzug. „Ich bin mir nicht sicher."

Sie schnaubte und lehnte sich näher heran. „Bevor ich wütend auf dich werde, weil du behauptest, dass Frauen zu dumm sind, zu erkennen, was Männer sofort sehen–"

Er riss protestierend die Hände hoch, aber sie fuhr fort, bevor er etwas sagen konnte.

„– lass mich dir beweisen, dass sie es nicht sind."

Und sie küsste ihn.

Sie hatte keine Ahnung, was über sie gekommen war. Vielleicht konnte sie es auf die Sterne und ihr fröhliches, hoffnungsvolles Funkeln schieben. Vielleicht war es Todd mit all dem Gerede über Gefährten. Oder vielleicht war es diese eindringliche Stimme in ihrem Hinterkopf.

Schnapp dir diesen Mann. Mach ihn zu deinem, bevor du deine Chance verpasst.

Was auch immer es war, sie konnte es nicht länger unter-drücken. Sie brauchte diesen Kuss.

Sie küsste ihn leicht und bewegte die Lippen, als wollte sie ihm seinen ganzen Geschmack entlocken. Und verdammt, schmeckte er gut. Ganz männlich und würzig. Seine Lippen waren an den Rändern rau, aber in der Mitte weich und tanzten langsam über ihre.

Sie rutschte noch näher heran, umfasste sein Gesicht und küsste ihn leidenschaftlicher. Schon bald berührten sich nicht nur ihre Lippen, sondern auch ihre Körper. Ihre Brust wurde gegen seine gedrückt und mit den Beinen fand sie den perfekten Winkel, um sich eng an ihn zu schmiegen. Und ihre Hüfte...

Ihre Hüfte hatte ihren ganz eigenen Plan und rutschte im-mer näher an seine heran.

„Anna", flüsterte er.

Sie ging vom Küssen zum Kuscheln über und schmiegte ihr Kinn, dann ihre Wange und ihre Nase an ihn.

„Willst du es nicht?"

Sie war sich sicher, dass er es wollte, denn sein Körper schrie förmlich nach ihr. Er schlang seine Hände um ihre Taille und machte mit den Beinen Platz für ihre. Seine Brust hob und senkte sich schwer.

„Ich will es. Aber–"

„Kein Aber. Bitte."

„Anna–"

„Willst du wirklich, dass ich aufhöre", keuchte sie neben seinem Ohr.

„Ich will nicht, dass du je aufhörst", flüsterte er.

„Dann vergiss alles andere."

Sie hatte alles vergessen. Sie blendete die Stimmen aus dem Saloon aus und hörte auf, sich über die Entfernung zu dem Zimmer zu sorgen, in dem Sarah mit Teddy schlief. Nur für den Fall, dass sie überhört werden könnten. Sie dachte nicht mehr an morgen oder daran, was andere Leute denken könnten, sondern konzentrierte sich ganz auf den Augenblick. Alles ver-schwand außer ihm. Und ihr.

Er *und* sie, so als wären sie eins. Ihre Herzen schlugen im Gleichtakt. Ihre Oberkörper hoben und senkten sich genau zur gleichen Zeit. Ihr Verlangen wuchs wie eine reale Erscheinung.

Sie rutschte weiter, bis sie nicht mehr nur neben ihm lag, sondern auf ihm. Das Feuer, das leise in ihr geknistert hatte, loderte plötzlich auf. Sie spreizte die Beine über ihm und zog ihre Hüfte über seine.

„Anna..." Todd protestierte nicht mehr. Er trieb sie an.

Sie rutschte an seinem Körper hinauf und wieder hinunter, um genau die richtige Stelle zu finden.

„Weißt du, was Sarah mir einmal erzählt hat?" Sie knabberte an seinem Ohr.

Er hob die Hände und strich über ihre Rippen, bis er die Konturen ihres BHs fand. „Was hat dir Sarah einmal erzählt?"

Seine Stimme war leise und seine Lippen schienen eher an der Krümmung ihres Halses interessiert zu sein als an einer Antwort.

„Sie sagte, die alten Bergmänner erzählten früher Geschichten über Leute, die sich in Tiere verwandeln. Wie Werwölfe. Und auch Werbären."

Er versteifte sich, als sie mit ihrer Zunge sein Ohr umkreiste.

„Wirklich?" Er sagte es langsam und vorsichtig, weil er sich wahrscheinlich fragte, worauf sie hinauswollte.

„Wirklich. Menschen, die sich in Wölfe oder Bären oder andere Tiere verwandeln können. Und weißt du was?" Sie stieß ihn erneut mit der Hüfte an und fand die harte Stelle, die sie unter seiner Jeans gesucht hatte.

„Was?", krächzte er.

Sie schaute zu den Sternen auf, senkte den Kopf und sprach direkt auf seine Lippen. „Der Mond ist vielleicht nicht zu sehen, aber ich fühle heute Nacht irgendwie einen animalischen Drang."

Er stieß einen Atemzug aus, entspannte sich und gluckste. „Das wäre mir gar nicht aufgefallen."

Sie lächelte und berührte sanft seine Lippen. Er öffnete sie und ließ sie herein, so dass sie den Kuss vertiefte und vor Vergnügen stöhnte.

„Wenn du dich in ein Tier verwandeln könntest, was wärst du dann?", fragte er, während er den obersten Knopf ihrer Bluse öffnete.

„Mmm", murmelte sie und widmete sich wieder seinem Ohr. „Ich weiß es nicht. Was wärst du?"

„Ein Bär. Ganz eindeutig ein Bär."

„Lass mich raten." Sie kitzelte sein Ohr mit einer Haarsträhne. „Ein Grizzly."

Er nickte ernst und rieb mit dem Daumen über ihr Schlüsselbein. „Was ist mit dir?"

„Dann müsste ich auch ein Bär sein." Sie strich mit den Fingern durch sein Haar und bahnte sich ihren Weg von seinem Ohr zu seinem Hals, um ihn zu küssen.

„Das *müsstest* du nicht", betonte er.

Gott, sie liebte diesen Mann.

„Ich würde es wollen."

Sein Hals schmeckte noch besser als seine Lippen, wenn das überhaupt möglich war. Sie küsste ihn bis zu der Vertiefung unter seinem Kinn und dann zurück zu seinen Lippen, um sich zu vergewissern. Vielleicht musste sie mehr Nachforschungen anstellen, um sich zu entscheiden. Viel mehr Nachforschungen.

Todd ließ seine Hände von ihrer Taille zu ihrem Hintern gleiten und zog sie näher an sich. Sie kreiste mit der Hüfte und beobachtete, wie er seine Augen schloss.

„Mach das noch mal", flüsterte er.

Sich gegen die unverkennbare Ausbeulung seiner Jeans pressen? Mit Vergnügen.

„Wie ist das?", flüsterte sie und verbarg ihr eigenes Stöhnen der Lust.

„Gut. Zu gut."

Er warf den Kopf zurück und erlaubte ihr, auf Entdeckungsreise zu gehen. Sie drückte große, breite Küsse auf die empfindliche Haut seines Halses und saugte dabei.

Er strich mit den Händen in langen eindringlichen Zügen vom unteren Ansatz ihres Hinterns bis zu ihren Rippen hinauf, bis sie um mehr bettelte.

„Todd..." Jetzt war sie diejenige, die knurrte und drängte.

Als er ihren BH öffnete und sie berührte, erschauderte sie.

Sie richtete sich auf, streifte ihre Bluse und ihren BH ab und schaute ihn an. Zu spät, um schüchtern zu werden oder sich Sorgen zu machen, dass sie zu klein gebaut war. Ihr Atem stockte in ihrem Hals.

Er streichelte sanft die Seite ihrer Brust und mit der rauen Seite seines Daumens über die weichen empfindlichsten Stellen ihres Fleisches.

„So wunderschön", murmelte er. „So perfekt."

Sie spürte, wie sich die Röte auf ihrem Gesicht ausbreitete. Er sagte es so, als ob er es ernst meinte.

Natürlich meine ich es ernst, sagten seine blauen Augen.

Sie neigte sich nach vorn, bis ihre Brustwarzen nur noch wenige Zentimeter von seinem Mund entfernt waren, und wartete. Verzweifelt nach seiner Berührung.

Ich bin bereit, aufs Ganze zu gehen, sagte diese Geste. *Du auch?*

Ein langsames, sinnliches Lächeln breitete sich auf Todds Gesicht aus. Er spitzte die Lippen, aber er sagte nichts. Er nickte nur einmal und öffnete seinen Mund in einer Einladung, näherzukommen.

Komm zu mir, sagte sein ganzer Körper zu ihr. *Komm zu mir.*

Kapitel 9

Es war verrückt, sich auf der Terrasse mit Anna auszuziehen.

Verrückt und oh, so gut.

Todd krümmte die Finger und hoffte, sie würde den Wink verstehen, sich ein wenig tiefer hinabzusenken. Ja, er könnte sich nach oben beugen und sie schmecken, aber er musste sich sicher sein, dass sie bereit war, sich ihm hinzugeben.

Und geben und geben und geben, betete sein Bär.

Sie beugte sich ein wenig vor und ließ die perfekte rosa Perle an seinen Lippen vorbeigleiten.

Ihr Stöhnen vibrierte in seinem Kopf genauso laut und deutlich wie alle ihre Worte es taten. Dies war ein Teil von Annas Magie; über das Körperliche hinaus ins Emotionale zu gehen und sich mit ihm mehr als nur mit Worten zu verbinden.

Er verdrehte vor Lust fast die Augen, als er seine Lippen um ihre feste Brustwarze schloss. Er neckte sie mit seiner Zunge, bis sie so hart war wie... wie, wie... Okay, wie er selbst. Und Junge, er würde bald etwas dagegen unternehmen müssen. Aber das hier war zu gut, um es zu überstürzen. Annas Lust war auch seine und er würde keinem von ihnen diesen Rausch verwehren.

Einen Moment lang machte er sich Sorgen, dass einer der anderen sie dort entdecken könnte. Was, wenn Sarah vorbeikam und sah, wie sie miteinander rummachten? Was, wenn Soren in den Hof hinausging, um mehr Bier zu holen und dann die Geräusche hörte, die sie zwangsläufig machen würden?

Aber er verwarf diese Sorge sofort wieder. Gestaltwandler hatten einen sechsten Sinn für solche Dinge. Sie würden sich fernhalten, um Anna und ihm ihre Privatsphäre zu lassen. Gott wusste, wie oft er seinen Cousins bei ihren leidenschaftlichen

Treffen mit ihren Gefährtinnen aus dem Weg gegangen war. Soren in all den Jahren mit Sarah und Simon mit Jessica. Würden sie es gutheißen?

Er grübelte einen Moment darüber, bevor er beschloss, dass es ihm egal war. Hier ging es um ihn und Anna und um sonst niemanden.

Er widmete sich weiter ihrer Brustwarze, bis sie wild über ihm zuckte. Dann wechselte er die Seite und rieb seine stopplige Wange über ihre Brust. Abwechselnd leckte er sanft, was sie noch mehr stöhnen ließ.

Mehr, rief sein Bär. *Bitte, mehr.*

Er umfasste ihre Brust, knetete sie und führte die feste Brustwarze zu seinem Mund, so dass er sie verschlingen konnte. Wie ein Bär, der den süßesten Honig des Sommers leckte oder die letzten Beeren des Herbstes genoss. So wie ein Bär, wenn er wusste, dass der Winter nahte und lang und hart werden würde.

Der Gedanke schwebte unheilvoll über ihm, bis er ihn beiseite schob. *Später* war nicht wichtig. Nicht im Moment.

Er wanderte mit den Händen an ihren straffen glatten Kurven entlang. Von der Wölbung ihres Hinterteils bis zu den tiefen Konturen darunter, die seinen Bären anlockten.

Ich liebe diese Frau. Brauche sie.

Er führte seine Hand nach vorn, bis sie auf ihrem Schamhügel ruhte, und sie zuckte ihm lustvoll entgegen. Er knöpfte ihre Jeans auf, schob seine Finger in den Bund und erstarrte dann.

Moment mal. Wollte er sie wirklich genau hier ausziehen?

Natürlich werden wir sie hier und jetzt ausziehen, schnappte sein Bär. Anna wackelte mit der Hüfte, was ihm grünes Licht gab und er schob ihre Jeans und ihr Höschen hinunter. In der Sekunde, in der sie gespreizt auf ihm saß, zuckte seine Hüfte nach oben.

Er stöhnte an der Brustwarze vorbei, die immer noch seinen Mund neckte, und berührte sie zwischen den Beinen.

„Ja…“, flüsterte sie, als er tiefer glitt und ihre Schamlippen erforschte. Ihr Körper war muskulös, aber innen war sie kissenweich. So weich, dass er sie vielleicht sogar als *zart* bezeichnet hätte, würde sie sich nicht so stark gegen seine Hand pressen.

Der Gedanke daran, wie gut es sich anfühlen würde, sich in diesem süßen Himmel zu vergraben, ließ ihn fast auf der Stelle explodieren. Aber, Scheiße. Er erstarrte.

Anna hob den Kopf und ihr Haar fiel in einer seidigen Welle zurück. Ihre Brüste wippten über seinem Gesicht. Sie waren vom Kratzen seiner Bartstoppeln ganz rosa.

„Was?"

„Ich habe kein Kondom."

Sie ließ sich zurück auf seine Brust sinken und gab ein gurrendes Geräusch von sich. Sie schien überhaupt nicht besorgt zu sein. „Ich bin gesund. Glaub mir, ich habe nichts."

Er schüttelte den Kopf. Als Gestaltwandler konnte er sich nichts einfangen oder etwas übertragen. Das war nicht das Problem. „Ich brauche trotzdem ein Kondom."

Er ließ sich vielleicht von Anna verführen – großer Gott, er konnte sich nicht dagegen wehren –, aber er würde nie wieder ein Kondom vergessen. Niemals.

Sie schüttelte den Kopf, verbarg ihr Gesicht an seiner Brust und flüsterte die ersten Worte, die er in dieser Nacht nicht hören konnte.

„Was?" Er streichelte ihre seidige Haut.

„Ich kann nicht schwanger werden", murmelte Anna.

Er hörte auf, sich zu bewegen, aber eine Sekunde später stürzte sich Anna wieder in die schaukelnde Bewegung, als wolle sie die Emotionen durch Taten auslöschen. Ihre Stimme klang lässig und unbeteiligt, aber er konnte den Schmerz darunter hören.

„Du kannst nicht... ", wiederholte er dümmlich, dann hielt er den Mund.

„Hör nicht auf", flüsterte sie. Er spürte, dass sie verzweifelt versuchte, das Thema hinter sich zu lassen. „Bitte hör nicht auf."

Er zog ihren Kopf zu sich hinunter und stürzte sich in einen Kuss. Sie wollte Ablenkung? Gut. Er würde sie die ganze Nacht lang ablenken. Aber früher oder später würde er sie noch einmal auf dieses Thema ansprechen. Diese Art von Schmerz sollte sie auf gar keinen Fall mit sich herumtragen.

Das Wichtigste zuerst, murmelte sein Bär.

Er nickte. Ja, damit war er einverstanden. Aber er würde es nicht vergessen. Nicht etwas so Wichtiges wie das.

Also gut, brummte sein Bär.

Er ließ seine Finger wieder in sie gleiten, um mit seiner Ablenkung weiterzumachen. Und eine Minute später, als sie keuchte und schnaufte und seinen Namen stöhnte, drehte er sie beide um.

„Ich bin dran, oben zu sein." Er drückte mit seinem Gewicht auf sie.

Sie quietschte, als sie sich herumrollten und er grinste. Hatte sie wirklich geglaubt, er würde sich zurücklehnen und sie die ganze Arbeit machen lassen?

Zeig es ihr. Zeig ihr, was ein Bär alles kann.

Er schaute an ihr hinunter und betrachtete ihren Körper zum ersten Mal in ganzer Länge. Gott, sie war perfekt. Absolut perfekt.

„Todd. . . ", hauchte sie und schaute ihn mit großen, wilden Augen an.

Für eine kurze hässliche Sekunde erinnerte er sich an seine Narben und Verletzungen, aber Annas Lächeln verdrängte jede Sorge.

„Bist du bereit, ein Mädchen zu verwöhnen?"

Er würde sie allerdings verwöhnen. Er würde sie verwöhnen, bis sie seinen Namen schrie und zitternd in seinen Armen zum Höhepunkt kam. Aber er nahm seinem Bären das Versprechen ab, seine Reißzähne für diese Nacht unter Verschluss zu halten.

Keine Paarungsbisse, hörst du?

Wer, ich? fragte sein Bär nur allzu unschuldig.

Er war sich immer noch nicht sicher, ob er sich diese eine Nacht erlauben sollte, geschweige denn von einem gemeinsamen Leben zu träumen. Er konnte sich nicht sicher sein, dass das Schicksal sie nicht zur Strafe für ihn niederstrecken würde. Aber verdammt noch mal, er konnte nicht aufhören. Auf keinen Fall. Nicht heute Nacht.

„Bereit", murmelte er.

Sie zog ihn so schnell aus, wie er sie ausgezogen hatte – vielleicht sogar schneller – und schlang ihre Hand um seinen harten Schwanz.

„Ja, ich würde sagen, dass du bereit bist", hauchte sie.

Er stieß in ihre Hand und reagierte auf die unausgesprochene Herausforderung. Ja, er war bereit. War sie es?

Sie schlang erst ein langes Bein um ihn und dann das andere und er hätte schwören können, dass sie es in die Länge zog, um ihn zu quälen. Sie spreizte die Knie weit, um ihn willkommen zu heißen, und ihre Augen reflektierten das Sternenlicht. Gott, es war unmöglich, sich nicht vorzustellen, *für immer* mit dieser Frau zusammen zu sein, die ihn so gut verstand. Deren Berührung seine Nerven beruhigte oder ihn in Flammen setzen konnte, je nachdem, worauf sie es anlegte.

Dann stellte er sich eine Ewigkeit ohne sie vor und eine Wolke warf einen Schatten auf seine Seele.

Wenn ich sie nicht beißen darf, knurrte sein Bär, *dann darfst du nicht an schlechte Dinge denken.*

„Vergiss alles andere", murmelte Anna. „Alles außer dir und mir."

Er rutschte einen Zentimeter höher, richtete ihre Körper aus und drang in sie ein.

„Todd...", rief sie und warf den Kopf zurück.

Das Bedürfnis, das zuvor wie ein Kitzeln gewesen war, wurde zu einem wahren Feuer, das durch seine Adern rauschte. Er zog sich zurück und stieß wieder hinein. Tiefer. Härter.

„Ja..." Ihre Augenlider flatterten und sie streckte die Arme über den Kopf, als sie sich ihm völlig hingab.

Meine, rief sein Bär und trieb ihn an. *Meine.*

Er stieß fester zu und stöhnte über das heiße Gefühl, als ihre inneren Muskeln ihn bis zum Anschlag hineinsaugten.

„Ja..." Sie zog ihre Knie an seinen Seiten höher.

Er presste ihre Hände mit seinen aufs Kissen, so wie sie darum zu betteln schienen.

„Sieh mich an." Er wollte fragen, nicht fordern, aber die Worte kamen schroff und kompromisslos heraus.

Anna schaute ihm in die Augen und nickte ihm zu.

Härter, flehte ihr Blick.

Er zog sich zurück, holte tief Luft und stieß wieder zu.

Sie zischte durch die Zähne, brach den Blickkontakt aber nicht ab.

Tiefer. Sie nickte.

Sein ganzer Körper brannte, als er erneut in sie stieß.

Bitte... Bitte, schien ihr ganzer Körper zu schreien.

Er fand einen Rhythmus mit harten Stößen. Jede lange heiße Bewegung trieb ihn ein Stück höher an die Spitze der Klippe, über die er so unbedingt stürzen wollte, dass er hätte schreien können.

„Ja... " Ihr Stöhnen taumelte an der Grenze zwischen Lust und Schmerz. War es zu hart? Ging er zu weit?

Anna hob den Kopf und erinnerte ihn daran, dass sie kein Leichtgewicht war. Sie senkte den Blick zu dem schmalen Spalt zwischen ihren nackten Brüsten hinunter und konzentrierte sich auf einen Punkt unterhalb seiner Taille.

Sie schaut zu, jaulte sein Bär. *Es gefällt ihr.*

Er zog sich zurück, bis er nur noch ihren Eingang berührte und ließ sie einen guten Blick darauf werfen. Dann stieß er zu – er stieß richtig zu, so dass er sich bis zum Anschlag in ihr vergrub.

Ihre Augen wurden ganz glasig. Sie klammerte sich an ihn und versuchte, ein Dutzend verschiedene Positionen. Aber die einzige Position, die wirklich zählte, war der Winkel, mit dem er in sie stieß. Als er ihre Hüfte ein wenig anhob und tiefer in sie eindrang, öffnete sie den Mund zu einem stummen Schrei.

Ihre Hüfte zuckte im Takt mit der seinen. Sie grub ihre Fingernägel in seinen Rücken und bäumte sich unter ihm auf.

„Gott ja... "

Er sah, wie ein Schweißtropfen von seinem Körper auf ihren fiel. Dann verschwamm seine Sicht und alles außer der exquisiten Reibung in ihrem Inneren hörte auf zu existieren. Es trieb ihn höher... und höher...

Anna schrie auf und erschauderte in seinen Armen, als sie zum Höhepunkt kam.

Eine Sekunde bevor seine Erlösung ihn überrollte, klammerte er seine Hände um ihre Hüfte. Dann erschauderte auch er. Er keuchte und presste seinen Mund auf ihre Haut, um das ekstatische Stöhnen seines Bären zu unterdrücken.

„Ja…" Anna zog sich ein weiteres Mal um ihn zusammen. „Ja…"

Jeder Muskel in seinem Körper spannte sich an, um sich an diesen Rausch zu klammern, und doch hatte er sich noch nie so friedlich gefühlt.

Meine, brummte sein Bär. *Gefährtin.*

Sie strich mit seidigen Bewegungen ihrer Finger über seinen Rücken. Er hörte, wie sie an seinem Hals keuchte, bis er bemerkte, dass er es war, der an ihrem Hals stöhnte. Schließlich beschloss er, dass es ihm völlig egal war, wer es war. Er senkte sich hinab und ließ seinen Körper um ihren verschmelzen.

„Todd", murmelte sie. Ihre Stimme war gedämpft, aber sie klang zufrieden. So befriedigt.

Er streichelte ihr Haar und war unfähig, etwas anderes als ihren Namen zu murmeln.

Kapitel 10

Anna lag ganz still und schaute zu den Sternen hinauf. Sie hätte lieber in Todds Augen geschaut – die waren genauso tief, genauso strahlend und genauso geheimnisvoll – aber er hatte sein Gesicht an ihre Brust gepresst und sie hatte es nicht eilig, ihn von dort zu vertreiben.

„Wow", murmelte sie, als er sich schließlich rührte.

Ihr Herzschlag galoppierte noch immer wie eine außer Kontrolle geratene Postkutsche, aber dies war ein entferntes Gefühl, genau wie das Gefühl von ihm unter ihren Händen. Das Einzige, was sie ganz deutlich wahrnahm, war die Hitze, die zwischen ihren Körpern pulsierte.

Es war keine Hitze wie zur Mittagszeit, nicht einmal in Arizona. Nicht wie die Wärme eines Kamins, vor den man sich kuscheln konnte. Es war eine Wärme von innen, und sie hüllte sie beide in einen gemütlichen kleinen Kokon.

„Wow", stimmte Todd zu. Er rollte sich auf die Seite, hielt sie aber ganz fest und öffnete seine Augen nicht.

Sie streichelte seine Schulter und wunderte sich über seine Narben. Er hatte eine Menge davon. Brandnarben zogen sich über eine Seite seiner Brust. Eine lange gezackte Narbe verlief von seinen Rippen bis zur Hüfte hinunter. In ihren Augen waren dies keine Schönheitsfehler, sondern eher Ehrenabzeichen. Alles Teil des unglaublichen Mannes, über den sie so viel mehr erfahren wollte.

Der unglaubliche Mann, mit dem sie gerade unter dem Sternenhimmel geschlafen hatte.

Sie gluckste.

„Was?", murmelte er an ihrem Hals.

„Ich bin an einem öffentlichen Ort, nackt–"

„Halb öffentlich", murmelte er.

„An einen nackten Mann geschmiegt. Und verschwitzt. So verschwitzt."

Er schaute auf.

„Auf die bestmögliche Weise", fügte sie noch schnell hinzu.

Er lächelte, was ihren inneren Ofen um weitere zehn Grad anheizte. Sie kam nicht umhin, sich zu fragen, wie oft er sie in einer Nacht zum Höhepunkt bringen könnte.

Und sie fragte sich, ob sie sich traute, es herauszufinden.

Dann schaute sie in die brennende Glut seiner Augen und schluckte. Dachte er dasselbe?

Aber wie so oft bei Todd flackerten die Funken in seinen Augen auf und erloschen plötzlich wieder. Er schmiegte sich enger an sie und legte seine Hand um ihr Gesicht.

„Es tut mir leid, dass du keine Kinder haben kannst", sagte er leise.

Sie wandte den Blick ab, aber das sanfte streichen seines Daumens auf ihrer Wange ließ sie wieder aufschauen. Er zwang sie, sich der Wahrheit zu stellen, anstatt sich vor ihr zu verstecken.

„Ja, nun...", gestikulierte sie schwach.

Todd wich nicht zurück, wie sie es halb erwartet hätte. Er warf ihr auch nicht diesen enttäuschten *Bist du dir sicher, dass du es genug probiert hast?*-Blick zu, mit dem ihre Mutter sie immer bedachte. Er sah einfach nur traurig aus.

„Woher weißt du das?", fragte er. „Oder sollte ich das nicht fragen?"

Sie biss sich auf die Lippe. Es gab tausend schönere Dinge, über die sie lieber mit ihm reden würde. Sie hatte dieses Thema noch nie mit jemandem besprochen, noch nicht einmal mit Sarah. Wollte sie wirklich eine magische Nacht ruinieren, indem sie jetzt darüber sprach?

Sie schaute zu den Sternen auf und die schienen zu sagen: *Wenn du möchtest, dass er sich dir öffnet, musst du dich ihm ebenfalls öffnen.*

Sie kratzte sich über die Wange... Ließ ihre Hand über seine Brust gleiten... Zählte die Halme des Kunstrasens und brachte es schließlich hervor.

„Mein Ex und ich haben es versucht–"

„Dein Ex?" Todds Stimme wurde leiser.

Sie schloss die Augen. Ja, ihr Ex. „Wir waren beide gerade erst zweiundzwanzig und frisch aus der Uni, aber er wollte sofort eine Familie gründen. Also haben wir es versucht. Und versucht... " Sie verstummte. Wie viel sollte sie ihm erzählen? Wie viel sollte sie überspringen? „Ich hatte eine Fehlgeburt. Dann noch eine. Und dann noch eine."

Todd strich ihr mit der Hand über die Schulter und half ihr, das Zittern in ihrer Stimme wieder auszugleichen.

„Er hat nicht verstanden, wie schwer das für mich war. Für ihn war es kein Baby, bis es geboren war. Aber für mich waren es Tasha und Danny und Lucille." Ein dicker Kloß bildete sich in ihrem Hals, als sie daran dachte, wie sie stets ihren Bauch berührt und gehofft, gewünscht und gebetet hatte.

Sie schüttelte den Kopf. Wenn Jeff es nicht verstanden hatte, warum um alles in der Welt sollte Todd es verstehen? Gott, warum hatte sie überhaupt etwas gesagt? Wahrscheinlich quälte er sich innerlich und überlegte, wie er sich elegant aus dem Staub machen konnte, solange er noch konnte.

Nun, das war wirklich nett, würde er sagen, während er sich von ihr abwandte und auf die Treppe zusteuerte. *Aber ich glaube, ich gehe jetzt besser...*

Oder vielleicht würde er noch eine Weile bleiben, aber etwas Krasses sagen wie, *Warum hast du es nicht noch einmal versucht?*

Aber er wandte sich nicht ab und sagte auch nichts. Eine ganze Weile lang. Und als er dann doch sprach, war es nicht an sie gerichtet, sondern an die Sterne.

„Ich verstehe das Schicksal nicht." Ein bitterer Ton schlich sich in seine Stimme.

Die Art und Weise, wie er das sagte, ließ darauf schließen, dass auch er viele dunkle Nächte erlebt hatte, in denen er in ein Kissen weinte – oder was auch immer Typen bei dieser Art von Kummer taten. Vielleicht große Eichenbäume in winzige kleine Stücke zerhacken? Ziegelsteine gegen eine Zementwand werfen? Sie hatte diese Methoden nie ausprobiert, aber es hatte sie gereizt.

Sie schniefte. „Ja. Wenigstens hat es mir aufgezeigt, was für ein Typ Jeff war, als er gegangen ist."

Todd riss den Kopf herum. „Er ist gegangen?"

Sie nickte.

„Er hat dich verlassen?" Seine Stimme nahm einen ungläubigen Ton an. *Welcher Idiot würde jemals eine Frau wie dich verlassen?*

Zumindest das brachte sie zum Lächeln.

„Ich habe ihm gesagt, dass ich Zeit brauche, um mich neu zu sammeln, bevor ich es noch einmal versuche." Sie zuckte mit den Schultern.

„Und?" Ein Knurren bildete sich in Todds Kehle. Gut, dass sie sich nicht auf einer Cocktailparty befanden und ihrem Ex gegenüberstanden. Sie hatte das Gefühl, Todd würde Jeff den Hals umdrehen.

„Er sagte, er wollte die Scheidung. Dreizehn Monate nach dem ich Lucille verloren hatte, war er bereits neu verheiratet und hatte ein Baby."

„So ein Scheißkerl."

Nun lachte sie wirklich, weil es gut tat, es jemand anderen laut sagen zu hören. Fast alle anderen hatten sie angesehen, als sei dies alles ihre Schuld gewesen. Ihre Mutter hatte sie nur gedrängt, Jeff anzuflehen, sie zurückzunehmen und zu versprechen, jede Behandlung zu versuchen, die er für nötig hielt.

Kämpfe um ihn, Schatz, hatte ihre Mutter gesagt. *Geh zurück und versuche es noch einmal.*

Todd zog die Mundwinkel nach unten und seine Augen waren so düster, als wüsste er, wovon sie sprach. Als kenne er das Gefühl, ein Kind zu verlieren, das er nie richtig kennenlernen konnte.

Sie schaute ihm in die Augen und fragte sich, was ihm durch den Kopf ging.

„Hey", flüsterte sie und versuchte, sie beide aufzumuntern. „Ich habe mich bis jetzt gut amüsiert."

Er schenkte ihr ein schwaches Lächeln und zog sie näher an sich. „Es tut mir leid. Mir hat es auch gut gefallen."

„Wirklich?" Ihre Stimme quietschte ein wenig.

Sein Lächeln war echt. „Ja. Und weißt du was?“ Er griff nach ihr und drehte sich gleichzeitig, um sie auf sich zu ziehen.

„Was?“ Sie streckte sich an seinem Körper aus. Sein Brusthaar kitzelte ihre Brustwarzen und sie verschränkte die Beine mit seinen.

„Wir sind wieder da, wo wir angefangen haben.“ Sein Blick fiel auf ihre Lippen.

Sie lächelte und verlagerte ihr Gewicht leicht, indem sie ihre Hüfte nach unten drückte. „Sieht ganz danach aus.“

Er schlang seine breite Hand sanft um ihren Nacken und zog sie zu einem Kuss hinunter. Die andere ließ er von ihrer Taille zu ihrem Hintern gleiten und drückte sie nach unten.

Sie seufzte in den Kuss und spreizte die Beine über ihm. Sein Schwanz zuckte unter ihr und sie setzte sich auf.

„Mmm...“ Sie warf ihr Haar zurück und stützte ihre Hände auf seine Brust, als sie anfing, in langen trägen Bewegungen über ihn zu gleiten. Erst nach oben, dann nach unten, wobei sie sich jedes Mal näher an ihn schmiegte, bis sie über seinen Schwanz rutschte.

Sie murmelte lustvoll und schloss die Augen, während sie das Gefühl von ihm unter ihr genoss. Dann lehnte sie sich zurück und sah ihm in die Augen, als sie langsam hinunterglitt und ihn tief in sich aufnahm.

Fülle mich aus, hätte sie fast geschrien. *Fülle die innere Leere.*

Todd schlang seine Hände um ihre Taille und zog sie näher. Sie ließ die Hüfte kreisen und nahm ihn tiefer in sich auf.

Fülle mich, wie es noch kein Mann zuvor getan hat, wollte sie sagen. Er hatte es bereits getan, aber sie war gierig nach mehr.

Als er nach oben stieß, keuchte sie. Sie lehnte sich noch weiter zurück, drückte ihn tiefer in sich hinein und warf die Arme zurück, um sich auf seinen Oberschenkeln abzustützen. Sie ritt ihn völlig und vollkommen entblößt. Ihre Brüste wippten, ihr Haar wogte und die Blicke, die Todd ihr zuwarf, gaben ihr das Gefühl, wunderschön zu sein, anstatt sich zu schämen. Sie bewegte sich härter und schneller, bis sie ganz außer Atem

' war. Sie zischte darüber, wie köstlich er sie dehnte und keuchte, während er über genau die richtigen Stellen rieb.

Er neckte ihre Brustwarzen und knetete ihre Brüste, um herauszufinden, was sie erregte. Jede Berührung trieb sie näher und näher an den Rand des Abgrunds – aber dann lies er los und weigerte sich, sie kommen zu lassen.

„Bitte... bitte... ", flehte sie ihn an.

Ihre Brüste fühlten sich in seinen riesigen Händen winzig an, unter seinen schwieligen Fingern jedoch so herrlich empfindsam. Und als er seine linke Hand nach unten wandern ließ, um sie zu streicheln, musste sie sich auf die Lippe beißen, um nicht aufzuschreien.

„Ja... " Sie stöhnte, während sie ihn ritt. Schneller und immer schneller und verzweifelt nach mehr. Gott sei Dank schallte Lärm von der Bar unten herauf.

Sie war nah dran. So unglaublich nah, doch die Erlösung blieb ihr verwehrt.

„Todd... " Stöhnend schwankte sie zwischen Ekstase und Frustration. Irgendetwas fehlte. Etwas, das sie nicht benennen konnte. Der Winkel war perfekt. Seine Berührung genau richtig. Aber etwas—

Plötzlich packte er sie fest mit den Händen und drehte sie beide herum, so dass er wieder oben war. Kaum lag sie auf dem Rücken, drückte er sein gesamtes Gewicht nach unten und stieß tief in sie hinein.

Ja, wollte sie schreien, aber es kam nur undeutlich und leise heraus.

Mit einem tiefen Grunzen erhöhte Todd das Tempo. Seine Brust war direkt über ihrer und er streckte das Kinn heraus, als er dem Höhepunkt nachjagte, nach dem sie sich beide sehnten.

Dann wurde sie von ihrem Orgasmus überrollt und heulte fast auf. Jeder Muskel in ihrem Körper spannte sich an und auch Todd stöhnte laut. Er stieß noch zweimal zu, bevor auch er zitternd und mit glühendem Feuer in ihr kam.

Er senkte seinen Körper und flüsterte ihr etwas ins Ohr, als ein Nachbeben der Lust nach dem anderen über sie hereinbrach. Wollte er ihr sagen, sie solle leiser sein? Dass sie schön war? Dass er noch nie eine Frau wie sie gehabt hatte? Was auch immer die Worte waren, sie waren sanft und süß. Ihre Seele schien sie perfekt zu verstehen, auch wenn ihr Gehirn die einzelnen Laute nicht ganz zuordnen konnte.

Todd rieb sich an ihr, während er flüsterte. Zuerst dachte sie, es sei nur eine nette Tarnung für die unangenehme Aufgabe, sie beide mit seinem T-Shirt abwischen zu müssen, aber es dauerte viel länger als das. Er begann damit, sich an ihrer rechten Wange zu reiben und als sie erwartete, dass er aufhören würde, ging er zur anderen Seite über und machte dort weiter. Und weiter und immer weiter. Als sie es schaffte, ihren benebelten Verstand wieder in die Gänge zu bringen, fiel ihr auf, dass er ganz systematisch vorging und sich von unten nach oben und von rechts nach links vorarbeitete, bis jeder Quadratzentimeter ihrer Haut rosa und glühend war.

„Versuchst du, eine zweite Haut an mir abzureiben?" Sie kicherte, als er sich zu ihrem Hals hinunterarbeitete.

„So etwas in der Art", murmelte er und kratzte mit seinen Stoppeln an ihrem Schlüsselbein entlang.

Es fühlte sich so gut an, dass sie ihre Augen schloss und summte. Doch dann waren ihre Beine gefährlich nah dran, sich wieder um ihn zu schlingen. Er ließ von ihr ab, um aufzustehen. Hinter ihm glitzerten die Sterne des Großen Bären noch heller als zuvor.

„Komm." Er zog sie auf die Beine.

„Oha." Sie hielt sich an seinen Armen fest, um das Gleichgewicht zu halten. „Warte, mir gefällt es hier oben auf dem Deck irgendwie."

Er nahm sie fest in die Arme und sie spürte, wie sein Schwanz an ihrer Seite hart wurde. „Mir gefällt es zu sehr. Komm mit. Lass uns ins Bett gehen."

Kapitel 11

„Also, du und Anna, was?" Soren zog die Augenbrauen hoch.

Todd knurrte seinen Cousin an. Es war ihm egal, dass Soren ihm wie an jedem anderen Morgen einen Kaffee und einen Muffin reichte. Es war ihm egal, dass jeder Gestaltwandler im Umkreis von zehn Kilometern Annas Duft an ihm riechen konnte. Er war wirklich noch nicht bereit, darüber zu reden.

Todd biss von seinem Muffin ab und sprach mit Krümeln im Mund. „Das geht dich nichts an."

„Das stimmt." Soren nickte nachdenklich. Dann kratzte er sich über die Brust. „Aber du musst es ihr trotzdem sagen, weißt du. Oder dachtest du, dass es nur eine vorübergehende Sache ist?"

Sein Bär hätte fast gebrüllt und seine Eckzähne bohrten sich durch sein Zahnfleisch. So unverhohlen hatte er den ranghöheren Soren noch nie herausgefordert.

„Nicht vorübergehend", knurrte er.

„Ja, das habe ich mir schon gedacht", murmelte Soren.

„Was hast du dir gedacht?"

„Ich dachte mir, dass das Schicksal dich aus einem anderen Grund hergebracht hat, als nur den Tresen zu reparieren", sinnierte er und beobachtete den Dampf, der aus seiner Tasse aufstieg.

Todd starrte ihn an. „Du hast es dir gedacht? Und wann genau wolltest du es mir sagen?"

Soren zuckte nur mit den Schultern. „Du musstest es selbst herausfinden. So ist das nun mal mit dem Schicksal."

Schicksal. Soweit es ihn betraf, war das auch nur ein Wort. Soren deutete mit seiner Tasse in Richtung Café. Anna war dort drin und half Jessica bei der Morgenschicht.

„Du musst es ihr sagen. Du musst ihr erklären, wer wir sind. Was wir sind. Was das für sie bedeutet."

Er hätte Soren gesagt, dass er sich vom Acker machen soll, wenn er seinem Cousin nicht vor Jahren die gleiche Predigt gehalten hätte. Und verdammt, es hatte ewig gedauert, bis Soren es Sarah schließlich gesagt hatte.

Todd beugte sich über den Tisch, an dem sie in dem geschlossenen Saloon saßen. Ja, Anna war seine Gefährtin. Ja, sie war unglaublich. Und ja, er konnte es kaum ertragen, sie heute Morgen nicht zu sehen. Dieser Teil war leicht zu verstehen.

Der schwierige Teil war, ehrlich zu sein – nicht nur darüber, dass er ein Gestaltwandler war, sondern auch über andere Dinge. Zum Beispiel die Wahrheit über Teddy. Bis jetzt hatte er es Anna nicht erzählt, weil es nicht die Art von Sache war, die man einer völlig Fremden gegenüber ausplaudert. *Übrigens, lass mich dir die lange traurige Geschichte erzählen, wie ich der Vater eines Kindes wurde, das ich nie mein Eigen nennen kann.* So etwas tat man einfach nicht.

Aber eine Frau, mit der man es so ernst meinte, dass man *für immer* mit ihr zusammen sein wollte, *musste* so etwas wissen. Und verdammt – die Dinge hatten sich so schnell zwischen ihnen entwickelt, dass er noch keine Gelegenheit gehabt hatte, es zu erklären. Er hätte es ihr wirklich vor letzter Nacht sagen sollen.

„Ich weiß, dass ich es ihr sagen muss. Die Frage ist nur, wie."

Und das war nur ein Teil davon. Der andere betraf das große Ganze. Er wusste immer noch nicht genau, ob das Schicksal ihm tatsächlich eine Wahl ließ oder ihn nur wieder verarschte.

Eine Wahl. Sein Bär nickte entschlossen.

Es verarscht mich, sagte seine menschliche Seite.

„Und was wäre, wenn…", begann er und verstummte wieder.

„Was wäre, wenn, was?", fragte Soren.

Er schüttelte den Kopf. Nein, er hatte nicht vor, den nächsten Teil laut auszusprechen. Aber er konnte nicht anders, als es zu denken. Vielleicht war Anna ohne ihn besser dran. Menschen verbrachten nicht ihr ganzes Leben damit, sich nach ihren Gefährten zu sehnen, so wie es Gestaltwandler taten. Sicher, auch Menschen verliebten sich, aber sie trennten sich genauso leicht wieder. Selbst wenn Anna mit der ganzen Bärengeschichte einverstanden war – und Mann, wie sollte er das jemals erklären? – und selbst wenn sie zustimmte, seine Gefährtin zu sein, würde sie sich für immer an einen Bären binden, der völlig vernarbt war. Er konnte noch nicht einmal richtig hören.

Ich kann sie perfekt hören, warf sein Bär ein.

Sicher, er hörte sie. Aber das war auch schon alles. Neulich wäre er fast von einem Auto überfahren worden. Der Fahrer hatte ihm mit der Faust gedroht, als wäre er ein Idiot, weil er nicht aus dem Weg sprang. Das wäre es, woran Anna sich dann binden würde. Ein halb tauber Typ mit einer halb funktionierenden Hand.

Gestern Abend schien sie das nicht zu stören.

Er sah finster aus. *Es ging nicht darum, sie gut fühlen zu lassen–*

Nicht?

Er rollte mit den Augen, aber sein Bär ließ nicht locker. Wie Onkel Lou immer zu sagen pflegte. *In der Liebe geht es darum, seine Gefährtin glücklich zu machen, denn das macht einen auch selbst glücklich.*

Todd seufzte. Er war sich ziemlich sicher, dass Onkel Lou nicht über Sex gesprochen hatte.

Wir können sie auch auf vielerlei andere Weise glücklich machen.

Das Problem war, dass er darauf wetten würde, dass auch viele andere Typen sie glücklich machen könnten.

Wer? forderte sein Bär. *Jemand wie dieser Arsch, Jeff?*

Nein, aber einer von dem halben Dutzend Jungs, die sie jedes Mal, wenn sie vorbeiging, genau beobachteten. Und wer würde sie auch nicht ansehen? Die Art, wie sie sich bewegte, die Art, wie sie sprach. Die Art, wie ihre Augen in einen *hineinlächelten*, als wäre man etwas Besonderes und nicht nur irgendwer–

Vielleicht macht sie das nur für uns.

Todd schüttelte den Kopf. Mindestens vier Typen hingen in diesem Moment im Café herum, lächelten Anna bei jeder Gelegenheit an und plauderten mit ihr. Ein ständiger Strom von Wolfsgestaltwandlern rotierte durch das Café, seit Ty Hawthorne die Überwachung verschärft hatte – angeblich, um die Dinge im Auge zu behalten. Aber Todd wusste, dass die meisten dieser Typen das so verstanden, dass sie die Frauen im Auge behalten sollten – besonders die unverpaarten. Und dann waren da auch noch all die überfreundlichen menschlichen Kunden.

„Mach nur nicht denselben Fehler wie ich", sagte Soren.

Er schaute misstrauisch auf.

„Lass deine Gefährtin nicht gehen." Sorens Gesicht wurde düster. „Ich hätte Sarah fast verloren." Seine Stimme war tief und grimmig. „Fast hätte ich alles verloren."

Ich habe bereits alles verloren, wollte Todd sagen.

Er knüllte seine Serviette zusammen und stand auf. An diesem Morgen war er aufgewacht und hatte sich gefühlt, als könnte er mit einem einzigen Satz über den Saloon springen. Jetzt fühlte er sich schlapp und erschöpft. Seine Gefährtin zu erkennen, war einfach gewesen. Zu wissen, was er tun sollte, war der schwierige Teil.

„Wohin gehst du?" Soren zog eine Augenbraue hoch.

Wohin wohl? Er deutete auf das Hinterzimmer. Vielleicht würde ihm eine Stunde Schleifarbeit helfen, die Dinge klarer zu sehen.

Soren schüttelte den Kopf und trank den letzten Schluck seines Kaffees. Dann stand er auf. „Heute nicht. Jessica und Sarah wollen unbedingt, dass die Garage fertig wird. Wir müssen den Rest des Gerümpels ausräumen."

„Jetzt?"

Soren zuckte mit den Schultern und ging hinaus. „Das Baby schläft. Es gibt keinen besseren Zeitpunkt."

So eine einfache Aussage, die dennoch ein so tiefes Gefühl des Verlustes auslöste. Todd schaute finster drein, als er Soren hinaus folgte. Er war nur eine Marionette in den Händen des Schicksals. Ein Werkzeug. Warum sollte er Anna jemals in ein so verkorkstes Leben hineinziehen?

„Dieser ganze Mist hier muss weg." Soren deutete auf den Haufen in der Garage.

Todd sah sich um. War es für ihn auch an der Zeit zu gehen?

Wir müssen bleiben. Wir müssen unsere Gefährtin beschützen, knurrte sein Bär.

„Wir behalten nur die nützlichen Dinge", fuhr Soren fort.

Er nickte stumm. Ja, er hatte die Botschaft verstanden. Im Moment war er nützlich. Aber sobald sie diesen abtrünnigen Wolf aufgespürt hatten und die Sicherheit des Clans gewährleistet war, würde auch er überflüssig werden. Genau wie der verstaubte Schwarz-Weiß-Fernseher, den er bei seiner ersten Runde zu Sorens Wagen mitgenommen hatte, oder die Kiste mit den alten Zeitschriften. Sie hatten ihre Glanzzeit gehabt. Jetzt waren sie verblasst und abgenutzt.

Genau wie er.

„Auf drei." Auf Sorens Signal hin hoben sie eine stählerne Werkbank an, die mit Spinnweben bedeckt war. Es gab auch eine Menge Sägemehl und der Geruch versetzte ihn zurück ins Sägewerk zu Hause.

Zu Hause. Vielleicht würde er doch zurück nach Montana gehen. Er könnte sich in seine Bärengestalt zurückverwandeln und in einer Höhle leben oder sich irgendwo weit draußen in den Wäldern eine kleine Hütte einrichten.

Ohne Anna gehe ich nirgendwo hin, knurrte sein Bär.

„Ich kann nicht verstehen, was die Vorbesitzer mit all diesem Zeug wollten", seufzte Soren. Es gab leere Gläser, Schneeschuhe und sogar einen Satz Golfschläger.

Todd beäugte das Durcheinander. Ja, auch das war eine Lektion für ihn. Was auch immer er tat, er würde es einfach halten.

Eine Vision tauchte vor seinen Augen auf: Er, wie er auf der Veranda einer schmerzlich leeren Hütte saß und sich einen langen, grauen Bart streichelte. Verdammt noch mal. Er würde sich in einen dieser verrückten Einsiedler verwandeln, von denen die Berge voll waren.

Sprich einfach mit ihr, sagte sein Bär.

Soren zog einen der Golfschläger heraus und schwang ihn wie einen Knüppel. „Vielleicht sollten wir einen davon behalten. Er hält die Störenfriede fern." Dann lachte er und warf ihn hinten auf die Ladefläche seines Pick-ups. „Natürlich funktionieren Bärenkrallen dafür auch ganz gut."

Todd krümmte unwillkürlich seine rechte Hand. Ja, Bärenkrallen waren gut, wenn sie funktionierten. Aber er war sich nicht sicher, ob er seine überhaupt ausfahren konnte.

Sorens Kopf zuckte nach rechts und sofort joggte er zum Saloon hinüber. Entweder war das Baby gerade aufgewacht oder das Telefon hatte geklingelt. Was auch immer es war, Todd hatte es nicht gehört. Er war versucht, nach den Gläsern zu greifen und eins nach dem anderen an die Wand zu schmettern. Stattdessen begnügte er sich damit, eine rostige alte Harke hinten auf den Pick-up zu knallen. Dann schaute er sich nach etwas anderem um, das er zerschlagen, verbiegen oder zerbrechen konnte, fand jedoch nichts als eine alte Formica-Tischplatte. Er war gerade dabei, sie ebenfalls auf die Ladefläche zu hieven, als Soren mit Teddy auf dem Arm erschien.

Als Soren näher kam, streckte Teddy eine Hand aus, um nach Todd zu greifen. Er erstarrte. Sein Sohn streckte die Hand nach ihm aus? Nach ihm?

Das Baby hielt inne und griff stattdessen nach Sorens Bart.

„Kleiner Hosenscheißer." Soren rieb sein Kinn an dem Baby.

Todd senkte den Blick. Ja, schon kapiert. Eine idyllische Vater-Sohn-Beziehung, an der er keinen Anteil hatte. Er würde nichts tun, außer sie zu ruinieren.

„Macht es dir etwas aus, wenn wir später weitermachen?" Soren wandte sich ab. „Der Kleine ist hungrig. Ich muss Mommy suchen gehen. Stimmt's nicht, Teddy?"

Todd schaute ihnen nach. Es schmerzte ihn. Nein, er würde nie ein Teil des Lebens dieses Babys sein. Aber er konnte auch nicht einfach verschwinden. Das Baby musste wissen, dass es ihm wichtig war.

Er warf einen Blick auf die Terrasse im zweiten Stock. Was auch immer geschah, Anna musste auch wissen, dass sie ihm wichtig war. Er tippte mit den Fingern auf seinen Oberschenkel. Das Verlegen des Kunstrasens war der erste Schritt eines größeren Plans gewesen. Jetzt war es an der Zeit für Schritt zwei.

Und Schritt drei, murmelte sein Bär und fügte dem Plan ein Dutzend neuer Ideen hinzu. *Und vier und fünf und sechs.*

Er zögerte, aber sein Bär war unerbittlich. *Mach schon. Schnapp sie dir. Was haben wir schon zu verlieren?*

Wie wäre es mit dem letzten Rest seines Stolzes? Dem letzten Überbleibsel seiner Ehre? Dem winzigen Körnchen der Hoffnung, das sie in sein Herz gepflanzt hatte?

Willst du sagen, sie ist es nicht wert? stachelte sein Bär ihn an.

Er knurrte leise vor sich hin. Für sie würde er alles riskieren.

Dann tu es. Und beeile dich endlich.

Zwei Sekunden später war er auf dem Weg zur Hintertür des Cafés.

Kapitel 12

Anna hatte an diesem Morgen keinen Kaffee getrunken, denn sie hatte bereits die weltbeste Energie aller Zeiten. Selbst die Stunden, die sie als Kellnerin auf den Beinen war, konnten das dumme Grinsen nicht von ihrem Gesicht vertreiben.

Sie war an diesem Morgen vielleicht nicht ins Café gekommen und hatte verkündet, *Wow, was für eine Nacht*, aber es musste ihr ins Gesicht geschrieben stehen. Die anderen waren so freundlich, nichts zu sagen, obwohl sie ihr gelegentlich ein wissendes Lächeln zuwarfen.

Ja. Ich habe es getan, wollte sie sagen. *Ich habe endlich mit dem Mann geschlafen, von dem ich so lange geträumt habe.*

Dass sie die Nacht mit Todd verbracht hatte, ließ sie natürlich noch mehr über ihn fantasieren, denn sie wollte ihn unbedingt wiedersehen. Eine Ausrede finden, um ihm über den Weg zu laufen und vielleicht einen heimlichen Kuss zu stehlen.

Oder zwei. Oder drei. Oder zehn.

Sie wünschte sich fast, jemand würde zu ihr kommen und sie nach ihrer Nacht fragen, damit sie es laut aussprechen konnte. So etwas wie, *Ja, ich habe mich gestern Abend tatsächlich auf der Terrasse nackt ausgezogen. Ja, es war unglaublich. Und ja, er ist ein so wundervoller und großzügiger Liebhaber, so wie ich es mir vorgestellt habe.*

Aber niemand fragte sie und sie kam nicht dazu, Todd zu loben. Sie summte jedoch, während sie ihren Aufgaben nachging.

Und wisst ihr, was das Beste daran war? forderte sie ihr imaginäres Publikum auf, eine Frage zu stellen und gab die Antwort sofort selbst. *Heute Morgen.*

Sie war in diesem zutiefst befriedigten Zustand eingeschlafen, wie ihn nur eine Frau spüren konnte, die innerhalb weniger Stunden mehrfach zum Orgasmus gekommen war. Sie hatte sich kaum gerührt, als Todd aufwachte, aber sie erinnerte sich noch an alles. Er hatte sie auf die Stirn geküsst und etwas gemurmelt, das sie nicht verstand, sie jedoch zum Grinsen brachte. Er hatte lange an der Tür gestanden und sie angeschaut, bevor er gegangen war. Und obwohl sie ihre Augen nicht die ganze Zeit hatte offenhalten können, konnte sie ihn dort spüren. Beobachtend. Beschützend. Wie er davon träumte, was sein könnte.

Sie wünschte sich mehr Morgen wie diesen. Morgen, die die pure Definition von Ausgeglichenheit verkörperten. Die Ruhe und der Frieden blieben bei ihr, auch wenn im Café viel los war. Einige Kunden hatten ihre Sorgen, andere hatten es einfach eilig. Am liebsten hätte sie gelacht und ihnen gesagt, sie sollten es langsamer angehen.

„Kann ich bitte noch eine Tasse haben?", fragte ein Kunde und trieb sie wieder an.

„Ich mach das." Janna eilte mit einer dampfenden Kanne Kaffee herbei. „Kannst du rangehen?"

Das Telefon im hinteren Teil des Cafés klingelte und Anna nahm den Hörer beim vierten oder fünften Klingelton ab.

„Quarter Moon Café. Hallo?"

Zu spät, wie es schien. Die Leitung war tot.

Sie wollte sich gerade wieder dem Café zuwenden, als sich die Hintertür öffnete. Sonnenstrahlen strömten in die Küche und leuchteten einen Mann von hinten an.

Ihr Herz machte einen Sprung. Und ihre Beine taten es auch. Bevor sie nachdenken konnte, war sie bereits quer durch die Küche gelaufen, in Todds Arme gesunken und hatte sich direkt in einen Kuss gestürzt.

Ein Kuss, der in dem goldenen Licht, das den Raum um ihn herum und ihre Seele erstrahlen ließ, nach Himmel schmeckte.

„Hey", flüsterte sie, als sie endlich genug Kontrolle aufbrachte, um sich ein paar Zentimeter zurückzuziehen. Sie wollte sich eigentlich eine Armlänge entfernen, um eine gesittetere

Position einzunehmen, aber so viel Kontrolle war in diesem Moment ein wenig zu viel verlangt.

„Hey.“ Ein kleines Lächeln umspielte seine Lippen, aber seine Augen schienen besorgt. Warum?

„Geht es dir gut?“ Sie neigte den Kopf und musterte sein Gesicht.

Er kämmte ihr Haar mit seinen Fingern zurück. „Gut. Aber ich brauche deine Hilfe.“

Sie biss sich auf die Lippe, damit sie nicht zitterte, und nickte. Sie wusste genug über den Voss-Clan, um zu erkennen, dass es tatsächlich eine Seltenheit war, wenn einer dieser stolzen Männer jemandem genug vertraute, um ihn um Hilfe zu bitten.

Er hielt ihre beiden Arme fest und sie fragte sich, was er von ihr verlangen würde. Von einer Klippe zu springen? Sich den Geistern seiner Vergangenheit zu stellen? Nach Montana zu ziehen und ihn zu heiraten? Was auch immer es war, sie wäre dabei.

Er drückte ihre Hände fester. „Es gibt einen schwierigen und einen leichten Teil.“

„Ich würde alles tun“, sagte sie.

Alles? fragte eine kleine Stimme in ihrem Kopf.

Sie dachte kurz darüber nach und nickte dann vor sich hin. Ja, sie hatte sich geschworen, nie wieder unvorsichtig zu sein und ihr Herz an einen Mann zu verlieren. Aber Todd war nicht irgendein Mann, also konnte sie für ihn eine Ausnahme machen.

„Alles“, flüsterte sie.

Langsam führte er ihre Hand zu seinem Mund und küsste ihre Fingerknöchel. In seinen Augen blitzten und funkelten hundert geheime Wünsche auf und sie wollte sie alle wahr machen.

„Also dann.“ Er warf einen Blick über ihre Schulter. „Kannst du jetzt mitkommen?“

„Ich muss erst Jess fragen...“, begann sie und hielt dann inne, als sie erschrocken feststellte, dass Jessica die Küche bereits betreten hatte.

Jessica sah unglaublich erfreut aus, sie beide zusammen zu sehen. „Natürlich kann sie gehen. Los." Sie scheuchte sie beide zur Tür.

Anna zog ihre Schürze aus und schlang ihre Finger um seine. „Also gut. Wohin gehen wir?"

„Ich brauche deinen Rat, um ein paar Dinge zu besorgen." Er trat hinaus und führte sie zum Auto.

Viel mehr sagte er nicht und obwohl sie vor Neugierde fast platzte, hielt sie den Mund. Männer wie Todd waren wie die Berge im Frühling – das Eis taute nicht über Nacht und man durfte sie nicht hetzen. Also zwang sie sich, geduldig zu sein und die winzig kleinen Signale zu genießen, die er ihr gab. Er spielte mit den Fingern über ihre, während sie fuhren. Wenn er ab und an zu ihr hinüberschaute, ertappte sie seinen sanften Blick, der auf ihrem Haar verweilte. Auf ihren Augen.

Und auf ihren Lippen. Sein Blick wanderte immer wieder zu ihren Lippen und obwohl es kein hungriger *Ich kann keine weitere Minute warten*-Blick war, wie der, den er ihr in der vorherigen Nacht zugeworfen hatte, brachte er ihr Inneres dennoch zum Brüllen.

Sie verbarg ein Grinsen. So viel zum Thema Männer, die von Sex besessen waren. Sie war hier diejenige mit den schmutzigen Gedanken.

Todds Nasenlöcher bebten und eine Sekunde lang fragte sie sich, ob sie ein geheimes Signal ausgesandt hatte, das sie verriet. Er schloss seine Hand über ihre und seine Lippen bewegten sich, aber er blieb ganz stumm.

„Der Baumarkt?", fragte sie, als er ihr ein Zeichen gab, auf einen riesigen Parkplatz zu fahren. Nicht Mikes Eisenwaren, sondern einer dieser riesigen Megamärkte. Hier brauchte er ihre Hilfe?

Er nickte stumm, sagte jedoch kein Wort, bis sie hineingegangen waren und sich zu einem Bereich ganz hinten durchgeschlängelt hatten.

„Also, was denkst du?", murmelte er.

Er hatte seine Hände tief in die Taschen geschoben und der Ausdruck auf seinem Gesicht glich dem eines Mannes, der sich anschickte, seine gesamten Ersparnisse für die größte Anschaffung seines Lebens auszugeben. Und doch zeigte er auf... ein Kinderschwimmbecken?

„Der ist zwar etwas klein, aber ich glaube, er passt auf die Terrasse", sagte er.

Sie betrachtete das kleine blaue Becken mit dem Seesternmuster. „Ich denke, das ist perfekt. Wie ein kleiner See. Ein kleines Stück Montana, direkt vor dem Haus des Babys."

Seine Kinnlade klappte auf, als wäre er überrascht, dass sie seine Vision teilte. Aber es stand ihm ins Gesicht geschrieben. Der Kunstrasen war mehr als nur eine künstliche Version von Gras; er stand für sein Zuhause. Der kleine Pool stand für die kühlen, klaren Bäche, die über Felsen und Steine blubberten und die Markise, die er als Nächstes fand, repräsentierte den Schatten des Waldes.

„Ich weiß, es ist nicht Montana", sagte er ein wenig verlegen, als sie zurück auf der Terrasse über dem Saloon waren. Sie brauchten ein paar Stunden, sie schafften es jedoch, alles aufzubauen. „Aber es erinnert mich an zu Hause. Und Arizona ist zwar in Ordnung, aber ein Bär–" Er stotterte ein wenig und korrigierte sich dann. „Ich meine, ein Baby braucht auch andere Dinge."

Er zog einen Liegestuhl und einen Beistelltisch sowie einen Haufen Grünpflanzen hinüber – hohe, stachlige Juccas und sattgrüne Frangipani, die sowohl Schatten als auch Privatsphäre boten. Auch wenn es mühsam gewesen war, sie die Treppe hinaufzuschleppen.

„Das ist wunderschön. Teddy wird seine eigene Bergwiese haben. Seinen eigenen Sommerbach... "

„Jetzt muss ich nur noch einen Weg finden, ein paar Beeren zu pflanzen, damit er sie im Herbst pflücken kann", erwiderte Todd und prüfte ihre Arbeit mit unergründlichem Blick.

Irgendetwas in ihr zuckte beim Echo der Worte, die sie schon einmal gehört hatte, zusammen. Waren es Worte, die *sie* schon einmal gesagt hatte? Sie konnte sich nicht erinnern – nicht, wenn ihr Verstand mit so vielen anderen Erinnerungen kämpfte. Wie all die Male, bei denen sie sich danach gesehnt hatte, in ihrem eigenen Garten einen Spielplatz für ein Baby einzurichten, das sie nie nach Hause bringen durfte.

Sie fuhr sich mit der Hand über die Stirn und fragte sich, warum sie nicht weinen musste. Sie war schon ein paarmal nah dran gewesen – als Todd den Winkel der Babyrutsche genau richtig einstellte oder als er etwas über ein Baby murmelte, das nicht ihr eigenes war.

Doch so sehr ihr Herz auch schmerzte, freute es sich auch. All die liebevollen Dinge, die sie für die Babys, die sie verloren hatte, nie hatte tun können, konnte sie jetzt ausleben. Und obwohl ein Teil von ihr weinen wollte, fühlte es sich gleichzeitig gut an. Sich endlich dem Verlust zu stellen. Ihn zu verarbeiten. Für ihre eigenen Babys etwas mit ihren eigenen Händen zu gestalten, auch wenn es nur symbolisch war. Ihr Ex hatte sich nicht um die Einrichtung von Kinderzimmern oder die Auswahl von Kinderwagen gesorgt. Und nach dem Verlust des ersten Babys hatte sie so viel Angst gehabt, Pech heraufzubeschwören, dass sie sich mit den üblichen Babyvorbereitungen zurückgehalten hatte. Das Kinderzimmer blieb ein leerer Raum mit weißen Wänden, der Garten ein schlichtes, grünes Karree und der Schmerz in ihrem Herzen blieb unter Verschluss.

Doch jetzt schob sie die knarrende Tür langsam auf und schaute sich um.

Sie blinzelte ein paar Minuten lang gegen die Tränen an, nickte dann und schloss die Tür wieder. Dieses Mal kümmerte sie sich nicht um ein Schloss, denn sie wusste, dass sie diesen Ort bald wieder aufsuchen würde. Es hatte keinen Sinn, so zu tun, als wäre der Schmerz nicht da, denn er war mit ihrer Liebe verwoben. Und die wollte sie nicht wegsperren.

Todd legte einen Arm um ihre Schultern und musterte das Deck ebenfalls. Er hatte einen traurigen, entrückten Blick in den Augen, aber auch eine müde Art der Zufriedenheit. Sie hatten das Schwimmbecken aufgestellt und eine winzige kleine Rutsche und eine Holzbank installiert, auf der Sarah oder Soren sitzen konnten, während sie das Baby im Arm hielten. Die Markise war am schwierigsten zu montieren gewesen, aber sie hatten es geschafft, Verankerungen anzubringen und sie aufzuspannen. Das letzte Stück der Terrasse hatten sie allerdings ohne Überdachung gelassen.

„Ein Ort, an dem das Baby die Sterne anschauen kann“,

erklärte Todd, als sie nach dem Grund fragte.

Sie stellte sich vor, wie er dem kleinen Teddy eines Tages die Sternbilder erklären würde, und seufzte.

„Du bist der beste Onkel aller Zeiten", sagte sie und ließ in letzter Sekunde etwas weg. *Du wärst auch ein toller Vater*, hatte ihr auf der Zunge gelegen. Aber dies war ein gefährlicher Gedankengang für eine Frau in ihrem Gemütszustand, also schob sie die Worte beiseite.

„Ja, nun." Todd schaute sich das Deck an und nickte dann vor sich hin. „Das war der leichte Teil." Er führte sie zu der Bank und ließ sich darauf nieder, wobei er aussah, als sei er in den wenigen Sekunden, die soeben vergangen waren, ein ganzes Jahrzehnt gealtert.

Sie setzte sich und versuchte, nicht herumzuzappeln oder darauf zu starren, wie sich sein Kiefer verspannte. Sein Kehlkopf wippte und seine Finger spannten sich an. Wenn diese ganze Arbeit der leichte Teil war, was war dann der schwere Teil?

Er beugte sich ein wenig vor, hielt noch immer ihre Hand und flüsterte: „Ich muss dir etwas sagen."

Der Atem stockte in ihrem Hals. Gott, er war auf einmal so ernst. Was war denn nur los?

„Teddy gehört Soren und Sarah und das wird auch immer so sein. Aber er ist mein Sohn. Mein biologischer Sohn", sagte er schnell und stolperte über seine eigenen Worte.

Sie starrte ihn an und kämpfte gedanklich mit einer Gleichung, die ihr Verstand nicht zu lösen bereit war. Wie konnte Teddy Todds Sohn sein?

„Ich habe mit Sarah geschlafen. Einmal." Er schüttelte den Kopf. „Damals haben wir beide nicht verstanden, warum. Es ist einfach... passiert." Er kratzte heftig mit den Fingernägeln über seine Jeans. Offensichtlich befriedigte ihn diese Erklärung nicht.

Sie befriedigte sie auch nicht. Er hatte mit ihrer Cousine geschlafen? Das war lächerlich. Sarah war Soren immer treu gewesen. Es konnte nicht sein...

Sie unterbrach den Gedanken und erinnerte sich, dass die beiden sich eine Zeit lang getrennt hatten. Ihr Herz schlug laut in ihrer Brust, als sie es sich vorstellte. Sarah hatte während dieser Zeit mit Todd geschlafen?

Sie schluckte und fragte sich, ob es Todd gewesen war, der Sarah angebaggert hatte, oder Sarah, die Todd anmachte. Sie fragte sich, ob sie auch nebeneinandergelegen und sich die Sterne angeschaut hatten. Himmel, hatte er ihr auch die Sternbilder gezeigt?

Anna saß so dicht neben Todd, dass sich ihre Beine berührten, aber sie zuckte weg, so dass sich eine Lücke bildete. Ein Kloß schnürte ihr die Kehle zu und machte Ihre Worte zu einem ungleichmäßigen Quietschen. „Ist letzte Nacht auch einfach so passiert?"

„Nein!" Er griff nach ihrer Hand, aber sie zog sie zurück. „Nein. Letzte Nacht war ganz anders. Deshalb erzähle ich es dir ja."

Um sie zu quälen? War das der Grund, warum er es ihr sagte?

„Bitte. Hör mir zu." Er hockte sich vor sie. Sie kam an seinem riesigen Körper nicht vorbei, also saß sie ganz still da und verschränkte die Arme vor der Brust. Das Donnern eines Güterzuges dröhnte in ihren Ohren und ihre Wangen brannten. Ja, sie war wütend. Wahnsinnig wütend. Aber gleichzeitig erweichte ein Teil von ihr auch für ihn. Wenn sie all die Male, bei denen er in den letzten Wochen traurig ausgesehen hatte, mit zehn multiplizierte, hätte er immer noch nicht so verwundet ausgesehen wie in diesem Moment.

Seine Stimme zitterte. Und seine Hände auch, was ihr verriet, dass es nicht aufgesetzt war.

„Was mit Sarah passiert ist, war eine einmalige Sache. Mit dir ist es etwas ganz anderes. Es ist mein Herz, nicht mein... "

Dein Körper? Wollte sie stöhnen und versuchte, die Vorstellung zu vertreiben, wie er mit seiner Hüfte in Sarah stieß. Sie vergrub ihr Gesicht in ihren Händen. „Warum erzählst du mir das? Warum?"

„Weil ich nicht will, dass es zwischen uns steht. Ich will nicht, dass irgendetwas zwischen uns kommen kann. Niemals. Ich möchte keine Geheimnisse vor dir haben."

„Und was ist mit Sarahs Geheimnis?", konnte sie sich nicht verkneifen zu erwidern.

„Es ist kein Geheimnis. Soren weiß es. Er hat es akzeptiert. Er wusste, dass..."

Als Todd verstummte, wollte sie schreien. Was wusste Soren darüber, dass sein Cousin ihre Cousine gevögelt hatte, was das ganze okay machte? Was für eine verdrehte Dreiecksbeziehung war es denn gewesen?

„Hör zu, Soren und Sarah gehören zusammen. Ich würde mich nie zwischen sie stellen."

Warum hast du dann mit ihr geschlafen? wollte sie schreien.

„Ich wusste nicht einmal, dass es überhaupt ein Baby gab, und sie dachten, ich sei tot..."

Jetzt war sie wirklich verwirrt. Sie hatte die letzten Monate damit verbracht, zu denken, Sarah sei gestorben. Warum sollte Sarah denken, Todd sei tot?

„Ich bin am gleichen Tag wie du hier angekommen. Mein Gott, Anna. Was wir miteinander haben, ist etwas ganz anderes."

Sie hatte auch gedacht, dass es etwas anderes war. Sie hatte es in ihren Knochen und in ihrem Herzen gespürt. Aber was, wenn sie sich geirrt hatte?

„Anna." Eine leise Stimme tönte von der Wohnungstür und sie riss den Kopf herum. Es war Sarah, die das Baby hielt.

Anna vergrub ihr Gesicht in ihren Händen. Gott, sie konnte es nicht ertragen. Ihre eigene Cousine hatte mit dem Mann geschlafen, den sie für sich selbst wollte? Rational gesehen, wusste sie, dass es keine Rolle spielen sollte. Es geschah Monate, bevor sie Todd überhaupt kennengelernt hatte. Also war es wohl kaum ein Betrug. Aber sie kam nicht über das Gefühl hinweg, der späte Gast zu einer Party zu sein. Dieses mulmige Gefühl, dass sie alle ein schreckliches Geheimnis geteilt hatten. Alle außer ihr.

„Anna, es tut mir so leid...", flüsterte Sarah.

Todd tat es leid. Sarah tat es leid. Sollte es ihr auch leidtun?

„Lass es mich erklären..."

Sie stand zügig auf. Vielleicht könnte sie sich später hinsetzen und sich in Ruhe eine Erklärung anhören. Aber im Moment kamen all die Dämonen ihrer Vergangenheit wieder hoch und nahmen Überhand.

„Ich muss gehen", platzte sie heraus und eilte an Sarahs ausgestrecktem Arm vorbei.

„Anna–", weinte ihre Cousine.

„Anna–", rief auch Todd, aber sie eilte durch die Wohnungstür hinein und die Treppe hinunter.

Sich sammeln. Sie musste sich sammeln. Sie machte sich auf den Weg zu ihrem Auto, blieb aber kurz davor stehen. Es wurde von Sorens Pick-up Truck blockiert, der mit einer weiteren Ladung Schrott gefüllt war, die sie loswerden wollten.

Von der Terrasse konnte man den hinteren Bereich sehen und das Baby fing an zu weinen.

Sie weinte auch. Das war Todds Baby. Todds Sohn. Mit Sarah.

Gott, sie musste für eine Weile verschwinden. Sie brauchte Freiraum, um die Emotionen zu überwinden, die in ihrer Seele kämpften. Alte und neue. All die Hoffnungen, die sie in letzter Zeit gehegt hatte, waren zerbrochen und mit Schmerz gesprenkelt.

Sie sprang in den Pick-up und ließ den Motor an. Soren würde nichts dagegen haben. Sie hatte Anfang der Woche eine Ladung zum Schrottplatz gefahren, also kannte sie den Weg. Welch bessere Therapie gab es, als Dinge wegzuwerfen. Sie konnte bereits das befriedigende Kreischen von Metall auf Zement hören und die Explosion von zerbrechendem Glas. Ein perfekter Ausgleich zum Schreien aus vollem Halse.

Als Todd hinter dem Gebäude auftauchte, sah er so mitgenommen aus, dass sie fast stehen geblieben wäre. Aber sie hatte den Wagen bereits rückwärts herausgefahren und der Übergang zum Vorwärtsweiterfahren war eine instinktive Angelegenheit. Bevor sie überhaupt Zeit hatte, noch darüber nachzudenken, war sie schon halb um die Ecke gebogen.

Als sie einen Blick zurück warf, war Todd bereits außer Sichtweite.

Konzentriere dich auf die Straße, verdammt noch mal! Sie blinzelte die Tränen aus ihren Augen und umklammerte das Lenkrad fester.

Ich muss mich sammeln. Ich brauche nur ein wenig Zeit, um mich wieder zu sammeln.

Aber ganz egal, wie oft sie sich das selbst sagte, es fühlte sich dennoch wie eine Lüge an.

Kapitel 13

Todd sprintete um die Ecke und die Straße hinunter, bevor er langsamer wurde und joggte. Keuchend blieb er an der Kreuzung der Gasse mit der Hauptstraße stehen und schaute Anna beim Wegfahren hinterher. Der Bär in ihm wütete und brüllte.

Bleib nicht stehen! Schnapp sie dir! Lass sie nicht gehen!

Er wollte sie nicht gehen lassen, aber ihr hinterherzurennen, würde auch nicht helfen.

Genauso wenig, wie hier herumzustehen und deinen Kopf zu kratzen. Tu etwas! brüllte sein Bär.

Was sollte er tun? Ihr nachjagen? Sie fesseln? Sie zwingen, sich eine Wahrheit anzuhören, die ihn ebenso anwiderte wie sie?

Er drehte sich wieder zum Saloon um und trat dabei gegen einen Mülleimer. Der Metalldeckel klapperte zu Boden und die Tonne kippte auf die Seite. Aber er ließ sie einfach liegen. Warum auch nicht? Wann immer er versucht hatte, das Richtige zu tun, hatte er es versaut. Warum sollte er es überhaupt noch versuchen?

Soren kam aus der Gasse geschlichen, aber Todd ging einfach weiter. Er würde heute vor niemandem zurückschrecken.

„Hey!", grunzte Soren, als ihre Schultern zusammenschließen. „Mann!"

Todd marschierte weiter und ging die Gasse hinunter. Er würde jetzt auf keinen Fall stehen bleiben, um zu reden.

Er hob das Kinn und schätzte die Entfernung zu den Hügeln außerhalb der Stadt ein. In seinem strammen Trapp würde es nicht allzu lange dauern, um dorthinzugelangen. Wenn er dort ankam, könnte er im Wald verschwinden, sich in seine Bärengestalt verwandeln und ein paar Bäume zerhacken. Er würde so weit laufen, wie es seine Beine zuließen, und dann noch ein Stückchen weiter gehen.

Vielleicht würde er den ganzen Weg nach Montana wandern. Ab heute Abend.

Ich habe es so satt, redete er sich in Rage. *So verdammt satt.*

Er hatte die Schnauze voll davon, dass das Schicksal erst gab und dann nahm. Langsam wurde es zu einem grausamen Spiel und er war es leid, mitzuspielen. Welchen Sinn hatte es denn, ein guter Kerl zu sein, wenn er dadurch immer nur aufs Neue aufs Kreuz gelegt wurde.

Hinter ihm klapperte Metall auf dem Asphalt, als Soren die Mülltonne zurechtrückte und ihm hinterhereilte.

Todd schüttelte die Finger aus und lockerte seine Krallen. Soren sollte ruhig versuchen, ihn zur Vernunft zu bringen.

„Todd." Soren benutzte seine nette Stimme anstelle seines Alphaknurrens.

Ja, aber darauf würde Todd nicht hereinfallen.

„Todd", sagte Soren dieses Mal etwas schärfer.

Er stürmte weiter, fest entschlossen, zu verschwinden.

„Hey." Soren packte ihn bei der Schulter.

Todd wirbelte mit einem Knurren herum – einem echten Bärenknurren, das die Bärenkrallen aus seinen Fingern hervortreten ließ und nur Zentimeter von Sorens Gesicht entfernt damit durch die Luft fuchtelte.

„Oha." Soren streckte die Hände in die Luft.

Todd wollte sich gerade umdrehen und seinen Marsch zu den Hügeln fortsetzen, als er seine Krallen erblickte. Er erstarrte, als er sie ansah. Krallen. Alle seine Krallen waren ausgefahren. Auch die an seiner verletzten Hand.

Er krümmte und streckte seine Finger. Plötzlich war er von der Wut abgelenkt, die ihn überkommen hatte.

Hey. Sie funktionieren! jubelte sein Bär.

Einen Moment später zog er sie zurück und begann weiterzulaufen. Seine Hand hatte sich also etwas erholt. Na und? Es war ja nicht so, dass ihm das helfen würde, sich mit Anna zu versöhnen. Es würde auch sein Gehör nicht zurückbringen oder die Zeit zu all den anderen Dingen zurückdrehen, die er bedauerte und die wie eine dunkle Winterwolke über ihm schwebten.

„Du musstest es ihr sagen", rief Soren ihm nach.

Zu schade, dass die Mülltonne außer Reichweite war. Er hätte ihr gerne noch ein paar Tritte verpasst.

Hinter ihnen heulte ein Auto auf und er drehte sich gerade noch rechtzeitig um, um Simon zu sehen, der in einem anderen Fahrzeug davonrauschte.

„Ich habe ihm aufgetragen, Anna zu folgen", sagte Soren. „Nur für alle Fälle."

Todd fluchte. Gott, wie hatte er den abtrünnigen Wolf nur vergessen können?

„Wir wissen immer noch nicht, wer es war." Soren blickte auf den Verkehr, der am Ende der Gasse über die Kreuzung raste. „Solange wir das nicht wissen, müssen wir für die Sicherheit jedes Mitglieds dieses Clans sorgen."

Todd starrte seinen Cousin an. Hatte er gerade angedeutet, dass Anna zu diesem Clan gehörte?

Soren zuckte mit den Schultern, als er seine Gedanken las. „Das könnte sie."

Die Worte hingen in der trockenen Luft zwischen ihnen und für eine Sekunde erlaubte Todd sich fast wieder zu hoffen. Dass Anna ihm verzeihen und wieder zurückkommen würde. Dass sie ihm noch eine Chance geben und vielleicht sogar seinen Bären akzeptieren würde. Sie könnten–

„Du weißt, dass wir sie willkommen heißen würden", sagte Soren und brach den Bann.

Er kratzte mit seinem Stiefel über den Asphalt. Mist. Und schon wieder glaubte er an das Unmögliche. Selbst wenn es dazu kommen würde, würde das Schicksal einen Weg finden, alles wieder zu vermasseln.

„Hör mal", begann Soren, wurde jedoch unterbrochen, als das Handy in seiner Tasche klingelte. Er zog es mit einem finsteren Blick und einem knappen „Hallo?" heraus.

Todd überlegte, ob er weiter in Richtung Berge laufen sollte, aber Sorens Gesichtsausdruck hielt ihn davon ab.

„Wo? Wann? Seid ihr euch sicher, dass er es ist?", bellte Soren.

Todd beobachtete, wie sich die Lippen seines Cousins bewegten, und er wünschte, er könnte die Stimme am anderen Ende der Leitung verstehen.

„Wir kommen sofort", sagte Soren zum Abschied und legte auf. „Das war Lance."

Lance, der beste Fährtenleser des Twin Moon Rudels?

Sorens Gesicht wirkte grimmig. „Er hat Roys Spur gefunden. Er braucht dich, um zu bestätigen, dass er der Wolf ist, der Sarah und Anna letzte Woche angefallen hat." Er winkte Todd zurück in den Saloon.

Fast hätte Todd wieder seine Krallen ausgefahren. Wenn sich dieser Roy als derjenige herausstellte, der Anna letzte Woche bedroht hatte, würde er ihn töten, ohne Fragen zu stellen.

Er holte Soren ein, dessen Stirn stark gerunzelt war. „Mein Gott. Wenn es nicht Roy war, haben wir ein Problem. Dann wissen wir immer noch nicht, wer dieser Schurke war."

Todd schnüffelte in der Luft und war plötzlich froh, dass Simon Anna gefolgt war. Wenn dieser Schurke noch in der Gegend war, wollte er nicht, dass sie sich allein dort draußen herumtrieb.

„Aber Scheiße", fuhr Soren fort. „Wenn es Roy war, haben wir auch ein Problem. Die Wölfe der Twin Moon Ranch werden es nicht mögen, wenn wir einem der ihren nachjagen."

Nicht einmal einem Abtrünnigen, der unseren Frauen im Wald auflauert? wollte Todd protestieren.

Am Ende der Gasse fuhr ein Polizeiwagen vor und der Mann darin sah genauso grimmig aus. Es war Kyle, einer der Twin Moon Wölfe, der außerdem auch ein Polizist war.

„Steigt ein." Er deutete auf den Rücksitz. „Ich bringe euch zu der Stelle, wo Lance die Spur aufgenommen hat. Glaubst du, du kannst feststellen, ob sie mit dem Wolf übereinstimmt, der Sarah bei dieser Wanderung verfolgt hat?"

Todds Bär knurrte. *Der Wolf, der Anna auf dieser Wanderung verfolgt hat.*

„Wenn es derselbe Wolf ist, werde ich es wissen."

Soren winkte Kyle zurück auf die Straße. „Lasst uns diesen Drecksack verfolgen. Und zwar sofort."

Kapitel 14

Anna fuhr auf der Hauptstraße stadtauswärts und war genauso wütend auf sich selbst wie auf die gesamte Situation. Verdammt noch mal. Sie hatte nicht etwa überreagiert, oder doch?

Sie grub ihre Fingernägel in das weiche Leder des Lenkrads. Okay, sie hatte definitiv überreagiert. Todd hatte so verletzt ausgesehen, so verloren. Vielleicht hätte sie bleiben sollen.

Aber er hatte ihr wehgetan, verdammt noch mal. Erwartete er, dass sie einfach nickte und *okay* sagte?

Ihr Handy vibrierte in ihrer Tasche und sie zog es in der Hoffnung heraus, dass es Todd sein könnte.

Die Nummer des Anrufers war unterdrückt, also drückte sie auf die eingehende SMS und teilte ihre Aufmerksamkeit zwischen dem Handy und der Straße.

Auto hatte eine Panne. Kannst du mich abholen kommen? Janna.

Janna? Hatte sie nicht vorhin das Café verlassen, um einen Nachmittag mit Cole zu verbringen?

Offensichtlich schon und der kleine Ford hatte sie mal wieder im Stich gelassen.

Eine weitere Nachricht kam an und die rote Ampel, an der sie wartete, dauerte gerade lange genug, um sie zu lesen.

Arizona Road 9257, stand da. *Kilometerstein 11.*

Anna kannte die Gegend nicht gut, aber sie war sich ziemlich sicher, dass sie die Abzweigung nach 9257 gesehen hatte, als sie mit Sarah in den Nationalpark gefahren war.

„Dort unten ist ein Stausee", hatte Sarah gesagt und in die Richtung gezeigt. „Und ein paar Weißkopfseeadler-Nester."

Sie fragte sich, was Janna so weit unten zu suchen hatte. Aber bei Janna konnte man nie wissen. Vielleicht wollten sie und Cole sich die Adler ansehen?

Die Ampel schaltete auf Grün und sie bog in letzter Minute links ab. Mit diesem Umweg verpasste sie zwar den Schrottplatz, aber der konnte warten, nahm sie an. Beim Abbiegen warf sie einen Blick in den Rückspiegel. War das etwa Simon in dem Wagen vier Fahrzeuge weiter hinten?

Aber dann rumpelte ein Lastwagen vorbei und sie bog so schnell um die Kurve, dass das Auto aus dem Blickfeld verschwand. War Simon auf dem Weg, um Janna zu helfen? Wenn ja, hatte er grade die Abzweigung verpasst.

Sie schüttelte den Kopf. Das konnte nicht sein. Sie hatte es sich nur eingebildet.

An der nächsten roten Ampel tippte sie eine Antwort. *Ich bin auf dem Weg. Bis gleich.*

Es dauerte nicht lange, das belebte Stadtzentrum zu verlassen und auf den Highway in Richtung Norden zu fahren. Die Abzweigung auf die Nebenstraße war genau dort, wo sie sie vermutet hatte. Sie war diese Straße noch nie zuvor gefahren und sie erwies sich als viel schmaler und holpriger, als sie es angenommen hatte. Nach zwei holprigen Kilometern ging der Asphalt in Dreck über und sie verlangsamte ihr Tempo weiter. Der Pick-up knarrte um eine Kurve nach der anderen, so dass der Schrott auf der Ladefläche so laut klapperte, dass sie am liebsten geschrien hätte. Sie hielt an, um Janna noch eine SMS zu schreiben, aber sie hatte keinen Empfang mehr. Kein Wunder, wenn man die steilen, felsigen Hügel bedachte, die die Straße säumten.

Sie zählte die Kilometer und tippte mit den Fingern auf das Lenkrad. Nach dem Kilometerstein 10 bog die Straße um eine langsame Kurve. Als sie wieder gerade wurde, entdeckte sie Jannas Auto auf einem kleinen Parkplatz am Ausgangspunkt des Weges.

Tatsächlich standen dort sogar drei Autos: Jannas kleiner Ford – das musste er sein, auch wenn Anna hätte schwören können, dass Jannas Auto gelb und nicht rot war – und zwei weitere Fahrzeuge, die am anderen Ende des kleinen Rastplatzes parkten. Eins war ein Lieferwagen mit getönten und leicht geöffneten Scheiben – und verdammt, der musste ganz schöne Mühe gehabt haben, es bis hier hinaus zu schaffen. Der andere war ein großer Pick-up mit Kennzeichen aus Kansas.

Sie hatte halb erwartet, dass sich Janna lässig gegen ihr Auto lehnte, aber es war niemand zu sehen. Anna parkte, stieg langsam aus und schaute sich um. Ein Falke schrie über ihr. Der Wind wirbelte durch das verdorrte Gras an den Hängen.

„Janna?" Sie drehte sich im Kreis. War sie etwa losgegangen, um Vögel zu beobachten, während sie auf Hilfe wartete?

Das Auto sah in Ordnung aus. Aus der Motorhaube stieg auch kein Dampf auf, was ein gutes Zeichen war. Aber wo war Janna? Wo war Cole? Auch die Besitzer der anderen Fahrzeuge waren nirgends zu sehen. Vielleicht waren sie für den Tag wandern gegangen.

„Janna?", rief sie etwas lauter.

Ihre Stimme hallte schwach von den felsigen Klippen wider.

„Hier drüben!", kam die verspätete Antwort.

Anna ging ein paar Schritte weiter und schaute sich um.

„Janna?", rief sie, dieses Mal etwas leiser, als sie unsicher wurde. Warum kam Janna nicht heraus? Warum schwankte ihre Stimme so?

Tausend beängstigende Möglichkeiten fielen ihr auf einmal ein. Vielleicht war Janna auf der Suche nach einem Adlernest über die Felsen geklettert und gestürzt. Oder vielleicht war Cole von einer Klapperschlange gebissen worden. Sarah hatte gesagt, dass die Klapperschlangen bei der Wanderung, die sie unternommen hatten, keine sehr große Gefahr darstellten. Aber dies war ein bewaldetes Gebiet gewesen und hier war es trockener und weiter.

Sie schaute sich um. Ein weiter und unheimlicher Ort.

„Hier drüben!", klang die Stimme erneut. Dieses Mal gedämpft und eindringlicher.

Ihre Nackenhaare stellten sich auf und sie zögerte. Vielleicht war das alles keine so gute Idee. Aber wenn Janna und Cole dort draußen waren und einer von ihnen vielleicht verletzt war, musste sie etwas tun. Sie prüfte ihr Handy. Immer noch kein Empfang.

„Bitte!", flehte die Stimme.

Aus dem Schrotthaufen auf der Ladefläche des Pick-ups ragte eine Harke auf und fast hätte sie sie herausgezogen. Doch dann entdeckte sie einen alten Satz Golfschläger und nahm stattdessen einen davon mit. Es kam ihr albern vor, ein Sportgerät durch das Gestrüpp zu schleppen, aber wenn es dort draußen Schlangen gab, sollte sie sich irgendwie bewaffnen, nicht wahr?

„Janna? Cole? Geht es euch gut?" Sie ging ein paar Schritte in die Richtung der Felsen, von wo aus die Stimme gekommen war. Ein kleiner Bestand dorniger Akazien versperrte ihr den Weg um die rechte Seite der Felsen herum, aber ein schmaler Pfad führte nach links, also ging sie in diese Richtung, wobei sie sich langsam vorarbeitete. Das letzte, was sie brauchte, war ein verstauchter Knöchel oder ein Schlangenbiss. Schließlich schob sie einen Ast beiseite und kam auf eine freie Fläche, wo sie kurz innehielt.

Eine Frau stand mit dem Rücken zu einem Baum und ihr Gesicht wurde von Schatten verdeckt. Aber selbst in diesem gesprenkelten Licht war es offensichtlich, dass es sich nicht um Janna handelte. Diese Frau war kleiner und ihr Haar war heller als das von Janna. Anna machte noch einen Schritt und erstarrte dann.

Das Gesicht der jungen Frau war tränenverschmiert und ein roter Bluterguss zierte die linke Gesichtshälfte. Ihre Hände lagen hinter ihrem Körper, als ob...

„Es tut mir so leid", flüsterte die Frau in dem Moment, als Anna bemerkte, dass sie an den Baum gefesselt war.

Anna wich einen Schritt zurück und starrte. „Wo ist Janna?"

„Sie haben mich gezwungen, es zu tun. Ich musste mitspielen, um die anderen zu retten."

Anna keuchte. Oh Gott. Sie war ausgetrickst worden. Es war gar nicht Janna gewesen, die sie angerufen hatte. Es war diese Fremde, die sie hierherlockte. Aber warum?

Der Kopf der jungen Frau zuckte zur Seite und als Anna sie wieder ansah, waren ihre Augen verzweifelt und weit aufgerissen. „Lauf!", rief sie heiser. „Lauf! Verschwinde!"

Anna brauchte eine Sekunde, um zu reagieren, aber als etwas durch die Büsche krachte, rannte sie zurück in Richtung Straße. Was auch immer passierte, sie musste den Pick-up erreichen und von hier verschwinden. Sie musste irgendwohin, wo sie um Hilfe rufen konnte.

Zwei Schritte, bevor sie den Pfad hinter den Felsbrocken erreichte, flackerten die Schatten über ihr. Ein Mann sprang von den Felsen direkt auf den Weg vor ihr.

„Halt!"

Sie wich zurück und erstarrte, als der Mann sich langsam aus der Hocke aufrichtete, in der er gelandet war.

„Tu es nicht! Emmett, bitte!", rief die Frau hinter ihr.

Anna drehte sich um und sah, wie die Frau gegen ihre Fesseln ankämpfte, wandte sich dann jedoch wieder dem Mann zu. Jetzt, wo er aufrecht stand, war er ein paar Zentimeter größer als sie. In jeder anderen Situation hätte sie ihn in jedweder Hinsicht für unauffällig gehalten – abgesehen von den blassgrauen Augen und der Narbe, die an seiner Lippe nach oben verlief.

„So sieht man sich wieder." Er grinste.

Emmett LeBlanc? Der Mann, der damals in Montana nach Sarah gefragt hatte? Der Mann, der den Bären töten wollte?

„Du solltest mir doch Bescheid geben, wenn du etwas über deine Cousine oder die Voss-Brüder herausfindest", sagte er, als befänden sie sich mitten in einem Gespräch und nicht aus heiterem Himmel.

Sie starrte ihn an. War er verrückt geworden?

Er tadelte sie und wackelte mit einem Finger. „Ich habe dir doch gesagt, du sollst es mir sagen."

Scheiße. Er war tatsächlich verrückt.

Sie wich zurück. „Ich weiß nicht, wovon Sie sprechen."

Er kümmerte sich nicht um ihre Worte, sondern fuhr einfach mit seiner bedrohlichen Stimme fort. „Hättest du auf mich gehört, wäre das hier alles nicht passiert."

Ihre Hand verkrampfte sich um den Golfschläger. Was denn, alles?

„Die anderen müssen sterben, aber du hättest weiterleben können."

Fast wäre sie gestolpert. Er wollte, dass sie stirbt?

„Sie waren diejenigen, die unrein sind. Du warst unschuldig. "

Wovon zum Teufel sprach er denn?

Er schnüffelte in der Luft und sah finster aus. „Aber jetzt hast auch du die Grenze überschritten. "

„Emmett, sie hat nichts getan!", flehte die Frau hinter ihr.

Anna schaute zwischen den beiden hin und her. War die Frau die Komplizin dieses Mannes oder seine Feindin?

Er gestikulierte wild und schrie. „Sie hat sich an diesen Bären verhurt! Man kann es förmlich an ihr riechen!"

„Sie sind verrückt." Anna schüttelte den Kopf. Er war völlig durchgeknallt und er wollte sie tot sehen.

Denk nach! Handle! Fliehe! Alarmsignale schossen ihr durch den Kopf und lähmten sie völlig.

„Nun, ich will nicht, dass du glaubst, dass ich dir nicht dankbar dafür bin, mich zu den anderen geführt zu haben... ", fuhr Emmett fort.

Gott, wollte er Sarah und Jessica etwa auch töten? Sie konnte die Blutlust in seinen Augen sehen. Aber warum? Was hatten sie denn getan?

Er trat einen Schritt auf sie zu und Anna sprang zurück. Sie hob den Golfschläger wie ein Schwert.

Emmett lachte. Es war eher ein Gackern und das Geräusch hallte durch die raue Landschaft.

„Was willst du denn damit, Schätzchen? "

Ihnen das Gehirn rausprügeln, wollte sie schreien. Aber ihre Hand zitterte und ihre Knie schwankten, während er weiterlachte.

„Du willst dich nicht mit mir anlegen, Süße. "

„*Du* willst dich nicht mit *mir* anlegen", bellte sie durch zusammengebissene Zähne zurück. Dieser Dreckskerl hatte ihr respektvolles Sie nicht länger verdient.

Wut blitzte in seinen Augen auf, als er sie musterte. „Weißt du, ich hatte eigentlich vor, nachsichtig mit dir zu sein. " Er ließ seinen Blick über ihren Körper schweifen und es verursachte ihr eine Gänsehaut. „Ich wollte es kurz machen. Aber vielleicht erteile ich diesem Bären eine Lektion. " Er nickte vor sich hin und überlegte sich einen neuen Plan. „Würde es ihn nicht in den Wahnsinn treiben, wenn er herausfindet, dass er nicht der letzte Mann war, der seine kleine Menschenfrau gefickt hat?"

„Lass sie in Ruhe!", schrie die junge Frau.

Anna wusste nicht, ob sie weglaufen, die Stellung halten oder zuschlagen sollte, bevor der Verrückte es tat.

Tu etwas! schrie ihr ganzer Körper.

Die junge Frau klang verzweifelt genug, um eine Verbündete für sie zu sein, aber Anna hatte keine Zeit, sie zu befreien. Der Weg nach vorn war schmal und sie konnte keine Bewegung in eine Richtung antäuschen und dann in eine andere huschen, um Emmett zu umgehen.

„Mach dir nicht die Mühe. Du wirst sowieso sterben", sagte er in einem flachen Ton. Als ob es unvermeidlich wäre. Mechanisch. Unmöglich zu vermeiden. „Und die anderen auch. Jeder Einzelne von ihnen."

In ihrem Kopf tauchten Bilder von Sarah und den anderen auf. Jessica. Soren. Simon. Janna. Cole. Und Todd, Gott, bitte, nicht Todd. Keiner von ihnen!

„Und dieses Baby. Dieser beschissene kleine Mischling muss sterben."

Sie erstarrte und starrte ihn an. Er meinte doch sicher nicht den kleinen Teddy. Niemand war so sadistisch, dass er den Tod eines Kindes wollte?

Seine Augen waren kalt und berechnend und verrieten ihr, dass er es ernst meinte.

Nicht das Baby. Gott, nicht das Baby.

Todd! schrie ihre Seele, verzweifelt nach einer Verbindung mit jemandem. Sie wollte ihn verzweifelt warnen, damit er die anderen warnen konnte.

„Du hättest dich nicht auf diesen dreckigen Voss-Clan einlassen sollen." Emmett schüttelte den Kopf.

„Wovon redest du überhaupt?"

„Du hättest die Artengrenzen nicht überschreiten dürfen!", brüllte er.

Anna schwankte auf ihren Hacken.

„Lass sie in Ruhe!", schrie die junge Frau.

„Einen Teufel werde ich tun!" Emmett wurde ganz rot vor Wut. „Das ist genau das, was Victor ausmerzen wollte."

Anna schüttelte den Kopf. Wer zum Teufel war Victor?

Emmetts Tirade ging weiter. „Bären vermischen sich mit Wölfen. Wölfe mischen sich mit Menschen. Sie verwässern die Blutlinien. Sie schwächen uns alle."

Anna schüttelte den Kopf. Gott, er war wirklich verrückt geworden.

„Victor war genauso verrückt wie du!", kreischte die junge Frau zurück.

„Das wirst du schon sehen", knurrte er. „Eines Tages werden uns Gestaltwandler aller Art für unsere Arbeit danken."

Gestaltwandler? Eine Erinnerung aus den hintersten Winkeln ihres Geistes regte sich. Bären... Wölfe... Wie die Geschichten, von denen Sarah ihr einst erzählt hatte. Geschichten von Menschen, die sich in die Gestalt eines Tieres verwandeln konnten. Geschichten von Tieren, die ihr Fell ablegten und auf zwei Beinen gehen konnten. Damals hatte es so romantisch geklungen, aber schon als Kinder hatten sie gewusst, dass die Vorstellung von Gestaltwandlern lächerlich war.

Dieser Mann schien es nicht für lächerlich zu halten. Aber offensichtlich war er nicht ganz bei Trost.

Sie drehte den Golfschläger in ihren Händen, um einen besseren Griff zu kriegen. Wohin sollte sie zielen, wenn er sich näherte? Auf seinen Kopf? Seine Knie? Die Rippen?

„Lauf." Die junge Frau neigte den Kopf zu den Hügeln. „Lauf!"

„Ja", sagte Emmett und grinste boshaft. „Lauf. Dann macht das Ganze noch viel mehr Spaß."

Er trat langsam vor und deutete in die Richtung der Hügel. Gott, er meinte es wirklich ernst. Er wollte ihr nachjagen.

Todd! schrie sie trotz allem innerlich. Todd konnte sie auf gar keinen Fall hören. Er würde ihr auf keinen Fall helfen können.

Dann hilf dir selbst, verdammt noch mal! kreischte die andere Seite ihres Verstandes zurück.

„Na mach schon. Lauf." Emmett ermutigte sie mit einem Winken.

Sie stählte ihre Nerven und fasste den schnellsten und verrücktesten Plan ihres Lebens. Der Pick-up Truck war ihr bester Ausweg, aber um ihn zu erreichen, musste sie an Emmett vorbei. Der einzige andere Weg führte durch dichtes Gestrüpp. Aber das würde niemals funktionieren. Sie konnte die Dornen bereits spüren, die über ihre Haut kratzen und ihre Kleidung zerreißen würden.

Emmett grinste breiter und seine Zähne sahen länger und spitzer aus als zuvor.

„Fang mich", platzte sie heraus, drehte sich um und sprintete in die Richtung der Hügel.

Kapitel 15

Anna würde nur eine Chance bekommen, es zu schaffen, und sie wusste es.

Sie rannte los und dachte an den kleinen Teddy. An Sarah. Soren. Todd. Sie musste das hier genau richtig machen. Sie musste diesem Verrückten entkommen und die anderen vor seinem schrecklichen Plan warnen.

Hinter ihr gackerte Emmett vergnügt und stürmte los.

Fang mich, du Drecksack, wollte sie schreien. *Fang mich doch.*

Schwere Schritte polterten hinter ihr über den Boden. Noch zwei weitere Schritte und sie würde das dichte Gestrüpp erreichen, wo es unmöglich wäre, mit voller Geschwindigkeit weiterzulaufen.

Genau dort. Sie konzentrierte sich auf einen niedrigen, flachen Felsen, der am Rande der Lichtung lag. Das war ihre Stelle.

Etwas peitschte dicht an ihrem Haar vorbei – Emmett, der nach ihr griff.

„Lauf", gluckste er. „Lauf."

Oh, und wie sie laufen würde. Nur nicht in die Richtung, die er erwartete. Sie streckte die Beine aus und ließ ihren nächsten Schritt einen Sprung in die Richtung des Felsens sein.

Sobald ihr linker Fuß die Oberfläche berührte, setzte sie den rechten Fuß auf, wirbelte herum und schwang den Schläger wie einen Schlagstock.

Aus der Hüfte heraus schwingen, erinnerte sie sich an die Tipps ihres Vaters beim Softball. *Auf diese Weise hat man mehr Kraft.*

Sie schwang die Hüfte, ließ die Schultern folgen und starrte dann, als der Golfschläger mit einem üblen Knall auf Emmetts Kopf einschlug.

Emmett riss für den Bruchteil einer Sekunde die Augen weit auf, bevor der Golfschläger seine Schläfe berührte. Er schrie auf – zu spät, um noch auszuweichen – und sackte zu Boden.

Sie starrte ihn mit einem mulmigen Gefühl in der Magengegend an, eilte dann zu der Frau hinüber und zerrte an dem Seil.

„Lauf weg!", sagte die Frau zu ihr. „Lauf einfach weg!"

Sie riss an den Seilen herum, aber die abgenutzten Fasern ließen sich einfach nicht lösen.

„Geh! Du musst sie retten!", rief die Frau.

„Ich kann es schaffen." Sie riss mit ihren Fingernägeln an den Enden herum. Emmett stöhnte und regte sich.

„Los!"

Jeder Instinkt sagte ihr, dass sie dieser Frau helfen sollte, aber Emmett schwankte langsam auf die Füße.

„Du Miststück", sagte er mit einem schmerzverzerrten Knurren.

„Lauf!"

Die Stimme der jungen Frau spornte Anna an, sich zu bewegen. Sie sprintete den Fußweg um den Felsbrocken herum und überlegte verzweifelt, was sie als Nächstes tun sollte. Sie hatte den Wagen unverschlossen gelassen. Der Schlüssel steckte in ihrer Tasche. Sie musste einsteigen, die Türen manuell verriegeln und dann den Schlüssel herausziehen.

Emmett fluchte hinter ihr. Seine Stiefel polterten über die Felsen.

Sie rannte so schnell über den Boden, wie sie nur konnte. Sie würde den Schlüssel herausziehen und wie eine Wilde losrasen. Dann würde sie mit ihrem Telefon versuchen, jemanden zu erreichen, der ihr helfen könnte. Ein paar hilfsbereite Wanderer vielleicht oder die Polizei. Dann–

Sie lehnte sich in die Kurve, schoss um den Felsbrocken herum und kam mit einer Vollbremsung zum Stehen.

Sechs Männer bildeten eine Mauer vor ihr und forderten sie geradezu heraus, sie zu durchbrechen.

Hilfe! Sie wollte nach ihren Armen greifen und hinter sich gestikulieren.

Dort ist ein Verrückter, der eine Frau gefesselt hat. Er will mich umbringen und–

Ein Teil ihres Verstandes verfasste den Hilferuf, aber ein flaues Gefühl in ihrem Magen sagte ihr, dass es keinen Sinn hätte. Diese Männer waren keine Wanderer und sie waren auch ganz sicher nicht die Polizei.

Sie wich aus und presste sich mit dem Rücken an den haushohen Felsen, als Emmett in Sichtweite kam.

„Schnappt sie euch", bellte Emmett und die Männer kamen näher.

Sie wich zurück und keuchte wild. Mein Gott, Emmett hatte eine ganze Bande von Schlägern, die ihm den Rücken stärkten. Wie sollte sie ihnen entkommen? Könnte sie die Felsen hinaufklettern? Den Golfschläger noch einmal schwingen und auf ein Wunder hoffen? Auf die Knie fallen und betteln?

„Aber tötet sie nicht", fügte Emmett hinzu. „Noch nicht."

Es drehte ihr den Magen um.

„Ich muss ihr zuerst eine Lektion erteilen." Er ließ ein zahniges Grinsen aufblitzen.

Sie verwarf die Idee, auf die Knie zu sinken. Blieb ihr nur noch das Klettern auf den Felsen oder der Versuch, sechs Männer – sieben, wenn sie Emmett mitzählte – mit einem Golfschläger zu erledigen. Ein Blick über die Schulter offenbarte ihr eine glatte Felsoberfläche, die sich über ihrem Kopf erstreckte. Keine Chance, dort Fuß zu fassen.

Kämpfen. Du musst deine Frau stehen und kämpfen.

Sie umklammerte den Schläger fester und versuchte, sich einen anderen Ausweg zu überlegen. Außer zu fliegen, fiel ihr jedoch nichts ein.

Sie wich zwei Schritte nach rechts aus, wo der Felsblock sich nach innen wölbte und ihr etwas Schutz von den Seiten bot. Aber Gott, das reichte nicht aus. Selbst wenn sie diese Männer einzeln bekämpfen könnte, bräuchten sie nur zu warten, bis sie müde wurde, und dann ihre Chance ergreifen.

„Reinheit. Reinheit." Die Männer wiederholten einen Singsang, während sie sich ihr näherten.

Ihre Kehle wurde trocken, als sie sich ihren eigenen Tod vorstellte. Einen langsamen, schmerzhaften Tod durch die Hand dieser Verrückten. Und was würde mit der anderen Frau geschehen? Würden sie sie auch töten?

Einer der Männer trat vor und sie verdrängte alles außer dem Bild des kleinen Teddys aus ihrem Kopf. Irgendwie musste sie durchhalten, bis Hilfe kam. Wenn sie hier starb, konnten diese Verrückten die anderen heraus locken und einen nach dem anderen töten.

„Reinheit", rief der Mann, der ihr am nächsten stand. Seine Augen huschten hin und her und suchten nach einer Lücke in ihrer Verteidigung.

Sie schwang den Golfschläger nach rechts. Genau die Bewegung, auf die er gewartet hatte, denn er griff danach, um den Schlägerschaft abzufangen.

„Falsch", murmelte sie, änderte die Richtung und riss den Schläger hoch, um ihn dann krachend auf seinen Kopf zu donnern.

Der Mann riss seine Arme schnell genug in diese Richtung hoch, um den Schlag von seinem Kopf zu seiner Schulter abzulenken, aber der Schläger traf ihn trotzdem mit einem heftigen Aufprall.

Er stöhnte und fiel zurück, während er eine Hand um seine Schulter klammerte.

„Du Idiot", bellte Emmett. „Wie schwer kann es denn sein?"

Sie verzichtete darauf, auf die Beule an Emmetts Kopf zu zeigen und brachte stattdessen den Golfschläger wieder in Position.

Zwei Männer tauschten Blicke aus, nickten und stürmten auf sie zu.

„Hier drüben", lockte sie einer von ihnen.

„Hier drüben." Der andere schnippte mit den Fingern, um ihre Aufmerksamkeit zu erregen.

Was war sie denn? Ein tollwütiger Hund, der in die Ecke gedrängt wurde?

Nun, sie war nicht weit davon entfernt.

Sie war so verzweifelt, dass sie sich an den Gedanken klammerte, und beschloss ihn auszuleben. Sie versetzte sich in die Rolle eines tollwütigen Hundes und fletschte die Zähne. Warum zum Teufel auch nicht?

„Nein, hier drüben." Sie wackelte mit dem Ende des Golfschlägers. Die Sonne glitzerte auf dem Schlägerkopf, so dass der Mann auf der rechten Seite blinzelte.

Los, schrie ihr innerer Trainer, und sie schlug zu. Ein kurzer Karateschlag, der den Mann am Arm erwischte und ihn zurückstieß, so dass sie den Bruchteil einer Sekunde Zeit hatte, dem zweiten Mann eine Rückhand zu geben. Er wehrte den Schlag ab, wobei er die Hauptlast der Wucht mit seinem Unterarm abfing, und sie hätte schwören können, dass sie den Knochen brechen hörte. Er griff jedoch immer noch mit der linken Hand nach ihr und sie hatte gerade noch genug Zeit für einen Abwehrschlag. Er war auf sein Gesicht gerichtet und obwohl er auf seinem Schlüsselbein landete, zählte sie dies als einen Punkt für sich.

Ein weiteres Knacken, ein weiterer Schmerzensschrei.

Anna schluckte die Galle in ihrer Kehle hinunter und fasste erneut Fuß, als die beiden Männer zurückfielen. Zwei andere nahmen ihren Platz ein.

„Verwandelt euch!", brüllte Emmett sie an. „Geht ihr an die Gurgel."

Die Männer hielten inne und überlegten einen Moment. Dann nickten sie, während die anderen weitersangen.

„Reinheit. Reinheit."

„Was für Männer seid ihr überhaupt?", schrie sie und hoffte verzweifelt, dass einer von ihnen zur Vernunft kommen und den Angriff abbrechen würde. „Was für Feiglinge?"

Die beiden, die ihr am nächsten standen, drückten die Schultern durch und ließen ihre Kinnladen offenhängen.

„Keine Männer", spottete Emmett. „Gestaltwandler."

Einer der Männer gab einen erstickten Laut von sich und krümmte sich vornüber. Der andere fletschte die Zähne. Anna starrte sie an. Sie war unfähig, ihren Blick vom aufblitzenden Weiß seiner Zähne abzulenken. Von diesem immer länger werdenden weißen Blitz.

„Was zum. . . ?“

„Gestaltwandler“, wiederholte Emmett, als der Mann seine Lippe weiter zurückzog.

Sie bildete es sich nicht ein. Seine Eckzähne wurden *tatsächlich* länger.

„Die letzten der wenigen Auserwählten“, fuhr Emmett fort. „Diejenigen, die sich verpflichtet haben, unsere Blutlinien zu bewahren.“

Sie schnappte laut nach Luft, als sich auf der Haut des ihr am nächsten stehenden Mannes Haare bildeten.

„Es gibt diejenigen, die uns aufhalten wollen, aber wir werden sie aufhalten. Wir werden euch alle aufhalten.“

Der Mann vor ihr fiel auf alle viere. Sein Hemd riss über dem Rücken auf. Neben ihm schüttelte der zweite Mann Stofffetzen ab und enthüllte einen gekrümmten Rücken, der mit Haaren bedeckt war.

„Wolf. . . “, stotterte sie. Großer Gott im Himmel, diese Männer verwandelten sich in Bestien.

Sie wagte es, den Blick gerade lange genug abzuwenden, um Emmett anzustarren. Er stand auf zwei Beinen und war völlig unverändert, während er sie angrinste.

Die Narbe. Schau dir einmal die Narbe an. Sie konzentrierte sich auf die Narbe, die von seiner Lippe aus gerade nach oben verlief. *Dieselbe Narbe wie die des Wolfes, der am Tag unserer Wanderung aus dem Wald gestürmt kam.*

Sie starrte Emmett an und las die Wahrheit in seinen Augen. Gestaltwandler. Mann. Wolf.

„Oh Gott. . . “ Sie schaute zurück zu den Wölfen, die vor ihr standen. Einer schüttelte sein Fell, als käme er aus dem Regen hinein, der andere zuckte mit dem Schwanz und fletschte seine Zähne.

„Siehst du?“ Emmett gluckste, während die Biester knurrten. „Wölfe gehören zu Wölfen, und Bären gehören zu Bären.“

Ihre Gedanken überschlugen sich. Wenn diese Typen die Wölfe waren, wer waren dann die Bären?

„Menschen gehören zu Menschen.“ Er zeigte auf sie. „Und du hast es gewagt, die Artengrenzen zu überschreiten. Verstehst du das nicht?“

Sie sah nichts als Abscheu in seinen Augen.

„Du bist unrein." Er spie die Worte geradezu.

Sie schwang den Golfschläger, um die Wölfe zu verscheuchen, während ihr Verstand weiterrätselte.

Sie hat sich an diesen Bären verhurt, hatte Emmett gesagt.

Sie hatte sich an niemanden verhurt, aber ja, sie hatte mit Todd geschlafen.

„Du musst sterben", schloss Emmett und klatschte in die Hände.

Die beiden Wölfe knurrten und traten vor.

Bär... Todd...

Hör auf, nachzudenken! Handle einfach!

Sie ließ die Gedanken fallen, die *Todd* und *Bär* zu verbinden begonnen hatten, und holte zu einem weiteren Schlag aus.

Es machte sie krank, wie leicht es ihr fiel, zuzuschlagen und auf Blut oder sogar den Tod zu hoffen. Sie hatte in ihrem Leben noch nie etwas anderes als vielleicht ein paar Insekten getötet. Doch plötzlich wurde sie in die Rolle einer Kriegerin gedrängt – in einem Kampf auf Leben und Tod. Und ihr Tod war nur Teil eines größeren Plans. Noch schlimmer war die Vorstellung, dass jemand so Unschuldiges wie der kleine Teddy sterben könnte.

Teddy, Todds Sohn.

Der Gedanke beflügelte sie auf eine Weise, wie es ihre Muskeln allein nie geschafft hätten. Und während am Rande ihrer Sicht alles verschwamm, war das Zentrum erschreckend klar. Sie konzentrierte sich auf die Wölfe vor ihr.

Töte sie. Töte sie jetzt.

Metall glänzte in einem weiten Bogen, als sie einen wütenden Schlag austeilte. Sie traf den rechten Wolf auf die Schulter. Der andere sprang mit einem Knurren vor und sie schlug ihn mit einem Treffer auf die Nase zurück.

Sie wichen beide zurück, schüttelten ihr dunkles Fell und kamen wieder näher. Die vier Männer hinter ihnen stimmten in ihren unheimlichen Gesang ein und Emmett LeBlanc feuerte sie alle an.

Ein Teil von ihr beobachtete das Geschehen wie eine außerkörperliche Erfahrung. Wie um alles in der Welt, sollte sie so viele Gegner auf einmal überwinden?

Die Wölfe stürmten nacheinander vor und zielten auf ihre Beine. Sie sprang zurück und schlug mit dem Golfschläger wild auf den Raum vor sich ein. Einer der Wölfe taumelte, aber der andere stürzte nach vorn und sie trat gerade noch rechtzeitig mit dem Fuß, um seine Schnauze zu treffen.

Sie riss den Golfschläger in kampfbereite Position zurück und keuchte wild.

„Schnappt sie euch!", brüllte Emmett.

Ein weiterer Angriff; ein weiterer Schlag. Sie schlug, schwang und hämmerte auf sie ein, bis ihr die Schultern schmerzten. Sie holte zu weit aus und knallte ihre Waffe gegen den Felsen. Der Schlag vibrierte bis in ihre Arme. Dann schnappten nicht nur Wolfszähne nach ihr, sondern auch Menschenhände. Die anderen Männer hatten sich ihnen angeschlossen und bedrängten sie in ihrem winzigen Raum.

„Nein!", schrie sie, als jemand ihr den Golfschläger aus der Hand riss. Sie trat nach einem Wolf, aber ein anderer stürzte sich auf sie und stieß gegen ihre Beine. Sie taumelte und schlug verzweifelt nach den Händen, die nach ihr griffen. Aber es war zu spät. Sie stürzte. Der Mann zog sie auf die Beine und gab ihr eine so heftige Ohrfeige, dass sie für einen Moment alles doppelt sah.

Einen Moment zu lang, denn zwei verschwommene Emmetts bewegten sich auf sie zu und vier gierige Hände streckten sich nach ihr aus.

„Hab ich dich, du Schlampe!" Emmett packte sie am Hals und drückte fest zu. Er quetschte das Leben aus ihr heraus.

„Siehst du?", schrie er triumphierend.

Sie krallte über sein Gesicht und seine Arme und versuchte verzweifelt, sich zu befreien.

„Hast du gedacht, du könntest mit mir kämpfen, du kleines Miststück?"

Sie versetzte ihm einen Tritt gegen das Schienbein und sein Griff lockerte sich gerade lange genug, dass sie Luft holen konnte.

„Mach es dir nicht noch schwerer, Süße."

Sie versuchte, nach seinen Augen zu kratzen, aber sie konnte kaum etwas sehen. Ihre Tritte wurden schwächer und sie keuchte verzweifelt. Gott, sie konnte nicht atmen.

„Du wirst sterben und die anderen auch." Emmetts Gesicht war purpurrot vor Wut und sein muffiger Atem stieg ihr in die Nase.

Sie schloss die Augen, unfähig, ihm weiter ins Gesicht zu sehen. Wenn sie schon sterben musste, würde sie ihre Gedanken gegen das Schlimmste abschirmen.

Stirb nicht! Kämpfe gegen ihn! rief eine innere Stimme.

Sie verpasste ihm einen weiteren schwachen Tritt, einen schwachen Schlag, aber er parierte beides mit Leichtigkeit.

Stirb nicht. Halte durch.

Sie wusste, dass sie im Sterben lag, denn die Stimme klang nicht länger wie ihre eigene. Sie flüsterte aus der Ferne in ihren Geist wie ein Engel in der Stunde der Not.

Sie erlaubte sich ein winziges inneres Lächeln. Daran würde sie denken. An einen Engel.

Das Komische war, dass sie sich Engel immer als Frauen mit flatternden weißen Kleidern und Flügeln vorgestellt hatte. Aber das Bild, das ihr in den Sinn kam, war das von Todd.

Stirb nicht. Nicht jetzt. Nicht auf diese Weise.

Warum kamen ihr die Worte sofort bekannt vor?

„Siehst du?" Emmett wütete weiter, aber seine Stimme wurde leiser. „Niemand kann uns aufhalten."

Stirb nicht. Die Stimme des Engels wurde schwächer.

Wie sollte sie denn nicht sterben? Sie bekam keine Luft mehr.

Emmett veränderte seinen Griff um ihre Kehle und sie schnappte nach einem winzigen Atemzug.

Nicht jetzt. Nicht auf diese Weise.

Vielleicht hatte der Engel recht. Vielleicht konnte sie noch ein wenig länger durchhalten.

Wozu die Mühe? jammerte ein Teil von ihr, der bereit war, es hinter sich zu bringen.

Halte durch. Halte einfach durch, flehte der Engel in ihrem Kopf.

Sie hörte auf, sich zu wehren und versuchte, Emmetts Bewegungen vorauszuahnen. Er schüttelte sie wie eine Stoffpuppe hin und her, wovon ihr übel wurde. Aber als er ihren Körper von sich wegschob, ließen seine Finger ein wenig lockerer. Und wenn sie schnell genug war, konnte sie ein wenig Luft schnappen.

„Sag es!", schrie Emmett weiter.

„Sag mir, dass ich recht hatte!"

Halte durch...

Sie versuchte es, aber die Welt wurde immer dunkler. Selbst mit geschlossenen Augen konnte sie spüren, wie ihr das Bewusstsein entglitt.

„Sag mir, dass ich der beste... "

Emmetts Tirade wurde von einem mächtigen Brüllen unterbrochen, das aus dem Nichts kam. Der Boden unter ihren Füßen bebte. Die Erde schien sie zu verschlingen und sie prallte gegen etwas Hartes.

Atme, befahl der Engel, als die Welt um sie herum in Gebell und Knurren ausbrach.

Sie blinzelte und fand sich in einem Häufchen auf dem Boden wieder.

„Du", murmelte Emmett mit ungläubiger Stimme.

Anna schaffte es, sich zur Seite und weg von dem Chaos zu rollen, das nur wenige Zentimeter neben ihr tobte. Sie drehte sich in die Bauchlage und keuchte wild.

Lebendig. Sie war am Leben.

Staub wirbelte durch die Luft und erstickte sie. Sie drückte sich auf die Knie, dann auf die Füße und lehnte sich schwerfällig gegen den Felsblock. Diese Seite ihres Universums war sicher. Die andere war ein Tornado. Ein Taifun. Ein Schlachtfeld.

„Schnappt ihn euch! Schnappt ihn!", brüllte Emmett.

Ein tiefes, wütendes Brüllen antwortete, gefolgt von einem heftigen Aufprall.

Sie blinzelte verzweifelt. Was passierte?

Die Sonne glitzerte über Stahl und sie entdeckte den Golfschläger zu ihren Füßen. Sie verlor fast das Gleichgewicht, als sie danach griff, aber sie schloss die Finger um den Schaft und riss ihn zurück, bevor eine riesige Pfote vor ihr auftauchte.

Eine massive, pelzige Pfote, die an einem dicken muskulösen Bein hing.

Sie fiel zurück gegen die Felsen und starrte nach oben.

Ein Bär. Ein Grizzlybär?

Er stand auf seinen Hinterbeinen und sein Fell sträubte sich auf dem ganzen Rücken. Das dicke, glänzende Fell des Bären bebte bei seinem wütenden Gebrüll.

Zitternd presste sie sich gegen den Felsen zurück.

Der Bär bildete eine Barriere vor ihr und drängte sie in den kleinen Raum. Dahinter scharrten ein Dutzend kleinerer Pfoten nach links und rechts und ein Chorus von Knurrgeräuschen begleitete jedes Brüllen des Bären.

Sie umklammerte den Golfschläger fest, zwang sich wieder auf die Beine und starrte. Der Bär wehrte die Wölfe ab. Er half ihr.

„Jeder Voss wird sterben!", schrie Emmett.

Voss? Todd war ein Voss. Soren war ein Voss und Simon war auch einer.

Die Gedankenstränge, die ihr Verstand zuvor versucht hatte, zusammenzufügen, begannen sich wieder zu verbinden.

Sie hat sich an diesen Bären verhurt...

Die Deichsel ist seine Nase, hatte Todd gesagt und ihr die Sterne gezeigt. *Es ist ein Grizzly, kein Eisbär.*

Gestaltwandler, hatte Emmett gespottet. *Und du hast es gewagt, die Artengrenzen zu überschreiten.*

Arten, so wie Menschen und Bären?

Der Bär brüllte erneut und sie starrte ihn an.

Todd war ein Bär?

Ein Bär– hatte er angefangen, von Teddy zu sprechen, bevor er es zu *Baby* korrigiert hatte. *Ein Baby braucht auch andere Dinge.*

Und dieses Baby. Dieser beschissene kleine Mischling muss sterben, hatte Emmett gesagt.

Das Baby war ein Bär? Ein Gestaltwandler?

Ihre erschrockenen Gedanken wanderten zurück zu ihrem Gespräch unter den Sternen.

Woher weiß der Bär denn, dass es seine Gefährtin ist? hatte sie gefragt, weil sie gedacht hatte, dass es alles nur eine Geschichte war.

Er weiß es sofort, wenn er sie sieht. Das ist der einfache Teil.

Sie erinnerte sich an den Moment, als sie Todd an der Tür des Saloons erblickt hatte, als sie sich das erste Mal begegnet waren. Wie stark die Anziehungskraft schon damals gewesen war. Wie schwer es ihr gefallen war, ihn vorbeieilen zu lassen.

Das Schwierige ist, sicherzustellen, dass er ihrer würdig ist, hatte Todd mit erstickter Stimme erklärt.

Ein tränenreicher Schrei brach aus ihrer Kehle und der Bär schaute zu ihr zurück.

„Todd", flüsterte sie und starrte in diese unfassbar blauen Augen.

Er schnaufte und es war ein klägliches Geräusch. Dann drehte er sich wieder zu ihren Angreifern um und schwang eine Pfote, die mit zehn Zentimeter langen Krallen versehen war.

Todd. Krallen. Pfoten.

Heilige Scheiße.

Anna holte tief Luft und rieb den Schaft des Golfschlägers an ihrem T-Shirt ab. Jede Bewegung schien zu langsam zu sein, genau wie ihr Verstand, aber endlich hatte sie das Wesentliche begriffen. Wölfe, schlecht. Bären, gut. Kampf auf Leben und Tod.

Und verdammt noch mal, sie hatte nicht vor zu sterben.

Ihre Gedanken rasten von der groben Übersicht zu den kleinsten Details wie der Tatsache, dass ihre Hände ganz verschwitzt waren und sie einen guten Griff brauchte, wenn sie Todd helfen wollte, die Wölfe abzuwehren.

„Sie wollen alle töten. Auch Teddy", schrie sie.

Der Bär brüllte und stürmte vorwärts, als er von Verteidigung auf Angriff überging. Wölfe stürzten sich aus allen Richtungen auf ihn und arbeiteten als Team.

Ja, nun. Das konnte sie auch. Anna trat vor, riss den Golfschläger hoch und wartete auf ihre Chance.

Einer der Wölfe sprang vor und konzentrierte sich komplett auf den Bären. Sie packte den Golfschläger mit beiden Händen und schlug kräftig zwischen seine Schulterblätter. Der Wolf jaulte auf, stürzte und kroch dann davon. Er winselte, als sollte sie Mitleid mit ihm haben.

Als ob.

Die anderen Wölfe jaulten empört auf. Der Bär machte einen weiteren Schritt nach vorn und forderte sie heraus.

Eine Herausforderung, die sofort angenommen wurde. Wütend. Der Bär – Todd? – kümmerte sich um den größten Teil des Angriffs. Aber Anna deckte seine linke Seite so weit, dass er sich darauf konzentrieren konnte, sie zurückzutreiben. Mit einem mächtigen Hieb der linken Pfote schleuderte er einen Wolf zur Seite. Der kläffte auf und blieb regungslos liegen. Die anderen tänzelten vor und zurück und suchten nach einer Gelegenheit.

Alle Männer waren jetzt in ihrer Wolfsgestalt, aber Anna musste sich nicht fragen, welcher Emmett LeBlanc war. Wenn die Narbe ihn nicht verraten hätte, hätte es sein befehlendes Kläffen getan. Ein Kläffen, das immer aus der relativen Sicherheit des hinteren Teils des Rudels ertönte.

„Feigling", murmelte sie.

Er fletschte die Zähne.

Dem nächsten Wolf, der sich zu dicht heranwagte, schlug sie die Beine weg. Todd erledigte ihn mit seinen Krallen.

Mit den Krallen beider Hände, wie sie bemerkte. Er bevorzugte die rechte Pfote, aber sie war genauso effektiv wie die linke.

Mit anderen Worten tödlich.

Und dennoch waren sie nur ein Bär und ein Mensch gegen sieben entschlossene Wölfe.

Schnappt sie euch! Sie konnte praktisch hören, wie der Befehl in Emmetts Knurren verschlüsselt war.

Die Wölfe hielten sich eine Sekunde lang zurück und sprangen dann alle gleichzeitig los. Todd stürzte sich auf sie, während Anna einen Schritt zurückwich und nach einem Wolf schlug, der ihr zugewiesen zu sein schien. Ein schlauer Wolf, der abwartete, bis sie weit ausgeholt hatte, und dann versuchte, auf sie zuzustürmen. Seine Zähne schlugen nur wenige Zentimeter vor ihrem Knie aufeinander und sie stolperte zurück und landete auf dem Hinterteil.

Todd brüllte und baute sich über dem Wolf auf. Dann holte er mit seiner gewaltigen Pranke aus und schlug zu. Der Wolf taumelte, prallte gegen einen Felsen und blieb erschlafft liegen.

Tödlich erschlafft.

Todd schaute sie an und sie hätte schwören können, dass er ihr die Hand reichen wollte, um ihr zu helfen aufzustehen, bis er merkte, dass es eine Pfote war.

„Pass auf!" Sie zeigte auf den Wolf, der ihn von hinten ansprang. Ein unglaublich hoher, unglaublich kühner Sprung, bei dem Todd sich zu spät umdrehte, um ihn abzufangen.

Der Wolf packte Todds Ohr – weit entfernt von einem tödlichen Schlag, aber Anna schrie dennoch auf.

„Nein!"

Sie konnte vorhersehen, was der Wolf plante. Er wollte Todds Ohr mit seinem ganzen Gewicht nach unten ziehen. Dann wären die anderen im Handumdrehen auf ihm. Selbst ein Bär von Todds Größe konnte dem Gewicht mehrerer zweihundert Pfund schwerer Wölfe nicht standhalten.

Todd brüllte und schlug nach dem Wolf, aber es war zu spät.

Jetzt! schien Emmetts Bellen zu bedeuten und die anderen kamen näher. Sie konnte das Weiß in Emmetts Augen sehen. Das Rot von Todds Lippen. Das mit Speichel bedeckte Elfenbein mehrerer Zahnreihen, die sich ihm näherten.

Sie stürmte vor und schwang den Golfschläger mit. Sie holte so weit aus, dass sie die Vorderseite ihres Körpers entblößte. Sie musste es tun, um ausreichend Schwung zu holen, um diesen Angriff zu unterbrechen. Sie wusste nichts über Golf und noch weniger über Polo, aber sie hatte Bilder von Polospielern gesehen, die sich weit von ihren Ponys hinunterlehnten, um den Ball zu schlagen – und genau das tat sie jetzt auch. Sie schwang den Schläger herum, während sie lief, holte in einem massiven Bogen aus und–

Zack!

Der Golfschläger traf sein Ziel und die Vibration, die ihn durchfuhr, übertrug das Brechen von Knochen. Der Wolf heulte auf und stürzte, als Anna vorwärts stolperte. Sie taumelte direkt auf den nächsten Wolf zu, der mit weit aufgerissenem Maul nach vorn sprang.

Stirb, schrie dieser Kiefer sie an. *Jetzt wirst du sterben.*

Kapitel 16

Duck dich! tönte eine donnernde Stimme.

Sie duckte sich und gehorchte, noch bevor sie die Worte bewusst verarbeitet hatte. Die Stimme war so mächtig und sicher.

Wusch! Eine riesige Pranke mit fünf Krallen zischte einen Zentimeter über ihrem Kopf durch die Luft und riss über den Hals des Wolfes. Der Gegenangriff kam mit Gebrüll, das durch die Schlucht und in ihren Ohren widerhallte.

Fast hätte sie gejubelt, aber es war zu früh. Todds Bewegung hatte ihn aus dem Gleichgewicht gebracht und ein anderer Wolf sprang von rechts heran, um den Vorteil auszunutzen. Sie hatte kaum genug Platz, um ihm eine Rückhand mit dem Golfschläger zu verpassen. Sie drehte sich in ihren Schlag hinein, entfernte sich dabei von dem Bären und schaffte so Bewegungsfreiraum für sie beide.

Der Bär – Todd – brüllte missbilligend, weil er sie offensichtlich lieber in der Nähe hätte.

Ich brauche Platz zum Manövrieren und du auch, sie dachte die Worte eher, als dass sie sie aussprach, weil sie immer noch außer Atem war.

Ich muss für deine Sicherheit sorgen, sagte sein Grunzen zu ihr.

Wir müssen diese Drecksäcke aufhalten, dachte sie und biss die Zähne zusammen. *Sie sind hinter Teddy her. Sie sind hinter euch allen her.*

Todd brüllte zum Himmel und stürmte los. Sie wusste, dass dies sein letzter Angriff sein würde. Die Wölfe stolperten in ihrer Eile, sich zurückzuziehen, übereinander. Einige beeilten sich zu entkommen, während die anderen losstürzten, um ihren eigenen Gegenangriff zu starten. Ein dritter Wolf fiel Todds Krallen zum Opfer, dann ein vierter. Blut spritzte und sie blinzelte gegen den grauenhaften Anblick an. Aber auch sie schlug weiter zu, weil sie es musste.

Als nur noch drei Wölfe übrig waren, stürzte sich Todd auf sie. Er riss und zerrte herum und schlug zu, bis einer tot war und ein anderer um sein Leben lief. Er wirbelte herum, um sich den letzten Wolf vorzuknöpfen, der mit dem Rücken zu den Felsen stand.

Emmett LeBlanc – in Wolfsgestalt – zog seine Lippe hoch und knurrte. Aber sie konnte die Angst in seinen Augen sehen.

Todd bäumte sich auf die Hinterbeine auf und überragte seinen Gegner. Er stürzte genau in dem Moment nach vorn, als Emmett zu fliehen versuchte.

Zu spät.

Anna wandte sich ab, aber sie konnte ihre Augen nicht vor den ekelerregenden Hiebgeräuschen verschließen. Der Wolf schrie, knurrte und verstummte dann abrupt.

Dann war es bis auf das schwere Hecheln des Bären plötzlich ganz still. Auch ihr eigener Atem kam stoßweise. Gott sei Dank war es vorbei. Sechs der sieben Wölfe waren tot. Einer war geflohen. Sie und Todd hatten überlebt.

Sie und Todd. Todd, der Bär.

Er brüllte in die Richtung des Wolfes, der geflohen war, und kam dann mit einem leisen Schnaufen auf alle viere zurück.

Alles wurde wieder still – totenstill. Vom rauen Gestrüpp bis zu den Vögeln, die davongeflogen waren, und sogar den Insekten, die während des Kampfes in Deckung gegangen zu sein schienen. Zwischen einem hämmernden Herzschlag und dem nächsten wurde sie vom ganzen Ausmaß dessen eingeholt, was gerade geschehen war. Sie fiel halb und setzte sich halb auf den felsigen Boden. Der Golfschläger prallte von einem Stein ab und sie erstarrte, als Todd sich umdrehte.

Er hatte seine rechte Pfote an seinen Körper gepresst und sie konnte den Schmerz in seinen Augen sehen. Aber es lag auch Triumph in seinem Blick. Sie erkannte es an der geraden Linie seines Rückens und dem scharfen Winkel seiner Ohren. Seine Schnauze war blutverschmiert, ebenso wie seine Schulter, aber er stand stramm wie ein General auf dem Schlachtfeld des Sieges.

„Wir haben es geschafft", flüsterte sie und starrte ihn an.

Sein massives Bärenkinn senkte sich einmal. Dann noch einmal.

„Du hast es geschafft." Sie korrigierte sich. Er hatte die ganze Arbeit getan. Ohne ihn wäre sie tot.

Der Bär schwenkte seinen Kopf erst nach links und dann nach rechts, um ihr zu widersprechen. *Wir*, schien er zu sagen. *Wir haben es zusammen geschafft.*

Ihre Kehle schmerzte an der Stelle, wo LeBlanc ihr die Luftröhre abgedrückt hatte. Ihr Knöchel pulsierte von einer Verrenkung, an die sie sich nur vage erinnerte. Ihre Finger schmerzten, weil sie den Golfschläger so fest umklammert hatte und als sie sich über die Wange wischte, klebte Blut an ihrer Hand. Ihr Blut? Das des Feindes?

Sie saß stumm da und starrte auf das Blut. Sie war der Panik in diesem Moment näher als je zuvor. Der Kampf war vorbei, aber in ihrem Kopf spielte sich alles noch einmal ab. Und die Erkenntnis, wie vielen knappen Fehlschlägen sie und Todd entkommen waren, ließ alles nur noch erschreckender wirken. Ihre Hände begannen zu zittern, ihre Knie schlackerten und sie konnte nichts als Blut sehen.

Sie wollte ihr Gesicht gerade zwischen ihren Händen verstecken, als eine große braune Schnauze näher kam. Todd bewegte sich langsam und hielt den Atem an. Auch sie wagte kaum Luft zu holen. Es schien nicht möglich zu sein, einem Grizzly so nahe zu kommen. Genauso wenig wie es möglich war, dass eine Bestie dieser Größe plötzlich so ruhig und sanft geworden war.

Er schnaufte einmal. *Es ist in Ordnung. Alles ist in Ordnung.*

Anstatt sich zu beruhigen, schlug ihr Herz schneller, und sie schloss die Augen, als der Bär noch näher kam. Sein Atem wärmte ihre Wange. Sie erstarrte und jeder Muskel in ihrem Körper versteifte sich.

Dann spürte sie, wie etwas Weiches und Samtiges ihre Wange berührte. Ihr Herz setzte einen Schlag aus.

Er leckte sie – das kleinste, vorsichtigste Lecken in Bärengeschichte hätte sie wetten können – und sie kicherte. Es war eines dieser nervösen Kichern, die sich irgendwo zwischen *Ich bin mir nicht sicher, ob ich gleich schreien oder lachen werde,* bewegte. Als Todd sie noch einmal ableckte, nahm sie seine Schnauze zwischen beide Hände und hielt sie fest.

Er leckte das Blut von ihrer Wange und schnaufte ihr sanft ins Ohr. Dieses Mal lachte sie vor Erleichterung.

„Es geht mir gut", flüsterte sie und beantwortete die Frage in seinen Augen. „Geht es dir gut?"

Er leckte mit der rosa Spitze seiner Zunge über das T zwischen seiner Bärennase und dem Mund. *Es geht mir gut.*

Sie wäre fast zufrieden an den Felsen hinter ihr gesunken, als ihr aus heiterem Himmel ein Gedanke kam.

„Oh Gott! Wir müssen nach dem Mädchen sehen!" Sie rappelte sich auf und machte sich auf den Weg hinter die Felsen.

Ihre Schritte waren langsam und unsicher, so wie die einer alten Frau. Aber sie ging trotz Todds fragendem Schnaufen weiter. In dem Augenblick, als sie auf der anderen Seite des Felsens erschien, schrie die junge Frau vor Erleichterung auf. Sie kämpfte noch immer gegen ihre Fesseln an, aber in dem Augenblick, als sie Anna entdeckte, gaben ihre Knie nach.

„Hast du...? Sind sie...?"

Anna stürzte los. „Sie sind weg. Oh, du armes Ding", rief sie angesichts des Blutes, das an den Handgelenken der jungen Frau zu sehen war. Sie machte sich so vorsichtig wie möglich an den Seilen zu schaffen, aber die dicken Stränge schabten immer noch über die Haut der Frau.

„Tu es einfach." Die Frau biss die Zähne zusammen. „Bitte befreie mich endlich."

Anna warf einen Blick über ihre Schulter. Todd war ihr nicht gefolgt und sie konnte seine schweren Schritte in der Ferne donnern hören. Wollte er sicherstellen, dass der letzte Wolf nicht zurückkkam?

„Schnell", bettelte die Frau. „Wir müssen sie retten."

Für Anna waren *sie* Teddy, Sarah und die anderen. Von wem sprach diese Frau?

„Emmett hat mich gezwungen, zu helfen." Tränen strömten über die Wangen der Fremden. „Bitte glaube mir."

„Ich glaube dir", versicherte sie dem Mädchen. Das Blut an ihren Handgelenken war der Beweis, sowie die Sorge in ihren Augen. „Kennst du sie? Diese... diese Gestaltwandler?"

Das Wort fühlte sich fremd auf ihrer Zunge an. Hatte sie wirklich gerade gesehen, wie sich Männer in Wölfe verwandelten? Und hatte ihr Geliebter sie tatsächlich als Bär besiegt?

Die Frau nickte, ohne zu fragen, was Gestaltwandler waren. Bedeutete das, dass sie sich auch in ein Tier verwandeln konnte? „Mein Stiefvater war einer von ihnen. Am Anfang war es nicht so schlimm. Er hat nur geredet und nichts getan. Aber dann fing Emmett Whyte an..."

„Emmett LeBlanc", korrigierte Anna sie, während sie sich noch immer an den Seilen zu schaffen machte.

Die Frau schüttelte den Kopf. „Er hat viele falsche Namen benutzt, aber in Wirklichkeit ist er ein Whyte. Der Bruder des Schlimmsten von allen. Sie haben mich gezwungen, bei ihnen zu bleiben. Ich schwöre, ich habe nie jemandem etwas getan. Aber es wurde immer schlimmer und schlimmer und ich konnte einfach nicht raus."

„Ist schon gut", sagte Anna und versuchte, sie zu beruhigen. „Sie sind jetzt weg."

„Ich hätte nie mitgemacht, wenn sie nicht gedroht hätten, die anderen zu töten."

Endlich lösten sich die Seile und die Frau kippte nach vorn. „Welche anderen?" Anna half ihr auf die Beine.

Die Frau stolperte den Weg hinunter zum Parkplatz zurück. „Ich muss nach ihnen sehen. Ich muss sehen, ob es ihnen gut geht."

„Wem?"

Die Frau fiel in einen steifen Trab und Anna folgte ihr. Ihre Schritte wurden immer schneller, als sie auf den Lieferwagen am Ende des Parkplatzes zusteuerte – so schnell, dass Anna kaum mithalten konnte. Einen Moment lang dachte sie, die Frau habe sie ausgetrickst und wollte abhauen. Aber sie stürmte auf die Rückseite des Lieferwagens zu, nicht auf die Fahrerkabine, und rannte zu den offenen Türen, wo sie plötzlich stehen blieb. Anna raste hinterher, weil sie befürchtete, dass sie noch mehr Wölfe finden würden – oder schlimmer noch, die Leichen unschuldiger Opfer oder etwas ähnlich Schreckliches.

Als sie eine Sekunde später aufholte, hielt sie kurz inne und starrte mit offenem Mund auf die Szene, die sich ihr bot.

Der letzte Wolf, der weggelaufen war, lag ein paar Schritte entfernt in einer Blutlache. Und im Inneren des Wagens…

Todd. Der menschliche Todd, Gott sei Dank, saß ganz still da. Sein sandbraunes Haar zerzaust und seine Brust mit Staub bedeckt. Er warf Anna und der Frau einen Blick zu, bevor er sein Kinn senkte.

„Ist schon gut, kleines Kerlchen", flüsterte er und schmiegte ein winziges Bärenjunges an seine Brust.

Anna starrte fassungslos, als das Junge jämmerliche kleine Laute von sich gab und sein Gesicht an Todds Schulter vergrub.

„Schhh. Alles wird gut."

„Fay", rief die Frau ängstlich und kletterte in den Lieferwagen. An einer Seite war eine Sitzbank eingebaut. Der Rest des Wagens war offener Stauraum, der mit Kisten und Taschen vollgestopft war. Sie drängte sich an Todd vorbei und griff nach einem Karton. „Oh, mein Gott. Fay, geht es dir gut?"

Sie zog ein winziges, in eine verschlissene rosa Bettdecke gewickeltes Bündel aus dem Karton und drückte es an sich. Anna erblickte einen nackten Fuß – einen klitzekleinen, menschlichen Fuß mit fünf Zehen – und schnappte nach Luft.

„Ein Baby?"

Das Baby gab einen kleinen würgenden Laut von sich und fing an zu weinen. Und weinte und weinte, während die Tränen über das Gesicht der jungen Frau strömten.

Anna starrte Todd an. „Woher wusstest du, dass sie hier drin sind?"

Er zuckte mit den Schultern. „Ich habe sie gehört."

Sie erstarrte bei seiner Gelassenheit. Sie hatte nichts gehört. „Wow."

Wow, wegen allem. Todd konnte sich in einen Bären verwandeln und er war nicht der Einzige. Was sie zum Nachdenken brachte. War das kleine Bärenjunge ebenfalls ein Gestaltwandler? Was war mit dem kleinen Mädchen?

„Emmett und die anderen haben ihre Eltern getötet. Ein Bär und eine Pumagestaltwandlerin", sagte die junge Frau. „Sie wollten auch die Babys umbringen. Ich habe alles versucht, was ich nur konnte, um das zu verhindern." Sie wiegte sich hin und her, um sich selbst und vielleicht auch das Kind zu beruhigen. „Ich habe ihnen gesagt, wir könnten sie behalten, um ein Lösegeld zu erpressen und andere Gestaltwandler mit ihnen zu ködern. Und Gott, ich hatte solche Angst, dass sie es versuchen würden." Sie drückte das Baby an sich, während es weiterjammerte.

„Haben sie es getan?" Todds Stimme war hart und gereizt, als ob der Bär in ihm jeden Moment herausspringen könnte.

„Nein. Noch nicht. Bis jetzt haben sie die Kinder am Leben gelassen, aber ich glaube, sie hatten langsam Zweifel. Ich hatte solche Angst, dass sie sie töten würden..."

Zitternd und schluchzend schaute sie verzweifelt zu Anna auf. „Bitte." Sie streckte ihr das Baby entgegen. „Bitte, hilf mir. Ich versuche alles, was ich kann, aber sie weint so viel. Ich habe versucht, sie zum Essen zu bringen, aber Emmett hat mir keine Babymilchnahrung erlaubt, nur Milch. Sie hat so viel Gewicht verloren und wird immer schwächer. Bitte."

In dem Moment, als Anna auf den Platz neben ihr rutschte, reichte die junge Frau ihr das Baby. Sie beugte sich weinend über ihre Knie. Anna hielt das Baby mit einer Hand fest und streichelte mit der anderen über den Rücken der jungen Frau. „Ist schon gut. Du hast dein Bestes getan. Du hast sie gerettet."

„Aber sie wird so schwach..." Die Stimme der Frau war verzweifelt und ängstlich. „Und Ben." Sie schaute zu dem Bärenjungen in Todds Armen hinüber. „Ich habe noch nie gesehen, dass ein Gestaltwandlerbaby so jung seine Form wandelt. Aber er war so verängstigt, dass es einfach passiert ist, und ich habe ihn nicht dazu bringen können, sich wieder zurückzuverwandeln."

„Du kannst eine Weile ein Bär bleiben", flüsterte Todd dem Baby zu. „Das ist schon in Ordnung. Alles wird gut werden."

Er sprach mit dem Jungtier, aber auch Annas Herzschlag verlangsamte sich, als seine Stimme sie beruhigte.

„Wie heißt du?", fragte sie die junge Frau.

„Summer.“

„Ich glaube, sie werden es schaffen.“

Das Baby beruhigte sich bereits und starrte Anna mit gelbgrünen Augen an. Ihr stockte der Atem im Hals und sie konnte ihren Blick nicht abwenden. Sie schaute und schaute und schaute. Fast so, wie sie beim Anblick von Todd vor der Saloontür erstarrt war. Etwas regte sich in ihr und dieses Mal erkannte sie das Gefühl.

Es war ihre Seele, die verkündete, *Sie gehört mir. Die Kleine gehört zu mir.*

Erst der Mann. Und jetzt das Baby. Sie nahm einen tiefen Atemzug. Passierte das wirklich?

Sie zog das Baby näher an sich und die kleinen Augen blinzelten. *Bist du ein guter Wolf oder ein böser Wolf?* schienen sie zu fragen.

Anna schüttelte den Kopf und flüsterte: „Ich bin überhaupt kein Wolf.“

„Du kämpfst aber wie einer“, murmelte Summer.

Anna setzte sich ein wenig aufrechter hin. „Ich bin auch kein Bär.“ Sie schaute Todd an und fragte sich, was er wohl sagen würde. „Ich bin einfach nur ich.“

Das ist alles, was ich will, sagten seine Augen. *Alles, was ich brauche.*

Sie schaute auf das Baby hinunter. „Aber ich werde alles tun, was ich kann, um dir zu helfen, du süßes kleines Ding.“

Damit schien das Baby zufrieden zu sein und umklammerte Annas kleinen Finger mit ihrer winzigen Faust.

„Wow“, hauchte Anna und schaute sie an.

„Ich weiß nicht, was ich machen soll.“ Summer weinte. „Sie haben niemanden mehr.“

Todd gab einen schroffen Laut von sich, der fast so klang wie, *Das tun sie jetzt.*

„Ich weiß überhaupt nichts über Babys“, fuhr Summer überfordert fort.

Anna wusste auch nicht viel, aber etwas tief in ihr versprach, dass sie es schnell lernen würde.

„Es braucht nicht viel." Todd streichelte das Bärenkind zwischen den Ohren. „Ein bisschen Füttern, viel Festhalten. Jede Menge Liebe."

Es sah so aus, als bräuchte man zehn Männer mit einem Brecheisen, um den kleinen Bären aus seinen Armen zu reißen. Anna lächelte.

Die Sonne begann gerade unterzugehen und das Licht, das in den hinteren Teil des Lieferwagens fiel, war von einem sanften orangerosa Ton. Es strahlte Todds Körper von hinten an und strömte um das kleine Bündel in seinen Armen. Während des Kampfes hatte sie nur raue Wüstentöne gesehen, aber jetzt hatte sich alles zu einem warmen, beruhigenden Schein gewandelt.

„Wir schaffen das", flüsterte Todd dem kleinen Bären zu. „Mach dir keine Sorgen, kleines Kerlchen."

Dann schaute er sie an und sie lächelte. Es schien verrückt, in einer so extremen Situation so ruhig zu sein, aber sie war es. Ruhig und gelassen.

Sie nickte Todd zu und schaute dann auf das kleine Mädchen in ihren Armen hinunter. „Wir schaffen das."

Kapitel 17

Todd verlor jegliches Zeitgefühl. Er versank in der Weichheit der Ohren des kleinen Bären und genoss Anna in seiner Nähe. Wow! Was für eine Frau. Sie war soeben auf die schlimmste Art und Weise mit der Realität von Gestaltwandlern konfrontiert worden. Und doch war sie nicht über alle Berge gelaufen. Wenn sie ihn ansah, tat sie es nicht mit Abscheu oder Entsetzen. Sie lächelte nur.

Doch als draußen der Motor eines herannahenden Wagens dröhnte, umklammerte sie das Baby und wurde blass. „Sind sie zurück?"

Das Bärenjunge geriet ebenfalls in Panik und bohrte seine Krallen in Todds Arm. Es drängte sich an seine Brust.

Er murmelte dem Jungtier zu. Nein, die abtrünnigen Wölfe waren nicht zurückgekommen, und das war auch gut so. Schritte ertönten und Sorens Gesicht erschien in der offenen Tür des Transporters. Er warf einen Blick hinein und musste zweimal hinsehen.

„Heilige Scheiße." Sorens Augen huschten zwischen Anna, ihm, der jungen Frau und den Babys hin und her. „Ich meine, Strohsack." Er warf einen entschuldigenden Blick auf die Babys.

Todd hätte eine Million Dollar für eine Kamera gegeben, um den Gesichtsausdruck seines Cousins festzuhalten. Nein, Moment. Er würde eine Million Dollar geben, um in der Zeit zurückzugehen und eine Zeitraffersequenz von Annas Gesicht aufzunehmen. Den anfänglichen Schock und dann das Staunen. Die Hoffnung und die Liebe, die sich bereits über die Babys und ihn ergoss.

Über *ihn*. Einen verkorksten Bären.

Irgendwann hatte sie nur noch gegrinst und er hatte das Gefühl, dass auch sie selbst mit ihrer eigenen mentalen Kamera spielte. Sie richtete sie in seine Richtung und nickte zufrieden, so dass all seine Sorgen, ihrer würdig zu sein, allmählich verblassten.

Gefährtin, brummte sein Bär.

Daran gab es keinen Zweifel. Annas Hilfeschrei hatte von kilometerweiter Entfernung aus in seinem Kopf getönt, als er losgegangen war, um die von Lance gefundene Fährte zu prüfen. Niemand sonst hatte sie gehört – nur er – und er war mit einer Geschwindigkeit und einem Zorn zu seiner Gefährtin gerast, die selbst der schnellste Wolf nicht übertreffen konnte.

„Ja." Er nickte. „Heilige Scheiße." Das Bärenjunge passte in seine Armbeuge und er krümmte und streckte die Finger seiner verletzten Hand. Sie hatten funktioniert, als er sie gebraucht hatte. Alles hatte funktioniert. Vielleicht war er ja doch kein kompletter Versager.

„Oh, mein Gott." Sarah tauchte neben ihrem Gefährten auf. „Was ist passiert?"

Das war die Millionen-Dollar-Frage und er war sich nicht sicher, ob er die Antwort darauf hatte.

Soren schnupperte jedoch nur einmal am Tatort herum und knurrte dann. „Die Blue Bloods." Er spie den Namen geradezu aus.

„Blue Bloods?", fragte Anna mit zittriger Stimme.

Alle schauten sie an und dann auf die junge Frau, die in der Ecke des Lieferwagens zusammengekauert war.

Nach und nach kam alles ans Licht, als sie wieder im Saloon waren, wo die Fremde – Summer – erklärte, was passiert war. Emmett Whyte – auch bekannt als Emmett LeBlanc – hatte Sarah monatelang gejagt, während seine Kameraden, die letzten der Blue Bloods, auf ihrer eigenen Mission unterwegs gewesen waren, um alle Gestaltwandler auszulöschen, die es wagten, die Artengrenzen zu überschreiten.

Tyler, Tina, Lana und einige andere Twin Moon-Wölfe waren ebenfalls in den Saloon geeilt. Sie alle lauschten den Worten der jungen Frau.

„Ich wusste, dass es nicht Roy war", knurrte Tyler.

„Schhh", tadelte Lana. „Lass sie reden."

„Ich war an dem Tag dabei, als sie die Nachricht von Victor Whytes Tod erhielten", erklärte Summer mit zittriger Stimme. „Ich dachte, das war es – dass sie endlich aufgeben würden. Aber stattdessen beschlossen sie, ihren sogenannten Kreuzzug fortzusetzen. Sie haben es auf rudellose Paare an abgelegenen Orten abgesehen." Sie vergrub ihr Gesicht in ihren Händen. „Sie fingen an, über Babys zu sprechen."

Daraufhin hatte Soren lautstark geknurrt und Sarah wich mit einem entsetzten Blick zurück.

„Ich schwöre, ich wollte mit alledem nichts zu tun haben." Als Summer aufblickte, war ihr Gesicht von Tränen überströmt. „Ich habe sie überredet, die Zwillinge am Leben zu lassen, aber das hat sie nur dazu gebracht, noch schlimmere Pläne auszuhecken. Sie hatten es auf andere Paare und weitere Babys abgesehen." Sie schaute Sarah an, die sich abwandte und den kleinen Teddy instinktiv abschirmte. „Sie wollten Anna benutzen, um dich als Nächste herauszulocken."

„Großer Gott", murmelte Soren und schaute seine Gefährtin an. Sein Gesicht war rot und seine Fäuste geballt. Dann schluckte er schwer und schaute Todd in die Augen.

Ich schulde dir etwas, Mann. Ich schulde dir alles.

Todd holte tief Luft. Er hatte immer dafür gelebt, zu dienen, und wusste wohl, dass die Belohnung eine vergängliche Sache sein würde. Aber dieser Blick und der kratzige Ton in der Stimme seines Cousins sagte alles.

Das hast du gut gemacht, Mann. Das hast du gut gemacht.

„Bist du sicher, dass sie die Letzten waren?", fragte Sarah. „Bist du sicher?"

„Ich glaube schon."

„Du *glaubst* es?", brüllte Soren.

Todd wollte gerade nach vorn treten und seinen Cousin anfunkeln, aber Anna kam ihm zuvor. Anna, die sich gegen ein halbes Dutzend Wölfe gewehrt und zwei Babys aufgenommen hatte, ohne Fragen zu stellen – weil sie ein so großes Herz hatte. Anna, die nach einem höllischen Tag wie diesem immer noch auf den Beinen war, weil sie so zäh war.

„Sie hat getan, was sie konnte. Siehst du das nicht?"

Sarah legt eine Hand auf Sorens Arm und Todd konnte die Gedanken der beiden hören. *Summer ist, was? Dreiundzwanzig, vierundzwanzig? Was sollte sie denn gegen Emmett und die anderen tun?*

„Ich weiß nicht, ob es noch mehr gibt", schniefte Summer und schlang ihre Arme um ihren Körper. Dann schaute sie zutiefst erschüttert auf, aber entschlossen, nicht nur einem, sondern gleich zwei wütenden Alphas – Soren und Tyler – in die Augen zu sehen, um zu zeigen, dass sie die Wahrheit sagte.

Gott, sie war auch zäh. Fast so stark wie seine unglaubliche Gefährtin.

„Es tut mir leid." Summer schüttelte den Kopf. „Aber ich kann mir nicht sicher sein."

Todd stellte sich zwischen sie und die anderen. *Sie hat schon genug durchgemacht.*

Tyler nickte langsam und schaute dann die beiden Babys an. „Bären-Puma-Babys, was? Wir werden ein gutes Zuhause für sie finden müssen."

Jessica grinste und schaute zwischen Todd und Anna hin und her. „Ich glaube, das hat das Schicksal schon geregelt."

Todd schluckte und betrachtete das Bärenjunge, das in seinen Armen in einen tiefen Schlaf gefallen war. Jessica hatte versucht, den kleinen Kerl von ihm wegzuziehen, aber der winzige Bär hatte sich nur noch enger an seine Brust gekuschelt. Und obwohl es Todd mehr Angst machte, als alles andere jemals zuvor – die Verantwortung, die Risiken –, war die Entscheidung leichtgefallen.

„Ich glaube nicht, dass es das Schicksal war, das diese Entscheidung getroffen hat." Tina Hawthorne lächelte.

Er schluckte, denn was sollte er dazu sagen? Vor allem, wenn es die Wahrheit war. Das Schicksal hatte ihm in dem Moment, als er das Bärenjunge zum ersten Mal gehalten hatte, geradezu in den Kopf geschrien.

Und noch einmal, Krieger, mache ich dir mein kostbarstes Geschenk. Ein Geschenk, dass ich selten einmal, geschweige denn zweimal vergebe. Eine Belohnung, die nur den tapfersten und treuesten Helden vorbehalten ist. Ich gewähre dir ei-

ne Wahl. Die Chance, dein eigenes Schicksal zu lenken. Also wähle und wähle gut.

Er stand völlig still, obwohl jeder Nerv in seinem Körper wie ein Hochspannungsdraht summte. Die erste Entscheidung, damals als er im Wildtierzentrum im Sterben lag, war einfacher gewesen. Es war damals nur um ihn gegangen und alles, was auf dem Spiel gestanden hatte, war sein Körper. Dieses Mal ging es um sein Herz und um unschuldige Leben, die von ihm abhingen.

Wähle, Krieger, donnerte das Schicksal wieder.

Das Schicksal hatte ihn also nicht die ganze Zeit verarscht. Es hatte ihm die Wahl gelassen, ihn dann auf eine harte Probe gestellt und ihn schließlich mit einer zweiten Wahl belohnt.

Und dieses Mal war es eine Entscheidung des Herzens. War er bereit, auch das zu riskieren? Um wirklich zu leben, zu lieben und alles zu akzeptieren, was damit einherging?

Dann hatte Anna zu ihm hinübergeschaut und die Entscheidung war ihm leicht gefallen.

Also ja, er hatte seine Wahl getroffen, und Anna hatte sich ebenfalls in dem Moment entschieden, als sie ihm im Inneren des Lieferwagens zugenickt hatte. *Wir schaffen das.*

„Sie gehören zu uns", sagte er zu allen Anwesenden im hinteren Teil des Saloons. Laut und deutlich, falls sich das Schicksal fragen sollte, ob er seine Meinung geändert hatte.

Als ob.

Er schaute zu Anna hinüber. Gott, sie wusste kaum, worauf sie sich einließ. War es fair, von ihr zu verlangen, etwas so Wichtiges auf der Grundlage von so wenig zu entscheiden? Einen derartigen Akt des Glaubens von ihr zu erwarten?

Ihre Augen strahlten, als sie ihn voller Vertrauen und Entschlossenheit ansah. Sie nickte.

„Sie gehören zu uns", flüsterte sie und schaute ihm dabei in die Augen.

Also ja, es war entschieden. Aber Junge, er hatte verdammt viel zu erklären.

∞∞∞∞∞

Das Komische war, dass die Dinge danach ziemlich reibungslos verliefen. Sie waren so sehr damit beschäftigt, zu lernen, sich um die Kinder zu kümmern, dass die Details über Gestaltwandler Schritt für Schritt dazukamen. Und Sarah und die anderen halfen auch dabei. Eine Woche verging und dann noch eine und obwohl der kleine Ben immer noch nicht aus seiner Bärengestalt herauskam, wich die Angst allmählich aus seinen Augen. Solange Todd in der Nähe war, war er ein zufriedenes kleines Jungtier.

„Eindeutig Daddys Junge." Anna lächelte.

Todd hatte einen Moment innegehalten, als sie dies sagte. *Daddy.* Meinte sie wirklich ihn damit?

Er blickte auf den Kleinen hinunter, der in seinen Armen döste, und dachte an all die Windeln, die er in den letzten paar Tagen gewechselt hatte.

Daddy. Das hörte sich wirklich gut an.

Fay schlief nur halb so viel und bewegte sich doppelt so schnell wie Ben. Sie hatte strähniges, blondes Haar und auffallende gelbgrüne Augen, die eines Tages Dutzenden von Männern den Kopf verdrehen würden. Manchmal funkelten sie vor Neugierde und manchmal mit Schalk. Und obwohl sie nur ein winziges Ding war, zappelte sie schon, drehte sich und tat ihr Bestes, um nicht nur zu krabbeln, sondern am besten gleich zu gehen oder gar zu laufen.

„Mit ihr wirst du noch alle Hände voll zu tun haben, Mann", hatte Soren gescherzt.

Als Tyler Hawthornes alte Tante Milly zu Besuch kam, lächelte die alte Dame von einem Ohr zum anderen, als sie das kleine Mädchen auf ihrem Schoß wippen ließ. „Eine wunderschöne, gesunde kleine Pumagestaltwandlerin. Voller Energie. Voller Neugierde."

Er hatte fest damit gerechnet, dass Anna bei dieser Bemerkung blass werden würde. War es nicht genug, erst einmal etwas über Bären zu lernen? Aber sie hatte Fay einfach wieder in den Arm genommen und ihre Nase an sie gekuschelt. „Gesund und glücklich. Das ist doch ein guter Anfang. Nicht wahr, meine Süße?"

Sie hatten sich zu viert in die kleine Wohnung über der Garage gezwängt. Die Babys schliefen in einem Zimmer und er und Anna in dem anderen. In den wenigen ruhigen Momenten, die sie zusammen hatten, stellte Anna eine Menge Fragen. Was er nicht erklären konnte, hatten Sarah, Jessica und Janna Gott sei Dank übernommen. Anna hatte ihn ein paarmal hin und her verwandeln lassen und langsam war sie von großen Augen, zu neugierig und dann sogar zu begeistert übergegangen. Sie hatte sein Fell gestreichelt, seine Ohren gerieben und über seinen Schwanz gelacht.

„Ich kann es nicht glauben", gluckste sie. „Ich bin in einen Mann verliebt, der einen Stummelschwanz hat."

„Mein Bär ist der mit dem Stummelschwanz", knurrte er.

„Mein Bär", korrigierte sie ihn sofort.

Ihr Bär. Mit diesen Worten war er jede Nacht verträumt eingeschlafen.

Es war eine Qual, ihr keinen Paarungsbiss zu geben, als sie ein paar Mal die Gelegenheit hatten, allein zu sein. In der ersten Nacht in der Wohnung über der Garage hatten sie sich nur aneinandergeschmiegt und wortlos in die Augen gestarrt. Aber in der zweiten Nacht, nachdem sie die Kinder ins Bett gebracht hatten, hatten sie sich ausgezogen und waren wie ein paar wilde Tiere übereinander hergefallen. Zwei atemlos stille Tiere, die hofften, dass sich die Kleinen nicht rührten. In der dritten Nacht waren sie zu erschöpft gewesen, um irgendetwas anderes zu tun, als zu kuscheln, aber als sie am nächsten Morgen aufstanden, hatten die Kinder lange genug geschlafen, um ihnen zu erlauben, es langsam und zärtlich anzugehen.

„Was tut der Bär, wenn er seine Gefährtin gefunden hat?", hatte sie ihm hinterher zugeflüstert.

Du meinst abgesehen davon, dass er sie für den Rest seines Lebens anbetet? hätte er fast gesagt.

Er räusperte sich und wählte seine Worte sorgfältig. „Wenn sie bereit ist, markiert er sie als die Seine. Und sie markiert ihn auf dieselbe Weise zurück."

„Wie?"

Das war der schwierige Teil, denn wie sollte er das Konzept des Paarungsbisses so erklären, dass ein Mensch nicht blass davon wurde?

Glücklicherweise sprach Anna weiter, bevor er etwas sagen konnte. Sie senkte die Stimme und klimperte mit den Wimpern. „Mit einem Paarungsbiss?"

Offenbar hatten Sarah und die anderen Frauen sie auch darüber aufgeklärt. Und verdammt, sie mussten es gut geschildert haben – den unglaublichen Rausch, den brennenden Sturm der Leidenschaft, der mit einem Biss auf dem Höhepunkt des Sex einherging, und von dem alle verpaarten Gestaltwandler schwärmten – denn Anna sah so aus, als hätte sie überhaupt nichts dagegen, es selbst zu probieren.

Er küsste die Vertiefung an ihrem Hals und kratzte mit den Zähnen sanft über ihre Haut. Jedes Mal bäumte sie ihren Körper unter ihm auf und die Hitze zwischen ihnen stieg ins Unermessliche an. Aber er hatte sich zurückgehalten. Es hatte ihn alle Kraft gekostet, aber irgendwie hatte er es geschafft.

„Wir haben Zeit", hatte er geflüstert. So gern er auch mit seiner wunderschönen Gefährtin in Bärengestalt durch die Wälder streifen wollte, dachte er doch, dass die eigene Verwandlung in einen Bären eine Veränderung war, die Anna lieber noch eine Weile aufschieben sollte.

„Ein Leben lang", hatte sie zurückgeflüstert.

Anna war also einverstanden. Sie war mit ganzem Herzen dabei. Sie wollte ihn und die Kinder. Es war verrückt, wie das Schicksal so spielte.

„Also." Sie schaute sich in der winzigen Wohnung um. „Wir werden ein eigenes Haus brauchen."

Er nickte. Sie brauchten Platz. Ein zuverlässiges Einkommen. Ein sicheres Zuhause für die Kinder. Das war es, was sie brauchten. Aber wo?

„Montana." Anna sagte es vor ihm. „Wie wäre es mit Montana?"

Ja, es gab in Montana eine Menge Geister, aber auch so viele gute Erinnerungen.

Soren, Sarah und die anderen flehten sie geradezu an, zu bleiben und im Saloon zu helfen, aber Anna war von der Aussicht auf Montana genauso begeistert wie er. Sie konnte fast überall Arbeit finden und es gab nichts mehr, was sie an Virginia binden würde.

„Seid ihr euch wirklich sicher?", fragte Soren an dem Tag, als sie abreisen wollten. Annas kleines Auto war mit Babygeschenken und Weitergaben von Teddy vollgestopft. Alle hatten sich versammelt, um sich zu verabschieden. „Ihr könnt wirklich gern bleiben", bot Soren zum zehnten Mal in den letzten zwei Wochen an.

Todd rückte Ben in seinen Armen zurecht und schaute dem Kleinen in die Augen. Sie waren klar, braun – und auch schläfrig. Das kleine Kerlchen gähnte und zeigte dabei seine rosa Zunge und die winzigen Milchzähne. Todd kraulte ihn zwischen den Ohren.

„Ja, wir sind uns sicher."

Arizona war in Ordnung, aber Montana war sein Zuhause und es wäre auch für die Kinder besser. Mehr Platz, mehr Privatsphäre. Es bestand die Möglichkeit, dass Ben sich niemals aus einer Bärengestalt zurückverwandeln würde, und es wäre einfacher, ihn auf einem abgelegenen Berggrundstück aufzuziehen als mitten in einer Stadt.

„Bist du dir wirklich sicher?" Sarah schaute Anna in die Augen.

Anna nickte. „Ich war mir noch nie in meinem Leben einer Sache so sicher."

Gut, dass Bären nicht vor Freude explodieren konnten – oder vor lauter Erleichterung.

Soren sah besorgt aus, aber er nickte langsam. Sein Hauptanliegen war die Sicherheit seines Clans und Todd gehörte dazu. Aber ein paar Bärencousins von der Ostküste waren bereit, ihm zu helfen, das Sägewerk in Black River wieder in Gang zu bringen. Und außerdem noch ein paar andere Gestaltwandler, die angeboten hatten, der Twin Moon Ranch nach der Flut von Blue Blood Angriffen zu helfen. Auch sie waren bereit für einen Neuanfang und so kamen sie insgesamt auf etwa zwanzig Personen.

Eine bunt zusammengewürfelte Gruppe von zwanzig Leuten, angeführt von ihm.

Er, der Alpha eines ganz neuen Clans.

Er holte tief Luft und nickte Soren zu. Sie würden stets wachsam bleiben, aber es war an der Zeit, nach Hause zu gehen und wieder ohne Angst zu leben.

„Darf ich sie noch einmal halten?", fragte Summer. Sie hatte die letzten zwei Wochen damit verbracht, überall zu helfen und sich bis auf die Knochen abzurackern, um ihre Ablehnung der Blue Bloods unter Beweis zu stellen. Als Jessica ihr angeboten hatte, im Café und im Saloon zu arbeiten, hatte sie die Chance ergriffen und war bereit, sich ein neues Leben zwischen den Bären und Wölfen des Blue Moon Saloons aufzubauen.

Als er den kleinen Bären in Summers Arme legte und nun die Hand frei hatte, atmete Todd tief durch und wandte sich an Sarah, die Teddy hielt.

„Ich muss mich auch verabschieden", sagte er.

Sarah biss sich auf die Lippe und nickte langsam. Ja, sie wussten beide, dass Teddy schreien würde – das tat er immer, wenn Todd in seine Nähe kam –, aber Todd musste ihn ein einziges Mal halten. Nur dieses eine Mal und dann Abschied nehmen.

Er nahm den kleinen Teddy so vorsichtig wie eine Kristallvase, drückte ihn sanft an seine Schulter und schloss die Augen. Er holte tief Luft und nahm all die Liebe zusammen, die er je in seinem Leben gespürt hatte – von seinen Eltern, seinen Cousins und Cousinen, von seiner süßen alten Oma und ja, sogar von seinem griesgrämigen Cousin Soren – und drängte sie sanft in den Kopf des Babys.

All diese Liebe, Teddy. Sie gehört dir. Du bist vielleicht nicht meiner, aber ein großer Teil der Liebe gehört dir.

Er wartete auf das Babygeschrei. Aber welch Überraschung – es kam nicht. Der kleine Teddy schaute ihn einfach nur mit großen, vertrauensvollen Augen an, schlang seine winzigen Finger um Todds kleinen Finger und hielt sich fest.

Todd hielt den Atem an und drückte das Kind langsam an sich. Er legte sein Kinn auf den Kopf des Babys und zählte jede wundersame Sekunde, die verging. Eins. Zwei. Drei. Dann atmete er tief durch, küsste das Baby und reichte es zurück.

„Also gut. Zurück zu Daddy." Als er die Worte flüsterte, brach seine Stimme und spiegelte die Narben in seinem Herzen wider. Aber manche Narben waren gut. Es gab Narben, die man mit Stolz trug.

Soren schaute ihm in die Augen – mit einem Blick, dem man nur schwer standhalten konnte, so voller Emotionen war er. Erleichterung. Dankbarkeit.

Und Respekt. Süßer, süßer, bodenloser Respekt.

Anna legte eine Hand auf seine Schulter, um zu sehen, ob es ihm gut ging.

Nun, ja und nein. Teddy loszulassen, tat ihm im Herzen weh, aber es fühlte sich auch gut an. Eine Sache abzuschließen, bevor man die nächste begann.

„Hey“, flüsterte sie. „Jemand anderes braucht dich.“

Er drehte sich gerade rechtzeitig um, so dass sie Fay in seine Arme legen konnte.

„Na, wer ist mein kleines Mädchen?“ Er hob sie in die Luft.

Fay quietschte vor Freude und strampelte, um ihre Kraft zu demonstrieren.

Genauso schnell, wie er sie hochgehoben hatte, ließ er sie wieder sinken und drückte einen Schmatzer auf ihr Gesicht, der ein lächerlich lautes Geräusch verursachte. Nun, zumindest dachte er das. Manche Dinge brauchte man nicht zu hören, um zu wissen, dass sie da waren. So wie das *Ich liebe dich* in den Augen seiner Gefährtin oder das *Das hast du gut gemacht, Mann* im starren Ausdruck seines Cousins.

Fay ließ ihr bezauberndes, zahnloses Lächeln aufblitzen und Ben winselte um seine Aufmerksamkeit. Das bedeutete, dass Anna diejenige war, die die letzten Taschen in ihr überfülltes Auto stopfen musste. Schließlich wedelte sie mit den Schlüsseln in der Luft herum.

„Ich schätze, es ist so weit.“

Sie umarmte alle nacheinander – Jessica, Janna, Simon, Cole, Summer und sogar Soren, der errötete. Dann stand sie vor Sarah und griff nach beiden Händen ihrer Cousine. Sie beide sahen so aus, als ob sie gleich in Tränen ausbrechen würden, aber keine von ihnen konnte ein Wort herausbringen. Schließlich umarmten sie sich so innig, dass sie nichts zu sagen brauchten.

„Versprich mir, uns bald zu besuchen", flüsterte Sarah schließlich.

Annas Gesicht glitzerte vor Tränen und auch Todd musste einen Kloß im Hals hinunterschlucken.

„Das werden wir. Aber ihr müsst uns auch besuchen kommen."

Todd schaute Soren an, der entschlossen nickte. *Darauf kannst du wetten, Mann. Darauf kannst du wetten.*

Er sah Anna an. Es war an der Zeit, abzufahren, bevor er auch noch anfing zu weinen – oder schlimmer noch, bevor Soren es tat, denn er hatte seinen Cousin noch nie so emotional gesehen. Sie setzten die Kinder in ihre Autositze, schauten sich ein letztes Mal um und stiegen zur Abfahrt bereit ein.

„Auf Wiedersehen!" Alle winkten und verwandelten den Blick durch die Windschutzscheibe in ein einziges Gewusel.

Anna hupte und er streckte eine Hand aus dem Fenster, um zurückzuwinken.

Sie schauten beide in den Rückspiegel, als der Wagen um eine Ecke bog und der Saloon aus dem Blickfeld verschwand.

Er holte tief Luft und drückte Annas Hand, als sie die Stadt verließen und auf die Autobahn in Richtung Norden fuhren.

„Wow."

Sie nickte und wischte sich mit dem Handrücken über die glitzernde Wange. „Wow. Weißt du, woran ich gerade denke?"

Ihre Stimme war zittrig, aber auch hoffnungsvoll.

„Woran?"

„An Bergwiesen im Frühling."

Er grinste so breit, dass es wehtat, und fügte den nächsten Teil hinzu. „Kühle, klare Sommerbäche."

„Die zahlreichen Beeren im Herbst."

Er zog ihre Hand näher und küsste ihre Fingerknöchel.

„Zu Hause", beendete er.

Sie nickte und schaute zu den Kindern zurück. „Das Komische ist, dass ich mich jetzt schon wie zu Hause fühle."

Er drehte sich um und schaute in die Babyspiegel, die sie angebracht hatten. Ben war eingeschlafen und Fay plapperte ihre Zehen an. Dann griff er hinüber und zwirbelte sanft einen Finger durch das Haar seiner Gefährtin.

„Ich weiß, was du meinst. Ich weiß genau, was du meinst.“

Sneak Peek: Verlangen der Wölfin

Nichts ist gefährlicher als verbotene Liebe.

Wölfin Summer Smith versucht verzweifelt, eine Vergangenheit wiedergutzumachen, die sie nicht leugnen kann – und um das zu erreichen, begibt sie sich für ihr neues Rudel auf eine tödliche Mission. Sie würde alles opfern, um ihren Namen reinzuwaschen und die Personen zu schützen, die sie liebt. Als die Zukunft der Gestaltwandler des Südwestens in ihren Händen liegt, ist dies der denkbar schlechteste Zeitpunkt, um sich zu verlieben – und das ausgerechnet in einen Bären.

Der stämmige Bärengestaltwandler Drew Kovacs kam nicht auf der Suche nach Ärger in den Südwesten, und er ist auch ganz sicher nicht auf der Suche nach Liebe. Aber in dem Augenblick, in dem er die Wölfin mit dem hypnotisierenden Lächeln und den gequälten Augen trifft, weiß er, dass sie die Eine ist. Es gibt jedoch ein Problem – Summer ist im Begriff, sich kopfüber in die Gefahr zu stürzen, und er wird sie auf gar keinen Fall allein gehen lassen. Aber er kann auch nicht einfach auftauchen und ihre Undercover-Mission vereiteln. Es sei denn...

Weitere Titel von Anna Lowe

Die Bären des Blue Moon Saloons

Perfekte Gefährten (die Vorgeschichte)

Verlangen des Bären (Buch 1)

Verlangen des Wolfes (Buch 2)

Verlangen des Alphas (Buch 3)

Verlangen des Gefährten (Buch 4)

Verlangen der Wölfin (Buch 5)

Süßes Verlangen (ein Festtagsschmaus)

Aloha Shifters - Juwelen des Herzens

Der Ruf des Drachen (Buch 1)

Der Ruf des Wolfes (Buch 2)

Der Ruf des Bären (Buch 3)

Der Ruf des Tigers (Buch 4)

Die Verlockung des Drachen (Buch 5)

Der Ruf des Fuchses (Buch 6)

Aloha Shifters - Perlen des Verlangens

Drachenrebell (Buch 1)

Bärenrebell (Buch 2)

Löwenrebell (Buch 3)

Wolfsrebell (Buch 4)

Rebellenherz (Buch 5)

Alpharebell (Buch 6)

Töchter des Feuers - Billionaires & Bodyguards

Töchter des Feuers: Paris (Buch 1)

Töchter des Feuers: London (Buch 2)

Töchter des Feuers: Rom (Buch 3)

Töchter des Feuers: Portugal (Buch 4)

Töchter des Feuers: Irland (Buch 5)

Töchter des Feuers: Schottland (Buch 6)

Töchter des Feuers: Venedig (Buch 7)

Töchter des Feuers: Griechenland (Buch 8)

Töchter des Feuers: Schweiz (Buch 9)

Die Wölfe der Twin Moon Ranch

Gestaltwandler in Vegas

Paranormal romance with a zany twist.

Gambling on Trouble

Gambling on Her Dragon

Gambling on Her Bear

Karibische Abenteuerromantik

Funken der Lust

Prickelndes Wagnis

Süße Verstrickung

Verlockende Tiefe

Sinnliche Strömung

Travel Romance

Über Anna Lowe

USA Today und Amazon Bestseller Autorin Anna Lowe schreibt fesselnde Romane mit tatkräftigen Heldinnen und unwiderstehlichen Helden in exotischen Umgebung, mit jeder Menge Zündstoff für scharfe Romantik.

Sie liebt Hunde, Sport und Reisen, die auch die Inspiration für Ihre Bücher liefern. Wenn Anna nicht gerade in die Arbeit an ihrem nächsten Buch vertieft ist, kannst Du Sie am Wochenende beim Wandern in den Bergen antreffen. Egal wo und wie – sie wird den Tag mit einem leckeren Stück Zartbitterschokolade ausklingen lassen.

Einfach mal vorbeischauen, auf **www.annalowe.de**.